Van Lieve Joris verschenen eerder

De Golf

Terug naar Congo

De melancholieke revolutie

Een kamer in Cairo

Zangeres op Zanzibar

De poorten van Damascus

Mali blues

Dans van de luipaard

Het uur van de rebellen

De hoogvlaktes

Mijn Afrikaanse telefooncel

Op de vleugels van de draak

LIEVE JORIS

Terug naar Neerpelt

Uitgeverij Augustus
Atlas Contact
Amsterdam • Antwerpen

De auteur ontving voor dit boek een werkbeurs van
het Nederlands Letterenfonds.

Nederlands
letterenfonds
dutch foundation
for literature

Om redenen van privacy zijn de namen van sommige personen veranderd.

Eerste druk september 2018
Tweede druk oktober 2018

Omslagontwerp Tessa van der Waals
Omslagbeeld Gerard Joris
Foto auteur Bart Vos
Typografie binnenwerk Suzan Beijer
Drukkerij Wilco, Amersfoort

ISBN 978 90 450 3716 5
D/2018/0108/745
NUR 301/320

www.atlascontact.nl
www.lievejoris.nl
www.lievejoris.be

FSC
www.fsc.org
MIX
Papier van
verantwoorde herkomst
FSC® C004472

We shall not cease from exploration
And the end of all our exploring
Will be to arrive where we started
And know the place for the first time.

T.S. ELIOT

Nein, gerade Tatsachen gibt es nicht, nur Interpretationen.

FRIEDRICH NIETZSCHE

Mijn vader belt. Hij heeft van zichzelf al een doodgraversstem, maar nu klinkt die extra somber. Onze Fonny heeft een accident gehad. Eergisternacht, op zijn verjaardag. Hij ligt in coma op de intensieve.

'Weten de anderen het al?'

'Ja, ja, behalve ons Nicole. En Hildeke – die hoeft het nog niet te weten.'

Op de weg van Hasselt naar Tongeren is Fonny's auto tegen een boom gevlogen en twee keer over de kop gegaan. Fonny was onder invloed, natuurlijk, maar dat vertelt mijn vader er niet bij.

'Hier is ma,' kan hij nog net uitbrengen voor zij hem de hoorn uit de hand grist. Fonny zag er zo goed uit die ochtend. Wel had ze ruzie met hem gemaakt. Toen het ziekenhuis belde, hoopte ze dat hij dood zou zijn, maar inmiddels wil ze dat hij erdoor komt. Als hij invalide wordt, zal ze tot het einde van haar leven voor hem zorgen. 'Ik ben zo sterk als een paard,' zegt ze, met een snik in haar stem. 'Ik werk, ik jank en ik bid tot mijne God.'

Dan is ze weer weg.

'De verpleegsters hebben Fonny's bebloede hemd meegegeven,' vervolgt papa, een beetje geheimzinnig, 'dat is ze in de bergplaats aan het wassen, in een emmer. Haar tranen druppen in het water – net een mater dolorosa.'

Niet alleen met mama, ook met zijn vriendin Annie heeft Fonny op zijn verjaardag onenigheid gehad. Hij heeft een ruit van haar appartement ingegooid en kwam 's nachts om halftwaalf thuis aan: of papa zijn bed bij Annie wilde weghalen. Onze pa, welja, een gepensioneerde belastingontvanger van bijna zeventig jaar.

Het is al dagenlang zo warm dat ik de satijnen gordijnen van mijn Amsterdamse werkkamer dichthoud. Buiten klinkt het getuf van bootjes op het water. Ik kan de schaars geklede passagiers rond hun geïmproviseerde tafeltjes met witte wijn en zoutjes dromen; de kinderen in hun oranje zwemvesten, handjes in het kabbelende water. Door de gordijnen valt zachtgeel licht de kamer binnen. Mijn tabernakel noemt Marek het. Ze weten dat ik me heb teruggetrokken om te schrijven, daarom hebben ze me waarschijnlijk niet eerder gebeld.

Fonny zag er die ochtend helemaal niet zo goed uit, bekent mijn vader. Hij was met een vriend naar Holland gereden, zeker om drugs te kopen. Wat ze gepakt hadden weet hij niet, maar bij hun terugkeer deden ze allebei raar. 'Je wordt er toch weemoedig van,' zegt hij, 'als je hem daar zo ziet liggen en bedenkt hoe lief hij was als kind.'

Wanneer sprak ik Fonny voor het laatst? Het moet een maand of vier geleden zijn. Ik was in Hasselt, mama draaide zijn nummer en reikte me de hoorn aan. 'Hier, praat maar eens met uw broer.'

'Hei Fonny, hoe is 't?'

'Stillekes.' Zijn stem kwam van ver, alsof hij diep lag weggezonken in een stel kussens. Hij piepte van de astma. Zogenaamd had hij griep of een keelontsteking, maar hij was natuurlijk aan het afkicken. Dat weet ik nu, al kon ik het ook toen wel vermoeden. Mama bracht hem soms cola en eten – had hij zelf de kracht niet om op te staan. Ik deed of ik van niets wist, wenste hem beterschap, maakte gauw een einde aan het gesprek en voelde me achteraf schuldig dat ik hem zo had afgescheept.

Moest hij halfdood op de intensieve belanden vooraleer we ons om hem bekommeren? Want nu hij daar ligt, snelt iedereen toe. Onze Filip, die rechten heeft gestudeerd en zijn doctoraatsthesis schrijft, is uit Brussel gekomen. Terwijl die al tien jaar niet meer met hem spreekt. Toen Filip op een zondag in Hasselt werd verwacht, zorgde mama ervoor dat Fonny er ook was. Filip gaf mama en papa een kus en negeerde zijn oudste broer.

'En Fonny?' vroeg mama.

'Met dat uitschot praat ik niet.'

Het woord 'uitschot' stuitert sindsdien door het huis, vergiftigt elk gesprek dat we met papa voeren: dat woord moet Filip terugnemen, als hij het niet terugneemt is hij zijn zoon niet meer. Filip bougeert niet. 'Hoe moet ik hem dan noemen? Ik heb er echt geen ander woord voor.'

Maar gisteren zijn papa en Filip samen naar het ziekenhuis getogen. Ze spraken met dokters en verpleegsters, draaiden om Fonny heen en bekeken hem van alle kanten, zodat papa vrij gedetailleerd verslag kan doen: hij heeft buisjes in zijn neus en keel, zijn kin is genaaid, zijn rechterarm zit in het gips en behalve een gat in zijn kop heeft hij een drievoudige schedelfractuur, zeven gebroken ribben en een verbrande linkerhand. De vlammen sloegen uit de auto toen een buurtbewoner Fonny na middernacht naar buiten sleepte.

Mijn vader vroeg aan de verpleegster of hij er een priester bij moest halen. Dat vond Filip een slimme manier om erachter te komen hoe ernstig Fonny's toestand is. 'Maar daarom vroeg ik het niet.'

Uit de bergplaats klinkt mama's stem.

'Ik zal eens gaan kijken hoe het is met ma.' Mijn vader wil er iets aan toevoegen, maar hij aarzelt. Ten slotte vraagt hij: 'Zeg Lieve, mater dolorosa – wat vindt ge van dat beeld?'

Eén ding weet ik zeker: ik moet nu niet naar Hasselt afreizen. Dan word ik meegezogen in een kolk van emoties en kan ik het schrijven wel vergeten. Maar de telefoon rinkelt voortdurend en als het even stil is, grijp ik zelf naar de hoorn, op zoek naar meer nieuws.

De activiteiten die Fonny ontplooide! Onafgebroken scheurde hij over Vlaanderens wegen, van zijn boerderij in constante verbouwing in Vliermaalroot via Maastricht en het appartement van Annie naar café De Munt in Hasselt. Tussendoor spoelde hij telkens aan in het ouderlijk huis om te vertellen over zijn belevenissen. Hij was het eerst van ons allemaal thuis weg, maar het is hem niet bevallen daar buiten – hij zit op zijn tweeënveertigste nog steeds met een elastiekje aan zijn ouders vast.

'En nu ga ik naar mijn lief mamake,' zei hij die avond tegen zijn vrienden in De Munt. In zijn eigen huis heeft hij ook dingen stukgeslagen, dat heeft mama gezien toen ze op inspectie ging. Ze heeft tegen de verpleegster, die ernaar vroeg, gezegd dat Fonny geen drugs gebruikt. Zou ze het zelf geloven? Ze wil het niet weten, ze zet tv-programma's over dat onderwerp steevast uit. Het ziekenhuispersoneel begrijpt natuurlijk wat er aan de hand is, volgens papa krijgt Fonny methadon omdat hij, boven op al zijn blessures, aan het afkicken is. Wies vertelt over een drugsdealer in Hasselt die aids heeft. 'Ze moeten Fonny's bloed maar gauw onderzoeken. Als hij wakker wordt, komt daar natuurlijk niets meer van.'

Van Rik, die papa soms helpt bij zijn werk voor de verzekeringen, hoor ik dat de koeien in de belendende wei op hol zijn geslagen toen Fonny's auto tegen de boom knalde. Een drachtige koe heeft het niet overleefd; de boer heeft aangifte gedaan. 'Zullen onze pa en ik wat olie op de weg gaan gieten?' grapt hij. 'Dan zeggen we dat de auto geslipt is en kan Fonny misschien trekken van de verzekering.'

Mama en papa zijn wellicht naar het ziekenhuis, want als ik

hen 's avonds bel, hoor ik de plechtige stem van onze Filip zeggen: 'Hallo, dit is het antwoordapparaat van meneer en mevrouw Joris. Wij zijn op dit ogenblik niet thuis, maar u kunt...' Nooit geweten dat ze zo'n ding hadden. Filip blijkt het goedkoop op de kop te hebben getikt.

Wies meldt tussen alles door dat ze een Olivier Strelli-pakje heeft gekocht voor een bruiloft waar ze binnenkort naartoe moet. Oranje – heel mooi. En dat ze haar gezicht eens goed heeft laten masseren.

Als ik in bed lig, is het voor het eerst stil om me heen. In gedachten rij ik over de nachtelijke baan van Hasselt naar Tongeren en doemt de auto in het halfduister voor me op. Daar ligt *ons Fonnyke*, ingeklemd tussen het stuur en de stoel, bewusteloos, stijf van de drugs, zijn hand in het gloeiende koelwater van de radiator. Die hand, die lag daar dus te *stoven*. Net als de bleke kippenklauwen die ik laatst bij de chinees zag. Van die gedachte krijg ik het zo benauwd dat ik opsta.

Op de vensterbank van mijn werkkamer zit ik een tijdlang te kijken naar de auto's die op de kade schuin aan de overkant cruisen voor de roodverlichte vitrines. Dat doe ik altijd als ik niet kan slapen; de mysterieuze nachtelijke bedrijvigheid brengt me tot rust.

'Wat lag je te piepen,' zegt Marek de volgende ochtend.

'Hoe dan?'

Hij doet het na – daar is hij heel goed in. Zo piepen waterhoentjes op het water voor mijn raam als ze in nood zijn.

Wanneer ik die middag naar boven ren om verslag uit te brengen van het zoveelste telefoongesprek, zegt Marek: 'Als ik jou was zou ik alles opschrijven.'

'Wat dan?'

'Wat ze zeggen. Straks ben je het allemaal vergeten.'

Ik ben verbaasd. Doorgaans is Marek niet zo gesteld op mijn familieperikelen en al helemaal niet op de blinde obsessie waarmee ik me erop stort. 'Waarom zou ik het willen onthouden?'

'Je weet nooit waar het goed voor is. Doe maar – anders heb je later spijt.'

Na enige aarzeling open ik op mijn computer een document dat ik 'Fonny' noem en begin ik notities te maken. Niet alleen over wat er die dagen gebeurt, maar gaandeweg ook over dingen die vroeger zijn voorgevallen.

En wie is er opgedoken aan het bed van Fonny? Zijn vriendin Annie, met wie hij die avond ruzie had. Ze had een zilveren kettinkje met een kruisje voor zijn verjaardag gekocht. Dat had ze hem vanwege de ruzie niet gegeven, maar nu heeft ze het meegebracht en boven zijn bed gehangen.

Het commentaar is niet van de lucht.

'Zeg, ehm, die Annie, wat is dat voor iemand.'

'Volgens mij is ze zwakbegaafd.'

'Hij heeft haar ontmoet bij het Centrum voor Alcohol- en andere Drugproblemen – dan weet je het wel. Ze heeft haar man en vier kinderen voor hem verlaten.'

'Het is een kettingrookster, haar mond stinkt als een asbak.' Dat is onze Filip, die zijn thesis voor de tweede keer in de steek heeft gelaten om naar Hasselt te rijden. 'Ze heeft het alleen maar over zichzelf. "Gelukkig zat ik niet in die auto, anders was ik zeker dood geweest" – dat soort praat.' Hij maakte haar er fijntjes op attent dat Fonny vermoedelijk geen ongeluk had gehad als zij naast hem had gezeten. 'Maar luisteren doet ze niet, ze tettert aan één stuk door, net een wasserettemadam.'

'Waarom heeft ze zijn was dan niet gedaan?' vraagt Wies, die dichtbij woont en elke avond na haar werk even langs thuis gaat. 'Ons ma heeft bergen vuile kleren in zijn huis gevonden. Ze heeft al zeven machines gedraaid. Allemaal merkkleding, de wasdraad hangt vol – gelukkig schijnt de zon.'

En terwijl mama zijn was doet, dringt het langzaam tot haar door dat Fonny een verslaafde is, en zij de moeder van een verslaafde.

Het komt door een vroegere vriend, zegt papa, die heeft hem aan de zware middelen geholpen, dat heeft Fonny hem zelf verteld. Alsof hij die vriend daarvoor nodig had. Fonny bracht trouwens ook jongens aan de drugs. Moeten hun ouders hem dat soms verwijten? Maar dat zeg ik niet, anders gooit mijn vader gegarandeerd de hoorn op de haak. Hij is intelligent, hij heeft Grieks en Latijn gehad op school, hij volgt het nieuws, houdt van Willem Elsschot en Jacques Brel en weet alles over de Eerste en Tweede Wereldoorlog, maar op het gebied van drugs en de toestand van zijn oudste zoon is hij niet slim.

Hij betreurt het dat Fonny weg is bij zijn vorige vriendin Christiane. Die was sterk, in haar tijd had hij veel minder last van hem. Maar Fonny heeft Christiane na een knetterende ruzie weggejaagd en zelfs nog een koekenpan achter haar aan gegooid. Gelukkig heeft hij in Vliermaalroot geen buren, anders waren die vast gaan klagen en was de politie eraan te pas gekomen.

Mijn vader hoopt heimelijk dat dit ongeluk Fonny en Christiane zal herenigen. Ze hebben tenslotte een kind samen. 'Fonny heeft allang spijt,' zegt hij, 'vooral van die koekenpan.' Dat Christiane hoogzwanger is van haar nieuwe vriend is hij gemakshalve vergeten.

Annie heeft haar hart uitgestort bij Rik. Fonny had op zijn verjaardag speed gespoten, ze heeft Rik een hele doos met spuiten laten zien. Fonny kwam vaak in gezelschap van andere drugsverslaafden naar haar toe – moest zij hen naar Maastricht rijden, waar ze op haar hoge hakken door een halfdonkere junkieloods laveerde om niet in de spuiten te trappen. Ze sloegen haar omdat ze geld van haar wilden, maar dat gaf ze niet, ze verstopte het in haar schoen. Waarna ze geen eten kon kopen omdat ze zogenaamd geen geld had. 'Fonny jaagde alles erdoorheen,' zei ze, 'hij zat zo aan de speed en was soms zo moe dat ik hem met een lepel moest voeren.'

Kent Annie hem zo slecht of denkt ze dat hij niet meer wakker wordt? Ze lijkt de argeloosheid zelve, blij een gehoor te hebben gevonden, eindelijk haar verhaal te kunnen doen. Ik hou mijn hart vast voor het moment waarop Fonny ontdekt dat ze al zijn geheimen rondbazuint.

'Als ik ooit een accident heb, moet je foto's maken van de auto,' heeft Fonny gezegd. Daarom is Annie naar de garage gegaan waar het wrak naartoe is gesleept en heeft het van alle kanten gefotografeerd. Maar ze is vergeten de dop van de lens te halen, waardoor haar missie mislukt is.

Ze is een kaarsje gaan branden bij het Heilig Paterke van Hasselt. Nu zal alles wel goed komen, denkt ze.

'Ze waren niet getrouwd en ze woonden ook niet wettelijk samen,' zegt papa, 'dus dat kaarsje telt niet.'

En onze Fonny ligt daar maar. Zo lang is hij nog nooit stil geweest. Niet alleen Annie, ook de anderen praten er ondertussen op los en proberen wat stuk is weer heel te maken. Papa is boos dat Wies tegen de dokter het woord 'drugs' in de mond heeft genomen. Ze moet onze familie niet over straat dragen. Als het in Fonny's dossier terechtkomt, zou dat hem in de toekomst kunnen beletten een betrekking te vinden. Een betrekking, welja!

'Jazeker, een betrekking,' zegt de man van ons Aline, die ingenieur is bij een Amerikaans bedrijf. 'Werken op een kantoor, van negen tot vijf, dat zou Fonny goeddoen.'

'Fonny's omgeving moet geëvacueerd worden,' zegt Rik. Hij is personeelschef en heeft in barre tijden de neiging ingewikkelde woorden te gebruiken.

'Wat betekent dat?'

'De Hasseltse drugsgebruikers die Fonny opstookten, moeten vastgezet worden.'

'En wie gaat dat doen?'

'De politie, natuurlijk.'
'Hmm...'
'Desnoods doe ik het zelf.'
'Jij?'
'Ja, ik. Ik vermoord ze.'
Onze Rik! Als zijn omgeving geëvacueerd is, zou Fonny een antiekzaak kunnen beginnen, heeft hij bedacht. Want antiek, daar weet Fonny het een en ander van sinds hij met meubels op de zondagse vroegmarkt in Tongeren heeft gestaan. Iets verkopen kan hij als geen ander, met zijn fijne praatjes. Rik wil Fonny wel geld lenen, om te starten. 'Een houtatelier is ook geen slecht idee,' filosofeert hij. 'Mijn zolder moet opgeknapt worden, misschien is die geschikt als eerste project?'

Ik wil mijn gedachten bij het schrijven houden, maar betrap mezelf er steeds vaker op dat ik ronddwaal in het landschap van mijn jeugd, in dat grote domein aan het Kempisch kanaal in Neerpelt waar wij allen samen waren. Op het gazon tussen onze witte villa en bomma's huisje had papa een chalet laten bouwen. Daar repeteerde Fonny met The Reborns tot alle ruiten beslagen waren en er achter die ramen zo'n kabaal klonk dat het was alsof het chalet zich van het zompige gras zou losmaken en als een mistig ruimteveer ten hemel zou stijgen.

Wies liep op een avond naar huis en zag door de beukenhaag dat zich in de tuin een menigte had verzameld. Ze dacht dat er iets ergs was gebeurd – tot ze het gebonk in het chalet hoorde. Een tijdlang bleef ze door de haag turen, verwonderd over de toeloop die Fonny met zijn band had veroorzaakt.

Wanneer Fonny niet repeteerde, mochten wij ook in het chalet komen. Er stond een jukebox waarin je vijf frank moest gooien: terwijl de plaat uit de rij werd getild, viel het geldstuk in het retourbakje. Tot iemand weer eens met die vijf frank aan de haal ging.

The Reborns traden op in dancings en cafés aan weerszijden

van de grens, gekleed in witte hemden met zwartomrande ruches. Fonny was zestien, hij droeg zijn haar in een kuif en achter zijn flaporen. Ik zat op kostschool en liep in het weekend thuis te zingen, in de hoop dat Fonny me zou opmerken en uitnodigen voor een repetitie in het chalet.

Plotseling was hij weg bij The Reborns en repeteerde hij wekenlang in zijn eentje voor een zangwedstrijd. De halve familie vergezelde hem op een zondagmiddag naar de verduisterde volkszaal, waar het rook naar verschaald bier. De jury zetelde achter een tafel met een wit damasten kleed dat gaande de wedstrijd steeds natter werd van de condens die van de bedauwde glazen bier droop. Loom schuifelden paartjes over de dansvloer. Fonny zong 'Crying Time' van Ray Charles, zo smartelijk mooi – ik kon met moeite mijn tranen bedwingen. Hij was de beste, dat vonden we allemaal, mijn vader voorop. De gezichten van de juryleden stonden strak, er viel niets van af te lezen.

Hij won die middag niet, zelfs geen troostprijs.

Dat was het einde van de repetities in het chalet. Wij staken nog menigmaal het vijffrankstuk in de jukebox en sliepen er zelfs een enkele keer, opgewonden omdat het hele dorp in zijn eigen bed lag terwijl wij de takken van de bomen over het golfplaten dak hoorden strijken, door het open raampje het versgemaaide gras konden ruiken en de ganse nacht lang beschenen werden door het raadselachtige licht van de jukebox.

Tot ook wij interesse in het chalet verloren. Iemand vertelde ons over de Nul Komma Nul, waar visnetten aan het plafond hingen. Onder leiding van Fonny gingen we erop af. Hij had zijn weg al gevonden naar de rode en gele libanon die in de White Horse in Eindhoven werd verkocht en had me de in zilverpapier verpakte hasj laten ruiken. Ik probeerde die geur vast te houden – op kostschool rook het op maandagochtend naar koeienmest.

Bij de ingang van de Nul Komma Nul zei Fonny: 'Als er

problemen zijn, jullie weten me te vinden: ik sta bij de bar.' In het halfdonker onderscheidde ik versleten autobanken, lage tafels met druipkaarsen, een doormidden gezaagde Amerikaanse slee rechtop tegen de muur. Op een van die autobanken zou ik voor het eerst gekust worden.

In gezelschap van onze nieuwe vrienden zwierven we door het Dommelhof, ontdekten de Matty's Club en dancing Iris. Op de terugweg gingen we langs Piet Friet of langs frituur Marianne tegenover de kerk, waar we friet bestelden en wachtten tot Marianne met haar lijzige stem vroeg: 'Mèt mayonèèèèès?'

Het was de zomer waarin mijn geordende wereld van eerste tot plechtige communie openscheurde; daarna viel hij nooit meer terug in de plooi, hij zou voor altijd blijven kieren. Het chalet werd een opslagplaats van rommel. De zijdeur ging niet meer dicht, zwerfkatten jongden in de bedden waarin wij kort daarvoor nog hadden geslapen en lieten grillige landkaarten van lichtrood bloed achter op de lakens; de lucht van vocht en kattenpis walmde ons tegemoet als we tollend van het bier thuiskwamen.

'Fonny had nooit met de muziek moeten stoppen,' zegt papa, 'hij was zo goed op weg.' De schuldigen zijn ons welbekend: dat zijn de besnorde juryleden achter het damasten tafelkleed in de verduisterde volkszaal, die geen oog hadden voor zijn talent.

Jennifer heeft huilend gebeld om te vragen of haar vader dood was. Haar moeder Christiane bracht haar samen met haar nieuwe vriend naar het ziekenhuis. Filip had zich voor de deur geposteerd zodat die niet mee naar binnen zouden glippen. 'Want nieuwsgierigen hebben daar niets te zoeken.'

Toen Filip haar de wachtkamer aanwees, nam Christiane hem onderzoekend op. 'Gij zijt anders dan Fonny, hè?' Filip sloeg een arm om Jennifer heen en troonde haar mee. 'Je moet niet schrikken als je hem ziet,' waarschuwde hij. Gedwee liep ze naast hem, tersluiks naar hem opkijkend. 'Gij heet Filip, hè?'

Mama en Annie waren er ook. Jennifer staarde in stilte naar haar geblesseerde vader en vroeg vervolgens aan niemand in het bijzonder: 'Is de auto kapot?' Waarop ze begon te huilen en tot Filips verbazing riep: 'Nu hebben we geen auto meer!' Door haar tranen heen zei ze ook nog dat Fonny haar geld schuldig was.

'Die hoeft niet meer op bezoek te komen,' bitste Annie na afloop. Daar heeft Annie niets over te zeggen, vindt papa.

Op de gang riep Christiane tegen mama iets over drugs. Haar vriend voegde eraan toe dat het ongeluk Fonny's eigen schuld was. Het draaide uit op geschreeuw, midden op de intensieve. Mama liep kwaad weg en weet daardoor niet hoe het gesteld is met Fonny – dat zou de verpleegster haar nog vertellen.

Om zich te ontspannen heeft mama daarna een ritje gemaakt naar Vliermaalroot en een pan met stukjes kip in 't vet meegenomen voor Fonny's hond Queen. 'Wie had dat verwacht,' zegt papa, 'ze houdt ineens van honden.' Volgens Filip is het een grote vieze bouvier, maar ook hij heeft al twee blikjes hondenvoer gekocht.

Ons Nicole in Spanje is nu ook op de hoogte. 'Misschien wordt onze Fonny door dit accident wel herboren,' zegt ze. Daarvoor moet je in Spanje zitten, denk ik, om dat te geloven.

Filip nam in Brussel examen af van zijn studenten en pauzeerde even om zijn antwoordapparaat te beluisteren. 'Ja Filip, slecht nieuws,' hoorde hij papa zeggen. Zijn hart sloeg over, hij dacht dat het zover was. Maar papa meldde alleen dat Fonny wakker was geworden en alle draden had losgetrokken. Zijn bloeddruk was daardoor zozeer gedaald dat hij in levensgevaar verkeerde en ze besloten hadden hem te laten bedienen. Fonny had heel hard Annies naam geroepen. Volgens de dokter ging hij terug naar het moment van het ongeluk, dacht hij dat hij in de auto zat.

'Ik hoop dat hij het overleeft,' zegt Filip, 'al is het maar omdat mama en papa anders zoveel verdriet zouden hebben.'

Fonny's toestand is nog steeds kritiek, maar hij beweegt zijn lippen als hij iets hoort bij zijn bed en is nu soms wakker. Hij heeft een oogje gepinkt naar Wies – of verbeeldde ze zich dat? Eerst met zijn ene oog, dan met zijn andere. Zijn gebroken ribben drukken op zijn longen, waardoor het is alsof hij astma heeft. Dat trachtte hij Annie vanmiddag duidelijk te maken.

Annie zit als een ceremoniemeesteres aan zijn bed, neemt de telefoon op, informeert iedereen over de laatste ontwikkelingen en coördineert het in- en uitgaande bezoek. Ze is al helemaal thuis in het ziekenhuis, rijdt de kar met vuile lakens van de afdeling naar het washok en maakt ommetjes met de bejaarden.

Ons Aline is inmiddels ook bij Fonny geweest en moest erg huilen. 'Zijn mond hangt scheef, hij ziet er heel zielig uit,' zegt ze. Hij trappelde met zijn voeten, waarop Annie die begon te masseren. 'Dat moest ik vroeger ook doen als hij aan het afkicken was,' legde ze uit. Fonny's lippen bewogen verkrampt. 'O kijk eens, hij wil precies iets zeggen,' riep Annie verrast. Volgens Aline probeerde hij haar aan het verstand te brengen dat ze haar mond moest houden.

Na het bezoek kreeg Aline zulke hevige hartkloppingen dat ze niet terug durfde te rijden naar Antwerpen. Ze blijft thuis slapen en belt me stiekem vanuit papa's bureau. Haar man vindt het maar niks dat de hele familie rond Fonny's bed zit. Terwijl papa zegt dat wij ons nooit iets van Fonny hebben aangetrokken, dat hij daardoor in het ziekenhuis is beland.

Annie mag van Rik wel bij hem logeren; hij is bang dat Fonny's drugsvrienden haar iets zullen aandoen als ze horen wat zij over hen vertelt. Daar moet Filip om lachen: onze Rik met zijn detectiveverhalen.

‘Wat denk je?’ vraag ik aan Marek. ‘Wordt het geen tijd om naar Hasselt te gaan?’

‘Misschien wel, ja.’

‘Ga je mee?’

‘Als ik in je buurt mag blijven en je een schop geven zodra je je misdraagt.’

Hij kent me. Voor ik het weet heb ik papa iets voor de voeten gegooid wat hij niet wil horen en vlieg ik op mijn bezem door het huis. Hij heeft het vaak genoeg meegemaakt, wij bezondigen ons er allemaal aan. Ook ik, ja. Ik ben daar wel vandaan gegaan, maar ik ben niet ongehavend uit de strijd gekomen.

Op weg naar het ziekenhuis zet Rik de cassetterecorder aan en vult de autocabine zich met Fonny's rauwe stem. *Come gather 'round people wherever you roam...* Ik schrik, hap naar adem. Een stem uit het graf. 'Hoe kom je daaraan?'

'O, opgenomen toen Fonny in Leuven zat.'

Rik draait de Kempische steenweg op. Hij moet de cassette na Fonny's ongeluk uit een oude doos hebben gehaald – ik kan me niet voorstellen dat hij ze eerder in de auto beluisterde. *And admit that the waters around you have grown...*

'Toen was hij nog goed,' zeg ik. Rik knikt. Mijn hart bonkt in mijn keel, ik zet de muziek zachter.

'Wat is er?' Rik draait het volume omhoog.

'Alsjeblieft Rik, niet nu.'

'Waarom niet?'

'Morbide' is het woord dat me te binnen schiet, maar Mareks duim prikt vermanend in de rugleuning van mijn stoel en dus zwijg ik. Kon ik maar eens één weekend thuis zijn zonder ruzie te maken.

Ook nadat Rik de muziek met een harde klik heeft afgezet, klinkt Fonny's rokerige stem nog na in mijn oor. ... *For the times they are a-changin'*. Wat begrepen wij van de woorden die Bob Dylan zesduizend kilometer verderop zong? En toch, in Fonny's buurt was het of Dylan zelf met zijn ongestreken kleren, warrige haren en verende tred tussen ons was neergedaald.

Eerst was Rik in Leuven gaan studeren, daarna ik en plotseling was Fonny er ook, legerschoenen van de Stock Américain aan zijn voeten, een gitaar om de schouder. Soms had hij een rode aktetas bij zich. Toen ik die eens openmaakte, ontdekte ik dat er een bord, bestek en een beker in zaten – meer niet.

Rik en ik kwamen in de studentencafés Politika en 't Psychootje, Fonny had algauw de lokale Nul Komma Nul ontdekt, waar hij met studentes flirtte en dure woorden gebruikte. In Neerpelt had niemand er erg in gehad, maar in dit milieu viel het op dat de betekenis van de woorden niet altijd klopte. Tot zijn veertiende was hij naar school gegaan, jarenlang had hij daarna geprobeerd een diploma te halen voor de middenjury.

Toen was hij nog goed, ja. Hij tripte regelmatig, maar ach, dat deden ze daarginds in New York ook. Weliswaar liep hij uit de rails, maar ons achterland was zo stevig – we geloofden nog dat de uitslaande naald zou terugkeren naar het midden. Dat de orde bleef, al maakte hij die in de war. Net als de grote puzzel waar ik als kind op winteravonden in bomma's opkamer aan werkte; uiteindelijk kwam er altijd weer een intacte oceaanstomer tevoorschijn en werden de blauwe en grijze puzzelstukjes zee en lucht.

We zijn de parkeerplaats van het ziekenhuis op gereden en als Rik stopt, heb ik niet meteen de reflex uit te stappen. 'Wat zit je te dromen,' zegt hij, 'we zijn er.'

Fonny is wakker. Annie kondigt mij min of meer aan. Zijn ogen draaien telkens weg, maar dan komen ze tot rust, ziet hij me en begint zo krampachtig te ademen dat mijn hart voor de tweede keer die middag in mijn keel bonkt.

'Dag Fonny.' Hij heft zijn linkerarm met de verbrande hand lichtjes op – ten teken van groet? Over de hoge spijlen van het ziekenhuisbed heen streel ik zijn haren, of wat er is overgebleven van zijn haren nadat ze de omgeving rond het gat in zijn schedel hebben kaalgeschoren. Er zit een drain in zijn hoofd, die de druk op zijn hersenen moet verminderen. Wanneer ik over zijn rechterhand strijk die uit het gips steekt, fronst hij zijn wenkbrauwen. Hij is er niet aan gewend dat ik hem aanraak, niet op deze manier. *Blijf van me af* – ik hoor het hem zeggen.

Het is warm in de kamer, de zomerzon prikt door het raam, Fonny's nek is rood van het zweten. Ik ruik hem – een scherpe, zilte geur die mij als puber erg aantrok. Ooit pikte ik zijn trui toen hij terugkwam uit Amsterdam en gebruikte die als kopkussen.

Fonny wendt zich af als hij merkt dat ik tegen mijn tranen vecht, zoekt Annies blik. Marek en Rik zijn achtergebleven in de wachtkamer. 'Niet huilen,' heeft Marek me voorgehouden, 'anders denkt hij dat hij er heel slecht aan toe is.'

That's right, it's come to this. De woorden van Leonard Cohen waaien mijn hoofd binnen. Daar ligt hij dan, de held van mijn jonge jaren, de man op wie mijn vriendinnen stiekem verliefd waren en ikzelf ook een beetje. Zijn armen in het mouwloze shirt zijn nog steeds sterk. Zijn geprononceerde neus heeft hij van mama; markante neuzen komen aan haar kant van de familie in vele variaties voor.

Het buisje in zijn keel – anderen krijgen daar volgens de verpleging braakneigingen van, maar Fonny lijkt het goed te verdragen. Aanvankelijk was hij opstandig, intussen heeft hij zich helemaal overgeleverd aan zijn verzorgers. Hij reageert als ze hem bij het wassen vragen zijn linker- of rechterbeen op te tillen en wordt nu ook geschoren. Wanneer hij pijn heeft, trappelt hij met zijn voeten en krijgt een hogere dosis pijnstillers. *And wasn't it a long way down. Wasn't it a strange way down.*

Ik schaam me bijna dat ik hier sta terwijl hij zo weerloos is, niet in staat te praten. *Wat is er, waarom kijk je zo.* Als hij daar niet lag, geveld, zou hij dat allang hebben geroepen. Maar zijn ogen draaien weg, vallen dicht. 'Hij slaapt,' legt Annie uit, 'dat deed hij tijdens het afkicken ook altijd – hij kan dagen achtereen slapen.'

Er zit een valse noot in mijn aanwezigheid hier. Ik heb hem naar de verdommenis laten gaan, ik ontweek hem, en nu hij dodelijk getroffen is sta ik bij zijn bed te huilen. Als hij erbovenop komt zal ik hem net zomin helpen als daarvoor, dat weet ik, dwars door mijn verdriet heen. Ergens onderweg is een aantal puzzelstukjes van de oceaanstomer zoekgeraakt, en van de zee en de wolken ook – die vinden we nooit terug.

Annie wijst naar het zilveren kettinkje met het kruisje boven het bed. 'Daar kijkt hij de hele tijd naar als hij wakker is,' zegt ze. Stugge blonde haren, lichtblauwe ogen – ze is niet onaantrekkelijk. Ze gebruikt geen drugs, weet ik van Rik. Zou ik, als ik haar in de stad tegenkwam, kunnen vermoeden dat zij haar vier kinderen in de steek liet om een verhouding te beginnen met een junk? Ik geloof het niet.

Van mama hoorde ik dat Fonny alweer een oogje had op een andere vrouw. In het café was Annie op haar afgestapt, had haar handen in haar zij gezet en geroepen: 'Blijf van mijne vent af, vuil hoer.'

Annie heeft me zitten opnemen. 'Gij zijt schrijfster, hè?' Fonny heeft haar over me verteld. Haar ex-man drinkt; toen ze nog bij hem was hield ze een dagboek bij. Fonny vond dat goed geschreven en zei dat ze het maar eens aan mij moest laten lezen. Er is iets eenzaams in haar blik, iets gretigs ook – een gapend gemis waarvoor ik instinctief op mijn hoede ben.

Rik en Marek zijn binnengekomen. Fonny mag niet zoveel bezoek tegelijk hebben, maar aan ziekenhuisregels heeft mijn familie lak en de verpleging heeft zich daar blijkbaar naar geplooid. Fonny doet zijn ogen open, zijn ademhaling versnelt als hij ons allemaal samen ziet. Delen van zijn leven die niet bij elkaar passen, die hij zorgvuldig gescheiden heeft gehouden. Zijn gebroken ribben moeten op zijn longen drukken, want zijn gezicht vertrekt van de pijn. 'Hij is de energie aan het afgeven die hij te veel heeft opgenomen toen hij speed spoot,' fluistert Rik, die zich in een mum van tijd tot een specialist ter zake heeft ontwikkeld.

De verpleegster steekt haar kop om de deur. 'Ik wil me nergens mee bemoeien,' zegt ze, 'maar ik heb net gehoord dat de dochter er is.' Annies ogen flitsen gealarmeerd en Rik spoedt zich naar buiten.

Jennifer is zwaarder geworden sinds ik haar de laatste keer ontmoette. Ze loenst een beetje, zie ik wanneer ze naar me toe loopt. Ik omhels haar, leg mijn arm om haar schouder. Stil kijkt ze op haar vader neer, neemt zijn rechterhand in de hare. Ze is op internaat in de School met de Bijbel en is gebracht door een vrouw die ze tante noemt. De tante wacht buiten.

Hoe oud is Jennifer, dertien? Ze zit in het laatste jaar van de lagere school, begrijp ik. 'Binnenkort hebben we examens,' zegt ze. 'Ik zal wel weer buizen, door dít.' Ze maakt een hoofdgebaar naar haar vader, en ook naar Annie, die haar best doet Jennifers blik te mijden.

'Gaan jullie maar,' zeg ik tegen Rik en Marek, 'ik kom wel na met de bus.' Annie mompelt een excuus en loopt met hen mee.

Mijn arm ligt nog steeds om Jennifers schouder. Ik ken haar niet goed, toch voelt dit vertrouwd. Zes jaar geleden was ik op haar eerste-communiefeest. Fonny en Christiane waren toen nog samen. Ze hadden elkaar ontmoet in een Antwerps café – een hevige, overrompelende ontmoeting, die Fonny me in detail had beschreven. Het was een avond waarop hij zo opgefokt was van het spul dat hij lampjes in de ogen leek te hebben. Hij maakte ruzie met iemand; Christiane zat hem aan de bar te observeren. Toen hij kwaad wegliep, pakte ze hem bij de arm en zei: 'Gij zijt z…iek. Ik u b…eter maken!'

Ze was spraak- en gehoorgestoord, en niet zo'n beetje ook. De woorden wrongen zich met moeite uit haar los, ze had door de jaren heen haar eigen taal ontwikkeld. Op den duur sprak Fonny met haar net zo: vervoegde zijn werkwoorden nauwelijks, liet bijvoeglijke naamwoorden weg, zodat de zinnen als kale palen in de grond staken.

Die avond praatte ze op hem in alsof ze bezeten was: ze was toevallig langs het café gelopen en had gevoeld dat ze naar binnen moest. Nu wist ze waarom: om hem te ontmoeten. Om hem te redden.

Een jaar later werd Jennifer geboren.

Christiane had zo haar best gedaan, jarenlang hadden ze op de magie van die eerste ontmoeting geteerd, had zij geprobeerd hem te redden. Telkens herviel hij. Tot hij haar meetrok. Waarna zij opkrabbelde en alles van voren af aan begon.

In het weekend stond Fonny op de markt met meubels en snuisterijen, doordeweeks reed hij met Christiane door heel België in zijn terreinwagen. Zij ging de deuren langs om poppetjes en bokalen met snoep te verkopen, toonde haar invalidenkaart en stootte speciaal voor de gelegenheid onverstaanbare kreten uit. Ze had zakentalent, ze wist mensen te raken met die bezeten toon van haar. Fonny volgde haar op afstand, vulde de voorraad poppetjes en bokalen zo nodig aan.

Heel soms kreeg ik een kaartje van ze, met Kerstmis of zo. Ze poseerden als een gewone familie, maar als ik in Hasselt was hoorde ik dat ze een spoor van vernieling achterlieten bij crèches, kleuterscholen en onthaalmoeders. Vergaten ze Jennifer op te halen, zagen bij hun terugkomst een aangebroken blik doperwtjes in de keuken staan en scholden de onthaalmoeder uit omdat Jennifer macrobiotisch moest eten.

Jennifers communiefeest was een van de laatste stuiptrekkingen van hun leven samen. Daarna ging Fonny op zoek naar andere vrouwen. De scheldpartijen waarin hij zo bedreven was en waar Christiane ook enige ervaring mee had, werden steeds heftiger, de verwijten verschroeiden alles op hun pad.

Het enige medeleven dat Fonny Christiane had betoond,

bedacht ik later, was dat hij met haar communiceerde in infinitieven en zelfstandige naamwoorden. Ooit liet hij een verzoenende brief slingeren die hij haar had geschreven. Hij was opgesteld in haar taal en zelfs zijn precieze handschrift had plaatsgemaakt voor bovenmaatse hanenpoten. Maar de slotscène met de koekenpan, die het gordijn over hun relatie zou dichttrekken, was toen al nabij.

'Zou hier nergens een washandje zijn?' Jennifer heeft Fonny's hand losgelaten. Ze heeft een onzekere motoriek, beweegt zoekend door de kamer, trekt haar lange T-shirt over haar billen. Ze sjokt, haar brede schouders gebogen – astma, net als haar vader. Met een nat washandje komt ze terug uit de badkamer en begint Fonny's nek te betten. ''t Is hier warm, zeg, kijk eens hoe hij zweet.' Hij opent zijn ogen, kijkt naar haar, zakt weer weg.

'Hoe is het eigenlijk op de School met de Bijbel?' vraag ik.

Ze haalt haar schouders op. 'Alles beter dan thuis. Ik kan niet opschieten met de vriend van mijn moeder. Hij spreekt kwaad over papa.' Ze brengt het washandje naar de badkamer, spoelt het uit, hangt het over de rand van de lavabo. 'Ik maak ook ruzie met mijn moeder,' zegt ze. 'Soms gooi ik dingen door het huis.'

'Is dat niet gevaarlijk?'

'Nee, nee, ik let wel op wat ik gooi.' Voor het eerst glimlacht ze. 'Laatst heb ik een stoel door de kamer gesmeten, maar niemand geraakt.'

Een klop op de deur. Het is de tante van de School met de Bijbel. 'Kunnen we gaan?'

Ik wandel met hen mee tot aan de auto, omhels Jennifer en voel opnieuw een valse noot. Ook haar zal ik niet helpen.

Annie zit in de wachtkamer te roken. 'Zullen we even wandelen?' stel ik voor. 'Zonde om met dit weer binnen te blijven.'

'En Fonny dan?'

We gaan kijken. Hij slaapt.

De lindebomen in het park achter het ziekenhuis staan in bloei. Een lichte bries voert geuren aan van vroeger, van het gazon achter ons huis, van de bossen in de omgeving van Neerpelt. Naast me steekt Annie een sigaret op en begint te praten. Filip had gelijk: ze heeft geen aanmoediging nodig. 'In de tijd van Christiane had Fonny veel geld,' zegt ze, 'hij gebruikte toen nog heroïne – daar heb ik hem van afgeholpen.' Ze ontdekte algauw dat hij was overgeschakeld op speed. 'Laat me nog één keer,' smeekte hij dan, 'tot ik het huis af heb.' Soms belden zijn Hasseltse drugsvrienden; beloofden ze hem geld te geven voor benzine als hij met hen naar Maastricht reed. 'Dan kreeg hij ook wat.'

Na een middagdutje vond ze eens een briefje van Fonny op de keukentafel: hij was herderstasjesthee voor haar gaan halen. Dansend kwam hij terug. Zij begreep waar hij geweest was, maar hij ontkende. 'Ik trok een sexy hemdje aan en zei dat ik zin had. Toen wist ik dat hij speed had gepakt, want dan vrijde hij heel heftig.'

Ze mocht hem geen verslaafde noemen. 'Ik ben een gebruiker,' corrigeerde hij haar. Als hij afkickte lag hij doodziek in bed en moest ze in zijn buurt blijven. Ze maakte vanillepudding, mokka met vanille of 'neger in z'n hemd', een dessert met koekjes en chocolade. Zat ze tv te kijken en wilde ze in de keuken een potteke pakken – bleek Fonny ze alle zes achtereen te hebben opgegeten.

We zijn neergestreken op een bank. Annie praat en praat, ze slaagt erin in een halfuur twee keer hetzelfde te zeggen. De ijle geur van lindebloesem mengt zich met die van sigarettenrook. Sommige verhalen heb ik al van de anderen gehoord. Fonny zou in zijn tuin, twee meter onder de grond, speed verstopt hebben. Zijn vrienden bellen haar: ze willen weten waar precies. De rohypnolpillen die ze door haar huisdokter moest laten voorschrijven verkocht Fonny voor tweeënhalve gulden per stuk in Maastricht.

'Ging het ook weleens goed met hem?'

Ze knikt.

'Wat deed hij dan?'

'Dan mocht ik in bed blijven en maakte hij het ontbijt. Af en toe speelde hij gitaar of piano, of knapte iets op in huis.'

Hij heeft een invaliditeitsuitkering, zij stempelt – iets reguliers is er niet bij. Geen woord over haar ex-man en vier kinderen. Alsof haar leven pas begon toen ze Fonny ontmoette en in de rollercoaster stapte waarin hij zich continu bevindt.

Fonny kijkt vast op haar neer, denk ik als we terugwandelen naar het ziekenhuis. Minachting, daar draait het bij hem onveranderlijk op uit. Met Christiane was het net zo, en die was zoveel sterker. Aanvankelijk was hij onder de indruk van haar felheid, haar overredingskracht, haar zelfvertrouwen. Maar op den duur keerde zich dat allemaal tegen haar, vond hij dat ze hem bemoederde, dat ze te wild danste, dat ze... 'Gij past niet bij mij,' riep hij dan, 'gij past bij een doofstomme kliek, bij gebarentaal, bij mensen die apart moeten omdat ze niet in de maatschappij thuishoren.' Waarna hij haar de ultieme verwensing toewierp: 'Gehandicapte!'

Bij mijn thuiskomst is Willy op bezoek, een handelaar in schroot met wie Fonny bevriend was. Lange woeste haren, grijze bakkebaarden – ik zag hem al op het communiefeest van Jennifer, geloof ik. Intussen heeft Fonny ruzie met hem gekregen, wat Willy niet belet op de bank te zitten huilen. In De Munt hoorde hij dat Fonny zich op de weg naar Tongeren had doodgereden tegen een Amerikaanse eik – hij is zo blij dat dat niet waar is. Hij heeft een prentje van Jezus en Maria meegebracht, zou papa dat naast zijn bed willen leggen? 'Want Fonny is toch ook gelovig.'

Mijn vader zit in zijn fauteuil bij het raam en legt het prentje op de vensterbank, boven op de folders over drugsverslaving die ik in een optimistische bui uit Amsterdam heb meegenomen. Zo achteloos als hij ze in ontvangst nam – ik weet nu al dat hij ze nooit zal lezen. Over de treurende bezoeker heen werpt hij me een van zijn blikken toe. Straks vraagt hij me vast: 'Zeg, wat vindt ge van die Willy?'

Alle mensen rond Fonny zijn marginalen, constateerde Filip aan de telefoon met enige bitterheid. Ik heb de indruk dat papa die parade van miserabelen wel interessant vindt. Vroeger zei hij: Als ik met pensioen ben, ga ik weer gedichten schrijven. Kwatrijnen, sonnetten – daar was hij als jongeman heel bedreven in. Toen zijn dementerende schoonmoeder decennia geleden in een katholiek bejaardenhuis slecht behandeld werd, maakte hij een schotschrift dat hij graag met gedragen stem mocht voorlezen:

Het kindse hoofd op schouders van miserie
wacht zij het einde af.
Haar schoot die zoveel kinderen leerde leven
wordt nog geduld als schroot
in 't huis van oude dames
met borden vol reclames
'een onbezorgde oude dag'.

Het gedicht meanderde langs 'trieste Godsgezanten' en 'stemmen, gedempt door orgelnoten' naar een nijdige apotheose:

De kinderen die zij in weeën baarde
en die nu in weelde leven
laten begaan.
Wat raakt hen die misère
hun kinderen zijn universitairen.

Sinds hij gepensioneerd is hoor ik mijn vader niet meer zeggen dat hij wil dichten. Hij heeft Russisch, Spaans en Esperanto geleerd, maar het enige wat hij daarmee doet is naar de wereldradio luisteren. Hij helpt vrienden en bekenden met het invullen van hun belastingbrief, jaagt op koopjes bij Blokker of in tweedehandsboekhandel Snuffel en hangt urenlang aan de telefoon met Jan en alleman, maar verder lijkt hij niet te weten hoe zijn tijd door te brengen. Een kind ten laste hebben dat met een kar vol problemen rond het ouderlijk huis trekt – het komt hem misschien wel goed uit.

Wanneer Willy vertrokken is in zijn rammelende auto, zijn we voor het eerst sinds Fonny's ongeluk onder elkaar. Hildeke kijkt op het bed in de logeerkamer naar *Dallas* op de Duitse zender, in kleermakerszit. Er zijn heel wat dingen die ze niet kan, maar in het speuren naar oude afleveringen van *Dallas* op de televisiepagina van *Het Belang van Limburg* is ze behendig. Ze volgt alle herhalingen op de Duitse, Belgische en Nederlandse tv, kriskras door elkaar.

'Zal ik vragen of Hildeke naar beneden komt?'

'Nee, laat haar maar,' zegt mama, die in de keuken aan het strijken is, 'ze is zo blij als ze Bobby ziet.' Sinds de eerste aflevering is Hildeke verliefd op Bobby Ewing, de braverik van de serie. Ze huilde toen hij blind werd en kon na zijn dood door een auto-ongeluk 's nachts niet slapen, maar Bobby is op miraculeuze wijze opgestaan uit het rijk der doden: het ongeluk was een boze droom van zijn ex-vrouw Pamela.

'En, hoe is het met Fonny?' Papa is bij ons komen zitten aan de eettafel, die bezaaid is met zijn paperassen. Hij heeft een werktafel in zijn bureau, maar het liefst zit hij hier, zodat hij iedereen tot stilte kan manen en kan opspelen als hij iets kwijt is of iets hoort wat hem niet bevalt. Hij kijkt me aan van boven zijn dubbelfocusbril. 'Is er nog geen verpleegster die naar hem toe trekt?'

Die gedachte schoot mij in het ziekenhuis ook al door het hoofd: Fonny is in staat na zo'n opname thuis te komen met een verpleegster. 'Ik weet het niet,' zeg ik, 'hij ligt daar vooral zielig te zijn. En dat spook aan zijn bed...' Die heb ik van Marek; hij lijkt zo aardig en voorkomend, maar hij kan mensen genadeloos imiteren en in het bedenken van bijnamen is hij nog sneller dan mama. Zieke poes, malse kip, ijskoningin, hagedis, kerkuil – hij heeft een rijke verzameling in zijn repertoire.

Mijn moeder rijdt voortdurend op en neer naar het ziekenhuis, haalt Fonny's vuile was op en brengt die schoon en gestreken terug, maar papa is hem, sinds hij ontwaakt is uit zijn coma, nog maar één keer gaan bezoeken en wil daar geen gewoonte van maken. 'Ik heb hem verteld dat hij mijn beste zoon is,' zegt hij, 'en dat alles goed zal komen.' Waarop Fonny zijn lippen bewoog en hij een traan in zijn ooghoek meende te zien.

'Zoveel jongens rijden zich dood tegen een boom,' roept mama vanuit de keuken, 'maar onkruid vergaat niet.'

'Zwijg, zottin.'

'Papaa...' Mareks voet is al bij de mijne.

'Pardon, dat meende ik niet – ik had een zwak moment.' Mijn vader pakt een bankafschrift van de stapel en schuift het naar me toe. 'Kijk eens, Fonny had maar zestig frank op zijn rekening staan.'

'De rest,' klinkt het uit de keuken, 'is allemaal opgegaan aan drugs.'

'Dat woord wil ik niet meer horen!' Mijn vader staat op en begint rond de tafel te lopen, zoals hij altijd doet als hij zich opwindt. Hij en mama hebben de afgelopen dagen heel wat gekibbeld, Marek en ik vallen er middenin. Papa zat vorige week in zijn fauteuil bij het raam naar *Derrick* te kijken toen Christianes auto op de oprit voorbijschoof. Hij liep naar de deur, maar mama opende het keukenraampje en zei dat Christiane hier niets te zoeken had.

'Wat wilde ze?'

'Over Fonny praten, denk ik.' Hij kwam er niet achter, want mama weigerde haar binnen te laten.

‘Fonny was veel beter toen hij nog bij Christiane was,’ zegt hij. Al moet hij bekennen dat Christiane hem, net voor ze uit elkaar gingen, kwam smeken Fonny te laten colloqueren, gedwongen opnemen, omdat hij doorsloeg en ze geen vat meer op hem kon krijgen.

Volgens papa heeft Annie Fonny van Christiane afgepakt. Het ongeluk is Annies schuld: als zij hem op de avond van zijn verjaardag niet de deur had gewezen zou er niets gebeurd zijn. Al maakt hij zichzelf ook verwijten – hij had Fonny die nacht niet naar Vliermaalroot mogen laten rijden.

Ik luister naar hem, Mareks voet tegen de mijne, klaar om uit te schieten. ‘Laat maar, papa, het is gebeurd.’

‘Ja, maar als hij nog bij Christiane was geweest…’

‘Hoed u voor de getekenden!’ roept mama. Zij heeft het nooit met Christiane kunnen vinden; praten kon die nauwelijks, schreeuwen des te beter.

Toen mijn vader en moeder naar Hasselt verhuisden, weg van Neerpelt, waar Fonny hen te schande had gemaakt met zijn geruzie en lawaai, verhuurden ze de witte villa en lieten hem achter in het oude herenhuis aan de overkant. Bomma, die in de aanbouw van *het oud huis* had gewoond, was overleden. Fonny had de muur tussen het oud huis en de aanbouw uitgebroken en was gestart met een van zijn notoire verbouwingen. Onze benjamin Polly zag hem eens boven op een ladder staan met een fles ammoniak: hij probeerde een lamp schoon te maken. Plotseling zette hij de fles aan zijn neus en snoof zo diep dat zijn benen trilden en zij vreesde dat hij met fles en al op haar zou vallen.

Op een dag arriveerden Fonny en Christiane in Hasselt en voor mama en papa het goed en wel beseften hadden ze zich geïnstalleerd in de bergplaats en begonnen ze daar kabaal te maken. De deur naar de bergplaats draagt nog steeds de sporen van de schop die Fonny er in een woedende bui tegen gaf; telkens wanneer je van de living naar de keuken loopt, moet je erlangs.

Wanneer Hildeke de kamer binnenkomt, stopt papa midden in een zin met praten. Ze gloeit nog na van het kijken naar *Dallas* en wrijft in haar mollige handjes van plezier: we gaan avondeten. 'Dek jij de tafel, Hildeke?' vraagt mama. Hildeke weet dat Fonny ziek is, meer hebben ze haar niet verteld. Je wilt haar niet droevig maken of zien huilen; Hildeke niet, nee, want ze is inmiddels vijfendertig, maar heeft in haar hele leven nog nooit iemand kwaad gedaan. De enige zonde waar we haar weleens op betrappen is dat ze na het eten een overgebleven aardappel uit de pan vist of te veel koffie drinkt; ze smokkelt de koffie naar haar slaapkamer en verbergt de koppen onder haar bed – mama moet ze er telkens onder vandaan halen.

Hildeke en mama gaan vroeg slapen; papa, Marek en ik kijken naar de Franse zwart-witfilm *Le beau Serge* van Claude Chabrol, over een jongeman die terugkomt naar zijn geboortedorp en ontdekt dat zijn jeugdvriend aan de drank is geraakt. Marek en ik wisselen nu en dan een blik – de parallellen met Fonny dringen zich op. Maar mijn vader zegt alleen dat hij en Fonny soms ook samen tv-kijken, dat ze van dezelfde films houden en dat Fonny's commentaren vaak zo intelligent zijn.

Voor het slapengaan zoek ik in de Witte Gids in mijn vaders bureau naar een hulpdienst met informatie over drugsverslaving. Misschien kan een buitenstaander met kennis van zaken mijn ouders uitleggen wat er met hun zoon aan de hand is? Ik vind een 24 uursdienst, maar de man aan de andere kant van de lijn begrijpt niet wat ik van hem wil: hij geeft voorlichting aan verslaafden zelf, over schone spuiten en zo. Een slome stem – we komen er niet uit.

Op Hildekes kamer brandt nog licht. Ze ligt in haar bed naar de kleine tv te kijken die ze onlangs heeft gekregen. Als ik me vooroverbuig om haar te knuffelen, hoor ik iets kraken – heeft ze een grote zak chips onder de dekens verstopt waarvan ze zat te eten.

'Kom,' zegt mama de volgende dag na het middageten, 'we gaan een ritje maken.' Dat soort dingen bedenkt ze spontaan, zodat papa niet kan zeggen dat hij haar thuis nodig heeft, of dat hij mee wil. Papa en Marek hebben samen naar een zondagsmis gekeken op de Portugese tv en praten over mijn vaders lievelingsonderwerp: paus Johannus Paulus II. Mareks geboorteplaats ligt niet ver van Krakau, waar Karol Wojtyła studeerde. Zou hij mijn vader al verteld hebben dat hij als kind, tijdens een schoolreis naar Krakau, een glimp heeft opgevangen van Wojtyła? Of dat hij een mis heeft bijgewoond die Wojtyła opdroeg in de kathedraal toen hij aartsbisschop van Krakau was?

'Papa en Marek kunnen verder praten over de paus van Polen,' zegt mama, 'en Hildeke kan koffie voor hen zetten, dat doet ze graag, hè Hildeke? En geef er maar een koekske bij, je weet ze te vinden.'

In de gang fluistert ze me toe dat we naar Vliermaalroot gaan. Onderweg zullen we de boom passeren waar Fonny tegenaan is gebotst. 'Je kan hem niet missen, want hij is nogal geabimeerd.' De gemeente heeft al laten weten dat ze de rekening zullen sturen. 'Gelukkig was Fonny omnium verzekerd, daar heeft papa voor gezorgd, hij...'

Hildeke is de gang in gelopen en staat te dralen bij de kapstok. Ze durft niets te vragen, de lieverd, ze is zo goed opgevoed bij de Zusters van Liefde in Maaseik, waar ze tussen haar vijfde en zestiende op internaat was – beter dan wij allemaal.

'Wilt ge mee?'

Haar gezicht klaart op, vragend kijkt ze naar mama. 'Mag da?'

'Hildeke hoeft dat niet te zien,' protesteert mijn moeder aarzelend.

'Ach, laat haar toch. Het is voor haar ook een ritje. Pak uwe jas maar, Hildeke.'

Laatst kwam mama in de winkel de moeder van een Hasseltse drugsdealer tegen, die bidt dat haar zoon sterft. 'Dat zou ik ook willen,' zegt ze, 'want wat gaan wij nog meemaken.' Volgens haar heeft Fonny zijn lichaam na zijn overlijden ter beschikking gesteld van de wetenschap. 'Dat ga ik ook doen. Dan halen ze het beste eruit en stoppen de rest onder de grond. Misschien ben ik wel extra interessant, vanwege Hildeke.' Papa is ertegen, maar zij heeft de papieren al ondertekend. 'En denk erom: op mijn begrafenis wil ik geen koffietafel.'

'Waarom niet?'

'Daar komt alleen maar kweddeles van. Toen nonkel Jos – die pertang ne goeie was – stierf, zei nonkel Willy aan de koffietafel dat ons huis in Hasselt lichte timmer was.'

'Lichte timmer? Wat bedoelde hij daarmee?'

'Dat het met goedkope materialen ineen was gestoken.'

Daar zou nonkel Willy weleens gelijk in kunnen hebben, want mijn vader heeft bij de bouw van zijn tweede huis alle kleine zelfstandigen die hij via zijn werk bij de belastingen leerde kennen – van aannemer tot loodgieter en verwarmingsinstallateur – gemobiliseerd. Zij hebben hem weliswaar korting gegeven, maar de kwaliteit is navenant.

Terwijl ze praat, spiedt mijn moeder in de achteruitkijkspiegel naar Hildeke, die naar buiten tuurt en soms iets tegen zichzelf zegt, zoals ze doet als ze alleen is. 'Bonenkoffie is goed voor de lage bloeddruk,' hoor ik haar fluisteren.

'Wat zegt ge daar?'

'Niks.' Ze giechelt betrapt.

'Waar denkt ge aan?' vroegen we haar vroeger als we samen achterin zaten. Ze lachte alleen maar, antwoorden deed ze niet; als we aandrongen fronste ze haar wenkbrauwen en zei: 'Allè, nie plagen.'

We hebben de lintbebouwing rondom Hasselt, de reclames van meubelpaleizen en lingerie op de blinde zijgevels van huizen, achter ons gelaten en rijden het lichtglooiende Haspengouwse landschap binnen. Koeien in de wei, een kasteel met een herenboerderij in de verte. 'Kijk eens hoe schoon.' Mama is opgegroeid op de Grote Hei, een gehucht van Neerpelt, waar haar vader molenaar was; ze houdt van weiden, boomgaarden en vergezichten.

'Nu moet je opletten, ik zeg niets meer – het is verderop rechts.' Ze is trager gaan rijden. Remsporen op het asfalt, een boom met een grote rauwe plek in de bast. 'Hoe ging het gedicht ook alweer dat Anton van Wilderode schreef voor Bert Leysen?' Ze draagt het voor:

Een zwarte boom staat langs de baan,
ik kan hem niet ontwijken.
Ik heb mijn dagwerk afgedaan,
nu wil ik naar mijn vader gaan,
heergod van hemelrijke.

De liefste vrouw zit aan mijn zij,
twee kinderen van de negen.

Verder weet ze het niet meer, ik neem het van haar over:

Het morgenlicht sneeuwt over mij,
de zuivere geuren van de hei
rijd ik ootmoedig tegen.

Dan val ik op mijn beurt stil.

'Spijtig dat papa er niet bij is,' zegt mama, 'die kent het helemaal vanbuiten.'

Ik was een jaar of zes toen Bert Leysen, de oprichter van de Vlaamse televisie, tegen een boom reed. Heel Vlaanderen treurde – zijn stem en gezicht waren in elke huiskamer bekend. Thuis gonsde zijn dood extra na: Leysen was twee jaar ouder dan mijn vader, ze hadden allebei op het Sint-Jan Berchmanscollege in Mol gezeten en al hadden ze daarna nauwelijks contact, het was of mijn vader een vriend verloor. Hoe klein ik ook was, ik treurde mee.

'En de drachtige koe?'

'O, die is niet dood.' Mijn moeder heeft de boer twee dagen na het ongeluk opgezocht. Zijn koe stond op stal; haar tong hing nog steeds uit haar muil, maar verder had ze niets. 'De boer probeerde te trekken van de verzekering,' zegt mama, 'maar dan kennen ze Mientje Schildermans nog niet.' Ze stond in haar jonge jaren bekend als een bijdehandje. Toen haar vader in de Tweede Wereldoorlog voor moest komen nadat hij betrapt was op het smokkelen van bloem en eieren, deed zij een kleedje met een wit colleke aan en ging praten met een advocaat.

Mijn moeder is de weg naar Vliermaalroot ingeslagen. Ze heeft deze route vaak gereden met eten en drinken voor Fonny op de passagiersstoel. Soms moest ze langs de bakker om zijn rekening te betalen, want Fonny haalde brood en liet het opschrijven. Al maakte ze zich zorgen over de toestand waarin ze hem zou aantreffen, ze was telkens weer blij als ze dit lieflijke landschap met appel- en perenboomgaarden binnenreed. 'Kijk toch eens hoe schoon, Hildeke,' zegt ze in de achteruitkijkspiegel. In de herfst stopt ze onderweg om gevallen fruit te rapen in de greppels. 'Ze hebben hier rode appeltjes, net als op de Grote Hei.'

Fonny verhuisde zo vaak, het was niet bij te houden. Als hij geen onenigheid kreeg met de huisbaas, dan wel met de buren. Maar in Vliermaalroot had hij het rijk alleen. Aan het einde van een lange omheinde tuin duikt zijn huis op, verscholen achter het lover.

Ik loer door de ramen naar binnen. 'Wacht, ik heb de sleutel van de achterdeur,' zegt mama. En als ze ziet dat Hildeke aarzelt om verder te lopen: 'Niet bang zijn, de hond is weg.' Die hebben ze intussen naar het asiel gebracht.

Op de binnenplaats treffen we verroeste tuinstoelen aan

rond een tafel met een kapotte parasol. Hildeke staat verloren op de kasseien – verbaasd Fonny niet thuis te vinden, luisterend naar de onverwachte stilte die zijn afwezigheid teweegbrengt. Ze zegt niets maar speurt om zich heen, alert, bang dat Queen uit de tuin zal aanrennen en tegen haar opspringen. Er verschijnen allemaal rimpeltjes op haar gladde voorhoofd, zo meteen huilt ze. Ik begrijp ineens waarom mama haar niet mee wilde nemen.

'Waar is Fonny?' vraagt ze weifelend – alsof ze het antwoord niet echt wil horen.

Ik sla mijn arm om haar heen. 'Dat weet je toch. Fonny ligt in het ziekenhuis, hij wordt gauw beter. We moeten iets voor hem ophalen.'

Mama geeft me de sleutel en zegt: 'Kom Hildeke, we gaan kijken of er al pruimen aan de boom hangen.'

Binnen ruikt het naar vocht. Een kruisbeeld aan de muur in de woonkamer, een paar boeken in de kast. *Geniet van het leven, De I Tjing als wegwijzer, De Kelten.* Fonny's gitaar ligt op de bank, het plectrum op de armleuning – hij heeft er onlangs dus nog op gespeeld.

Op zijn vijftiende kreeg hij zijn eerste gitaar. Er moet een moeilijke tijd aan vooraf zijn gegaan, want ik herinner me de sfeer van opwinding die gepaard ging met de aankoop van het instrument. Als Fonny een gitaar had zou alles beter worden, zei mijn vader. Kort daarna was het opnieuw mis: hij verdween en bleef dagenlang weg. Hij had Rik, die een jaar jonger was, uit zijn kamer verbannen en de deurklink weggehaald, zodat niemand naar binnen kon. Op een ochtend hoorde mama gestommel in die kamer – was Fonny 's nachts door het hoge wc-raampje naast de voordeur naar binnen gekropen. Hoe hij dat had klaargespeeld, was iedereen een raadsel. Op school had ik net les gehad over reptielen; in mijn gedachten gleed Fonny het huis binnen als een slang.

Een chalet, een jukebox, een gitaar, een elektronisch orgel, een brommer, een leercontract bij een bevriende horlogemaker – mijn vader strompelde van oplossing naar oplossing. Pleisters op de wonde, telkens weer. Vond hij maar een goed meisje, zei mama, en ze was verguld toen Fonny in de lente van 1967 Els leerde kennen. Hij had haar lezend aangetroffen op een bank bij de vijver in het Dommelhof; kort daarvoor was ze geopereerd aan haar blindedarm, ze hoefde dat jaar niet meer naar school.

'Mag ik naast je komen zitten?'

Maandenlang zagen ze elkaar bijna dagelijks, wandelden door de brede kastanjedreef van de Scoutsrally naar de villawijk waar de ingenieurs van Overpelt-Fabriek woonden, zaten langs het kanaal en tuurden met grassprietjes tussen de tanden naar de aken die voorbijtuftten, een baby in een box op het dek, was wapperend aan de draad, in de stuurcabine een schipper die de hand opstak als ze naar hem zwaaiden. Ze praatten over Hermann Hesse en Tolkien, over Muddy Waters, Roy Orbison en Jimi Hendrix, over de wereld die zoveel groter en complexer was dan de Neerpeltenaren bevroedden.

Soms kroop Fonny op de betonnen bunker met zijn gitaar en speelde 'Mr. Tambourine Man' of 'House of the Rising Sun'. Hij was van school gegaan omdat hij niet in een gemeenschap kon leven, zei hij, en studeerde sindsdien op zijn kamer voor de middenjury. Veel meer wist Els niet over hem. Bij de rietvijver in het Dommelhof kusten ze voor het eerst. Verder niets – hij respecteerde haar, zoals dat in Neerpelt heette.

Ik zat op kostschool en was niet op de hoogte van de idylle, pas veel later zou Els me erover vertellen; en ook hoe de bubbel waarin ze hadden geleefd, uiteenspatte.

Tijdens de vakantie stroomde de tuin vol met onze vrienden. We noemden onszelf 'de kliek' en annexeerden de twee kamers aan de voorkant van het oud huis, die eerder verhuurd werden. De hele zomer was het daar een komen en gaan, werden er plannen gesmeed, feestjes gehouden. Bomma opende nu en dan haar raam om te kijken wat we uitspookten.

Fonny zat met Els in het chalet, tokkelde op zijn gitaar en hield zich afzijdig. Maar Els was nieuwsgierig. Vijftien was ze, twee jaar jonger dan Fonny. Hij had haar op een voetstuk gezet, hij sprak met haar over dingen waar haar leeftijdgenoten niet over nadachten, maar telkens wanneer ze het gelach van de kliek uit de hoge voorkamers hoorde opklinken, realiseerde ze zich hoe zwaar op de hand ze was geworden. Ze was voortdurend alleen met Fonny geweest, ze hadden de anderen buitengesloten; ineens beklemde het haar. Ze begon te pendelen tussen het chalet en het oud huis. Een kleine, aantrekkelijke blondine – ze werd gemakkelijk opgenomen in de kliek. Fonny was jaloers, voelde zich verraden, probeerde haar tegen te houden. Ze zette door, waarna hij haar van de ene op de andere dag niet meer aankeek.

Op een zaterdagavond was Els met de kliek in de bar van dancing Iris toen ze hoorde dat Fonny met zijn brommer midden op straat lag. Ze wilde opstaan, maar de jongens zeiden: 'Laat ons dat maar oplossen.' Zij hadden met Fonny op school gezeten, ze kenden zijn streken.

Net voor het nieuwe schooljaar begon ging bij Els thuis de bel. Haar moeder deed open en kwam haar roepen. ''t Is voor jou.' Daar stond mijn moeder in een lichte zomerjas, haar haren opgestoken. Binnenkomen wilde ze niet, nee. Ze weifelde even. 'Wilt ge Fonny niet terugnemen?' vroeg ze ten slotte. 'Alstublieft. Hij heeft zo'n verdriet.' En dat het haar pijn deed haar kind zo te zien lijden.

'Nee, dat kan ik niet,' zei Els. 'Het spijt me.'

Mijn moeder trok haar zomerjas dicht, alsof ze het koud had. Ze verontschuldigde zich, groette, draaide zich om en liep het tuinpad af.

Veel had Els nog niet meegemaakt in haar korte leven behalve die mooie, dromerige uren waarin ze met Fonny door

Neerpelt en omstreken zwierf, maar ze begreep – ook later weer, toen ze het me vertelde – wat mijn moeder had moeten overwinnen vooraleer ze voor de spiegel haar haren opstak, haar jas aantrok en naar haar toe kwam. Hoe groot haar wanhoop moest zijn geweest. Ook toen al.

Bij het raam aan de straatkant staat, in een kamer die verder leeg is, Fonny's piano. Daar speelde hij dus op als hij een goede dag had. Aan de overkant van de straat een weide met koeien, afgezoomd met populieren. Het is een landschap dat ik ontvlucht ben. Fonny gaf me het voorbeeld, hij wees me de weg, mijn eerste reizen maakte ik voor hem, om hem te bewijzen dat ik het kon. Het komt me opeens vreemd en ongerijmd voor dat hij met zijn voeten in deze aarde bleef haken – hij die vroeger neerkeek op het dorpse gepeupel en makkelijk over iemand zei: 'Die is blijven steken.'

Ik strijk met mijn vinger over de piano; er ligt stof op. Fonny kon soms heel intens een stukje Stevie Wonder spelen. Even plotseling hield hij ermee op – alsof hij belangrijker dingen aan zijn hoofd had. De volgende keer speelde hij precies hetzelfde fragment opnieuw. Indruk maken, daar was hij goed in. Of, zoals hij tegen Wies zei: 'Ik kan het beter uitleggen dan gij.'

Fonny was in Neerpelt eens alleen thuis toen een collega van mijn vader aanbelde. Fonny ontving hem in het salon, bood hem iets te drinken aan en maakte een praatje. De collega was op de hoogte van de problemen die mijn vader met een van zijn zonen had. Nadat mijn vader gearriveerd was en Fonny zich had teruggetrokken, zei hij: 'Gij hebt er wel ne slechte tussen zitten, maar die ik just heb gezien, dat is toch ne goeie.' De anekdote zong jarenlang rond in de familie en werd, bij gebrek aan beter nieuws, een wapenfeit.

Op het aanrecht in de keuken ligt *De Kleine Dokter*. Rik vertelde me dat mama een keer bij hem langskwam en zei: 'Fonny ziet er zo goed uit, hij leeft van natuurmiddelen, dat zou jij ook moeten doen.' Ze heeft geen idee van de wereld waarin haar zoon door de drugs is beland. Als hij het redt, zal ze vast roepen: 'Nu is hij ervan af, zunne, hij heeft zijn les geleerd, nu gaat hij ne goeie worden.'

Ik sluip rond als een detective, zet hier en daar iets recht en voel me gaandeweg bezwaard. 'Niemand mag aan Fonny's zaken komen,' zei papa gisteren, 'want Jennifer is zijn wettige erfgename.' De spullen die Fonny stuksloeg heeft mama blijkbaar opgeruimd. Toen hij nog met Christiane was, hingen er volgens Wies in de zijkamer foto's aan de muur die met kopspelden waren bewerkt – heel akelig. Nu zijn de muren van de zijkamer kaal.

Fonny's bed op de bovenverdieping is opgemaakt, dat heeft mama vast gedaan. Hier trof zij hem aan in het putje van de winter, bibberend van de kou. Hij had haar gebeld; of ze hem een elektrisch kacheltje wilde brengen. Bleek hij zijn stoof verkocht te hebben. 'Maar Fonny toch,' zei ze, 'waarom doet ge zoiets?'

De muur tussen de twee kamertjes ernaast is afgebroken; de grond ligt vol gruis en kapotte stenen. Verbouwen, daar is Fonny behendig in, tenminste: het slopen gaat hem goed af. Na zijn vertrek uit het oud huis in Neerpelt was het alsof daar een implosie had plaatsgevonden.

Als ik buitenkom, wandelen mama en Hildeke uit de tuin naar me toe. De deuren van de stallen op de binnenplaats zijn niet op slot. Overal staan dozen met rommel: schietkraampijpjes, oude tijdschriften, medailles, nepjuwelen – vast uit de tijd toen Fonny zolders leegmaakte en spullen van faillissementen opkocht.

'Wat een leven,' zeg ik tegen mama.

'Ja, ja – kom hier maar gauw weg.'

'En nu rijden we naar het kerkske van Sint-Gillis,' kondigt mama aan, 'om een weesgegroetje te bidden voor Fonny.' Sint-Gillis is de patroonheilige van de gehandicapten en geesteszieken. Ze stopt vaak bij het kerkje als ze een ritje maakt. 'Om even alleen te zijn met mijne God.'

Naar de statige kerk in Neerpelt, waar ik elke zondagochtend met bomma naartoe schuifelde, gingen mijn ouders zelden. 'Er zitten daar te veel hypocrieten en farizeeërs,' zei mijn vader, 'vooral op de eerste rij.' Zelf reden ze op zaterdagavond naar de kerk in Overpelt-Fabriek, waar vooral arbeiders van de nabijgelegen zinkfabriek kwamen. Daar zag niemand hen, zei mama, waarmee ze wellicht bedoelde dat niemand hen daar kende. Ze arriveerden laat, schoven geruisloos op de laatste rij en waren vóór alle anderen weg.

Mama was zo trots geweest toen ze tijdens Neerpelt-kermis in spiegeltent Meylemans kennismaakte met de ernstige jongeman met de hoornen bril die *kopwerk* deed bij de belastingen in Neerpelt. Op de Grote Hei zag je zelden burgermensen, daar woonden voornamelijk boeren en werkmannen. Hij kwam helemaal uit Mol – vergeleken bij Neerpelt een voornaam stadje. Ze had al heel wat vrijers afgedankt: de een omdat hij een scheet had gelaten op de brug tussen de Grote Hei en Neerpelt; de ander omdat hij maar één kind wou; een derde nadat hij in de cinemazaal aan het einde van een Franse film hardop het woord 'FIN' had afgelezen van het scherm, dat hij abusievelijk uitsprak alsof het een bewoner van Finland betrof.

De eerste keer dat mijn vader in de winter bij haar op bezoek kwam sneeuwde het en had hij sokken over zijn schoenen aangetrokken om niet uit te glijden op de weg van het station naar de Grote Hei. Hij woonde nog bij zijn moeder en reisde elke dag met de trein naar zijn werk. Op een avond trof hij in de wachtkamer van het station in Mol mijn moeder aan in een deftig kleedje met een strik, witte sokjes in hoge schoenen. Ze wist niet goed wat te zeggen, maar bekende uiteindelijk dat ze bij de onderpastoor had geïnformeerd naar zijn antecedenten. Die had haar papa's palmaressen met schoolresultaten getoond; toen was ze gerustgesteld.

Maar de vrouw die op zaterdagavond de kerk in Overpelt-Fabriek binnensloop, had een flink deel van haar trots moeten afleggen en ook de man naast haar was niet langer de smalle, rijzige jongeling van weleer. Zijn gezicht was een beetje pafferig geworden – de mannen van de belastingen stonden erom bekend dat ze hielden van een borrel.

Nadat Fonny een fenomenaal aantal scholen en internaten had bezocht, had hij ook het leercontract bij papa's vriend de horlogemaker voortijdig afgebroken. Terwijl het zo goed ging en hij wel vijf horloges om zijn arm droeg – moest hij checken of ze gelijkliepen. Maar inmiddels was hij weer thuis, sloot zich op in zijn kamer of liep mijn moeder beneden voor de voeten.

Op een zondag zaten we met z'n tienen aan tafel – Hildeke was bij de zustertjes in Maaseik. Fonny had Filip net aan het huilen gebracht door lelijke gezichten te trekken, mama had hen uiteen moeten halen. Nicole ging rond met een pan en gaf iedereen een stukje vlees. Behalve Fonny.

'En ik!'

'Wie niet werkt, die moet niet eten,' zei Nicole met de kijvende stem die ze zich als oudste had eigen gemaakt.

'Dat zullen we weleens zien.' Fonny trok aan het puntje van het damasten tafelkleed, waarna borden, glazen, kommen en bestek met een apocalyptisch geraas op de grond kletterden. Ik wist mijn bord nog net te redden en terwijl de zoveelste zondagse ruzie losbarstte, glipte ik weg naar het huis van bomma. Met een Ave Maria groette ik het Mariabeeld op het zandpad en keek nog even achterom. In de verte zag ik mama naar het poortje bij de voordeur lopen: ze stak schielijk haar hoofd om de haag en controleerde of er geen wandelaars passeerden die halt hielden om naar het kabaal te luisteren.

Mijn moeder is de steenweg naar Tongeren op gereden en stopt bij een moderne kerk, het genre dat sinds de jaren zestig kwistig verstrooid ligt in het Vlaamse landschap, waar beatmissen werden gehouden en je je plechtige communie niet deed in een lang kleed dat vergeeld was omdat je oudere zussen het al hadden gedragen, maar in een spiksplinternieuw minijurkje en een jeansjasje.

De kerk heeft een betonnen gevel met ingelegde stukjes glas en een vrijstaande toren. 'Je kan hier altijd komen,' zegt mama. In het voorportaal, dat de hele breedte van het gebouw beslaat, hangt de geur van wierook. Door een glazen wand kijken we de sobere zaalkerk in. 'Je mag een kaarsje branden voor Fonny,' fluistert mama tegen Hildeke. We slaan een kruis en zijn even stil. Lang duurt dat bij mama nooit, bij haar gaat alles rap-rap.

'Herinner je je de kapelaan die in Neerpelt weleens langskwam?' vraagt ze terwijl ze een munt in het geldbakje laat vallen.

'Die een karamel door het rooster van de biechtstoel stak toen Wies zei dat ze iets gestolen had?'

'Nee, nee, die niet – dat was ne goeie. Ik bedoel de kapelaan die 's avonds soms wijn kwam drinken.' Vaag verschijnen de contouren van de man in toog die ik aantrof in de fauteuil toen ik eens thuis sliep omdat bomma naar haar zuster in Mol was gegaan en ik zonder te weten hoe ik daar was beland in mijn pyjama in de woonkamer stond. De clerus kwam wel vaker op bezoek, vooral als er een tijdje geen baby geboren was – dan wilden ze weten of er iets scheelde.

'Weet je wat hij zei toen ik hem in de kerk aanklampte omdat ik in hoge nood verkeerde vanwege Fonny?'

'Nee?'

'Dat ik niet zoveel kinderen had moeten maken.' Mama draait haar hoofd weg en haalt haar handen door haar haren, alsof ze zich schaamt voor haar plotse ontboezeming. 'Kom, Hildeke,' zegt ze, 'papa wacht op ons.'

'Even dag zeggen tegen pastoor Cosemans,' beslist mama op de terugweg, 'ge zult zien, dat is nen heilige mens.'

Fonny en Annie blijken elkaar niet ontmoet te hebben in het CAD, het Centrum voor Alcohol- en andere Drugproblemen, maar bij een priester in Alken die drugsverslaafden en alcoholici opvangt en die behalve pastoor ook wel professor wordt genoemd. Als primus perpetuus werd Cosemans in zijn jonge jaren naar Rome gestuurd om verder te studeren, maar daar kreeg hij een zenuwinzinking en hij werd afgevoerd in een dwangbuis. Vervolgens ontfermde hij zich over achtergestelden in zijn geboortestreek, eerst over woonwagenbewoners, later over Spaanse en Marokkaanse mijnwerkers en ten slotte over verslaafden. Het enige wat hij van hen vraagt is dat ze nu en dan een stuk zeep meebrengen, voor de melaatsen. Toen een vriend van Fonny zich doodreed tegen een boom, zei Cosemans dat dit kwam doordat hij hem allang geen zeep meer had gegeven.

Mama negeert het briefje TOT HALFVIJF NIET STOREN! op de deur, stapt zonder te kloppen naar binnen en moedigt ons aan haar te volgen. Ze loopt door de voorkamer naar de gang, blijft staan bij een halfopen deur en begint zonder enige inleiding te praten tegen de man die enkele meters verderop in zijn bed ligt.

Cosemans hoort de ontwikkelingen rond Fonny's gezondheidstoestand geduldig aan. Dan klinkt zijn stem uit de verduisterde kamer: 'Staat zijn huis leeg?' Hij kent namelijk een paar jongens die onderdak zoeken.

'Nee, nee,' zegt mama verschrikt tegen de halfopen deur, 'ge kent onze Fonny toch, die komt er zeker bovenop – ik denk dat hij rap genoeg beter zal zijn.'

Met een handgebaar maakt ze Hildeke en mij duidelijk dat we klaar zijn om te vertrekken.

Buiten tuurt de buurvrouw in een zondagse bloemetjesjurk met een wit ceintuurtje over de getrimde haag. 'Daar hebt ge madame Vos,' fluistert mama samenzweerderig. Ze loopt naar haar toe en vertelt dat Fonny wakker is geworden, alle draden heeft losgetrokken en bediend moest worden. Madame Vos heeft hier al het een en ander zien langskomen, geloof ik, want ze zegt: 'Ja, wat denkt ge, die mannen leven gevaarlijk, dus op nen dag...'

'Onze Fonny had nochtans geen druppel gedronken,' hoor ik mijn moeder tot mijn verbazing zeggen.

'Nee, nee, drinken doet hij niet, hij pakt *trenquillaisers*, hè,' zegt madame Vos deskundig. Ze kijkt nieuwsgierig van mama naar mij: 'Is dat ook een dochter van u?'

'Ja, ja – ik heb negen kinderen, 't is nie min.'

'En nog een gehandicapt erbij,' voegt Hildeke er behulpzaam aan toe.

'Maar mijn man is enigst kind,' zegt mama, die op vertrekken staat, 'we gaan vlug naar huis want zijn moeder heeft hem verwend – hij kan mij niet lang missen.'

'Weet je nog dat Fonny in Sleidinge zat?' vraagt mama als we in de auto zijn.

'Nadat hij papa's DKW perte totale had gereden?'

'Nee, nee, daarvoor al – ik denk dat hij net veertien was. Het was heel ver weg, in de buurt van Gent, papa en ik hadden hem er zelf naartoe gebracht. O, we waren zo blij. De hele terugrit zeiden we tegen elkaar dat ze hem daar beter zouden maken.'

Ze zwijgt even – alsof ze zich de sfeer van opluchting tijdens die lange autorit probeert te herinneren.

'En toen?'

'Op maandag vertelde ik het aan Jeanne de naaister, je weet wel, die thuis kleren kwam verstellen.'

Haar zie ik nog voor me, gebogen over de naaimachine, bij het raam met uitzicht op het chalet en het huis van bomma. Ze bracht weleens een zakje chocolaatjes voor ons mee, bestrooid met gekleurde suikerpareltjes.

'Net had ik gezegd dat Fonny zo goed was in Sleidinge, toen Jeanne de naaister getik op het raam hoorde en opkeek – stond hij daar.' Opnieuw is mama stil. 'Hij was eruit getrokken omdat een patiënt op de binnenplaats van de instelling tegels liep te tellen.'

'Waarom zei je eigenlijk tegen madame Vos dat Fonny niet gedronken had?' vraag ik. 'Hij was die avond toch onder invloed? Wie weet wat hij allemaal gepakt had.'

'Madame Vos! Die is zomaar, zonder te trouwen, ingetrokken bij een man. Haar ga ik niks aan de neus hangen, ik heb mijn fierheid nog.'

Mijn fierheid, het menselijk opzicht, de vuile was – Fonny slalomt al zijn leven lang behendig om die dorpse scrupules heen, bedenk ik. Maar ik zeg niets. Naast me heeft mama het gaspedaal ingedrukt en stuurt met enige verbetenheid huiswaarts.

'Waarom is het zo stil daarachter?'

Hildeke staart door het raam, haar voorhoofd gefronst. Die gevoelige antennes van haar hebben vanmiddag heel wat te verduren gehad.

'Waar zit je aan te denken?'

Ze kijkt me aan en zegt iets wat ze opgevangen moet hebben, want het is alsof de stem van een ander in haar is gevaren: 'Uwe zoon, die is verslaafd!'

In de tram van Amsterdam Centraal naar huis stoot ik Marek aan. Aan de andere kant van het gangpad rolt een junk met een grauwe, uitgebeende kop een joint. In zijn jeansjack zit een inhalator tegen astma, precies dezelfde die Fonny gebruikt. *Waar is mijn pomperke? Ik moet mijn pomperke hebben!* De mond van de inhalator steekt uit zijn vestzak als een periscoop.

De dagen daarna kom ik Fonny overal tegen. Op een bank in het Vondelpark, in de portiek van een bouwvallig huis, struinend langs de grachten. Soms loopt hij voor me: mager, opgetrokken schouders, verende pas, en moet ik hem voorbijsteken om me ervan te vergewissen dat hij het niet is. Hebben deze mannen geen ouders? denk ik. Maar ook: Waarom hebben mama en papa Fonny eigenlijk nooit kunnen loslaten?

Marek heeft Victor in de stad gezien, rolschaatsend in een short. Ooit was hij een bekend Irandeskundige, zijn Farsi was fenomenaal, hij doceerde aan de universiteit en had een goede pen. In Teheran begon hij opium te roken. Het was daar zo goedkoop en makkelijk te krijgen, al zijn kennissen rookten het. In Amsterdam zou hij er natuurlijk mee ophouden. Maar tijdens een vlucht naar huis brak het angstzweet hem uit en voor hij het wist liep hij op de Zeedijk te scoren. Hij schreef voor een weekblad, waar ik hem voor het eerst ontmoette;

schichtig ging hij door de stapels boeken heen die niemand wilde hebben, op zoek naar exemplaren die hij voor een zacht prijsje van de hand kon doen.

'Hoe zag hij eruit?'

'Hij flitste te snel voorbij, dat kon ik niet zien. Het was wel een raar gezicht, die overjarige hippie op rolschaatsen in een te krappe short.'

Ik ben blij dat ik weer aan het werk kan gaan. Na vier maanden schrijven is mijn boek een huis om in te wonen, wandel ik met gemak van de ene kamer naar de andere. Het speelt zich af in een volkswijk in Damascus, waar ik een halfjaar verbleef bij mijn Syrische vriendin Hala en haar dochter Asma. Hala komt uit net zo'n woelig nest als ik en heeft een zus die licht gehandicapt is. Heel anders dan Hildeke en toch doet ze me aan haar denken. Zahra wordt ook verliefd op tv-personages en verstopt van alles in en onder haar bed.

Hala en ik ontmoetten elkaar voor het eerst toen we vijfentwintig waren. Onze geboorteplaatsen waren weliswaar vierduizend kilometer van elkaar verwijderd, we groeiden allebei op in een middenklassenmilieu in de jaren zestig en hadden hetzelfde verlangen naar vrijheid en verandering. Hala had in haar studententijd verschillende minnaars – ze wilde geen maagd zijn als ze trouwde. Haar man Ahmed was lid van de communistische partij en had zo'n hekel aan kleinburgerlijkheid dat ze het onderwerp niet eens ter sprake had hoeven te brengen.

Een jaar na onze ontmoeting werd Ahmed vanwege zijn communistische sympathieën opgepakt en veroordeeld tot vijftien jaar gevangenschap, waardoor de vaart uit Hala's leven verdween. Ze werd teruggeworpen op haar familie, vrienden keerden zich van haar af: ze was de vrouw van een staatsvijand geworden.

Afgelopen zomer trof ik haar aan, pendelend tussen de benedenetage waar ze met haar dochter woonde en het huis van haar moeder waar de familie zich continu verzamelde. Ik pendelde mee. Een ander land, een autoritair bewind, een alomtegenwoordige veiligheidsdienst, maar in Hala's omgeving kwam alles me vertrouwd voor. Ik herkende de nestwarmte evenals de ruzies om niets, de duizelingwekkende spiraal waarin iedereen ronddraaide. Kijkend naar Hala zag ik mezelf, de persoon die ik geworden zou zijn als ik niet was weggegaan.

Tijdens het schrijven schieten beelden van vroeger onverhoeds door mijn hoofd. Meneer Jacobs staat in zijn stofjas achter de toonbank van zijn winkel tegenover het jongenscollege van Neerpelt in de geur van inkt, papier, penselen en kroonpennetjes. In een huis aan de overkant van het kanaal wordt een priesterwijding gevierd – bloemen van crêpepapier hangen tot in de bomen. En dan ben ik ineens met bomma in het bos achter het Dommelhof. We rapen dennenappels voor de kolenstoof; de rieten mand met de handvatten schuift met ons mee over de grond, die bedekt is met een roestbruin tapijt van dennennaalden. Bomma verzamelt de dennenappels in de schoot van haar schort, met een ritselend geluid vallen ze in de mand. Een zonnestraal tussen de bomen doet haar lichtgrijze gepermanente haren oplichten; dwars daardoorheen kan ik haar schedel zien.

'Kijk daar eens,' fluistert ze.

'Waar?'

'Ziet ge 't nie? Daar!' Hoog boven ons beweegt iets rozigs tussen de kruinen van de bomen. Het suist met een helse vaart van de ene boom naar de andere, een rosse pluizige staart achter zich aan trekkend.

'Wat is dat?'

'Een eekhoorn.'

Hij is al weg – waar ik ook kijk, het dartele ding is nergens meer te bekennen.

In de zachte valavond wandelen we naar huis, de volle mand

tussen ons in. Het kanaal verspreidt na uren stomen in de zon een weeïge lucht van verrotting. O, o, dit is zo'n mooie dag, mooier dan alle vorige dagen. Bomma en ik – wij hebben een eekhoorn gezien.

In de winter van 1953, vijf maanden na mijn geboorte, verhuist bomma van Mol naar Neerpelt. Mijn ouders wonen nog in het oud huis en bomma trekt in de lage woning die aan het huis is vastgebouwd. Om dicht bij haar zoonlief te zijn, zoals mama het zal noemen, maar wellicht ook om haar schoondochter te helpen, die inmiddels vijf kinderen heeft.

Het oud huis dateert van de eeuwwisseling en is gebouwd door een gefortuneerd graanhandelaar die de letter N van zijn familienaam Noots boven de voordeur heeft laten aanbrengen. Hij deed zaken met schippers van de trekschuiten, die werden voortgetrokken door paarden, en behalve als winkel fungeerde de woning ook als slaapplaats voor passerende bootslui.

Vijftig jaar later is het statige herenhuis met zijn overmaatse kamers, hoge plafonds en kille gangen hopeloos verouderd. Twee kachels zijn er, één in de woonkamer en één in het salon. Toch is het er de hele winter koud. 'Nooit een oud huis met hoge plafonds kopen,' zal mijn moeder me waarschuwen als ik in Amsterdam naar een woning uitkijk. 'Je stookt je arm, maar de warmte stijgt op en blijft ergens daar boven hangen.'

Mijn ouders hebben besloten op hetzelfde domein een moderne villa met centrale verwarming te bouwen. Ze maken tochtjes in de omgeving op papa's Vespa en stoppen als ze een mooi landhuis ontwaren. Na zijn werk snort mijn vader langs het Kempisch kanaal naar Lommel-Barrier om te overleggen met de architect. Mama is hoogzwanger van Wies als ze in de villa trekken. In het oud huis wonen nu huurders, die de ingang aan de achterkant gebruiken. De twee kamers aan de voorkant worden apart verhuurd.

Mijn moeder heeft mij in die drukke periode vermoedelijk

aan bomma uitbesteed. Bomma kijkt in de wieg en ik moet haar blik beantwoord hebben, want ik groei op in de overtuiging dat ik niet alleen bij mijn ouders hoor, maar ook bij haar.

Ik sta in bomma's zitkamer, de dag voordat ik naar de eerste klas van de lagere school ga. 'Morgen kom ik bij jou mijn huiswerk maken.' In die tijd slaap ik al bij haar, de deur naar de opkamer op een kier waardoor ik haar vanuit mijn bed patience zie spelen en 'potverkoffie' hoor zeggen als ze er niet in slaagt het spel uit te spelen.

In de slaapkamer is het koel en net achter de deur staat de fles Elixir d'Anvers waarvan bomma elke avond een minuscuul goudomrand glaasje drinkt. Op de bodem van de fles liggen amandelschilfers. Ze schudt even voordat ze zichzelf inschenkt; dan dwarrelen de witte schilfers naar beneden en sneeuwt het daar binnen.

Aan de muur in de slaapkamer hangt een ingelijste afbeelding van Onze-Lieve-Vrouw van het Heilig Hart van Averbode, die het kindje Jezus op haar arm houdt terwijl ze een slang vertrapt met haar voet. Ernaast hebben we met een punaise het weermannetje geprikt dat met de post is gekomen nadat we gespaarde punten samen met twintig frank hadden opgestuurd naar een religieus blaadje. Regen, zon, bewolking – je zou het allemaal aan de kleur van zijn broek kunnen aflezen. Het mannetje hangt daar met zijn handen in zijn zakken te fluiten maar zijn broek doet het niet, al bestuderen we die in elke mogelijke lichtval. We voelen ons bekocht en hebben spijt van onze twintig frank, maar het ventje blijft hangen: het verdient zijn geld terug als wandversiering.

Op mijn nachtkastje aan de voet van bomma's hoge bed staat een plaasteren replica van de grot van Banneux, waar de Heilige Maagd Maria is verschenen aan een elfjarig meisje. Als ik de grot voor het slapengaan bij de lamp hou, schijnt ze in het donker, maar dat durf ik alleen wanneer Wies bij me slaapt. Dicht tegen elkaar aan liggen we naar het griezelige spel van licht en schaduw in de spelonken van de grot te kijken. Thuis prijkt boven op de kast van een van de slaapkamers een nog akeliger beeld: een buste van het Heilig Paterke van Hasselt. Hij is al heel lang dood, maar de rimpels in zijn oude gezicht lijken zo echt – alsof iemand een afgietsel van zijn stuurse kop heeft gemaakt en dat op de kast heeft gezet om ons de daver op het lijf te jagen. Fonny zal eens alle spullen in zijn slaapkamer uit het raam gooien, het Heilig Paterke incluis. De grijsaard met zijn glimmende schedel overleeft de val op miraculeuze wijze en belandt met een geschaafde neus weer boven op de kast, waar hij zijn rol als bangmaker hervat.

’s Winters vraagt bomma soms of ik bij haar in bed wil slapen. Ik kruip over het grote lichaam in de flanellen nachtpon heen naar de muurkant en trek aan het touw om het licht uit te doen. De knop aan het einde van het touw blijft zachtgroen schijnen in het donker, op het nachtkastje tikt een wekker met lichtgevende wijzers de uren weg. Als ze niet kan slapen, klaagt bomma dat de wekker praat. ‘Luister eens – hoort ge ’t niet? Hij zegt: “Scheer u weg, scheer u weg.”’ ’s Nachts rollen we onherroepelijk naar de kuil in het midden van het bed toe.

Ik word weleens wakker omdat mijn vader, die vaak zelfstandigen helpt met hun belastingaangifte of na zijn werk gaat taxeren in cafés, nog niet thuis is en bomma hardop tegen zichzelf zegt: ‘Waar zou Gerard blijven? Hij zal toch geen ongeluk hebben gehad?’ of: ‘Mien zal wel kwaad zijn.’ Zodat ik opgelucht ben als ik zijn auto hoor en daarna zijn stem bij het raam: ‘Slaapwel, ma.’

Op een nacht rijdt hij zo laat de poort binnen dat bomma me vraagt te gaan kijken of alles in orde is. Eén keer, daarna nooit meer. Ik kleed me aan en hol zo hard naar de overkant dat de enge man die zich vast schuilhoudt in de boomgaard achter bomma’s huis me niet kan pakken. Papa heeft zijn auto slordig geparkeerd op de oprit en de terrasdeur is niet op slot. Alle lichten branden, in de keuken ruikt het naar een café en op de gang hoor ik mijn vader 'canaille!' tegen mijn moeder roepen – een woord dat ik niet ken maar dat heel gemeen klinkt en dat mijn vader, als hij niet gedronken had, nooit in de mond zou nemen.

Wat ik bij mijn terugkeer tegen bomma zeg, herinner ik me niet. Dat haar zoon tegen mijn moeder schreeuwde, hou ik vast voor me.

Overdag zit bomma beneden in de stoel bij de kolenstoof waarop ze het middageten maakt. Vóór het eten drinkt ze op doktersadvies een half flesje stoutbier met een geklutste eierdooier. In de zomer kookt ze in de achterkeuken op twee gaspitjes naast de garde-manger, het kastje met de deur van gaas dat dienstdoet als koelkast. Het water komt niet uit de kraan, maar uit een groene pomp.

Bij haar is alles ordentelijk. De kaas in schelletjes gesneden, niet zoals thuis, waar in de koelkast een homp kaas ligt waar iedereen naar believen in hakt en kerft, waar in de kelder een vlaai staat te schimmelen omdat het er vochtig is of omdat mama ze heeft verstopt en niet meer kan vinden. Mijn vader doet inkopen bij een groothandelaar die hij helpt met zijn belastingen en brengt weleens iets mee wat niemand lust. Chocolade met een tomatenvulling, bijvoorbeeld. Advocaatvulling is ook heel vies. Maar vieze repen zitten in elke doos en die moet leeg voor de volgende open mag. Bomma koopt nooit in het groot. Bij haar is alles lekker en zij hoeft nooit iets weg te gooien. Als ze van een ei alleen de dooier nodig heeft, klopt ze het eiwit op met poedersuiker en schuift het in een schaaltje in de oven van de stoof.

Elk ding zijne plaats, elk ding op zijne plaats. Is ze iets kwijtgeraakt, dan loopt ze door het huis met het beeldje van de Heilige Antonius van Padua – die vindt alles terug. Zodra het voorwerp terecht is, fiets ik naar de kerk om een muntstuk in het offerblok te stoppen, als dank.

Wanneer alles aan kant is en ze geen wafeltjes of pannenkoeken moet bakken, strijkt bomma neer in haar stoel en bidt voor de lange stoet doden die door haar leven is getrokken. Hun prentjes zitten in haar gebedenboek – ze komt ze elke dag tegen. In optocht zijn ze de twintigste eeuw binnengewandeld, een paternoster tussen hun devote vingers. Toch hebben sommigen onder hen gezondigd; ze is bang dat ze in het vagevuur zijn beland en bidt aflaten om hen daaruit te bevrijden.

Ik zit op het trapje naar de opkamer en luister naar haar verhalen. Ze vertelt ze telkens opnieuw, ze worden als weesgegroetjes en onzevaders – de betekenis spoelt er allengs van af. Later moet ik mijn best doen ze me te herinneren en heb ik spijt dat ik niet beter heb geluisterd.

Ze is de vijfde van twaalf en was nog geen drie jaar toen haar jongere zusje niet wilde eten van het bordje pap dat haar moeder haar had toegeschoven. Dezelfde avond was ze dood. Verdrietig liet de allerkleinste in zijn kinderstoel zijn kopje hangen; drie dagen later stierf ook hij. Ze werden op dezelfde dag begraven, in witte kistjes. 'Gelukkig waren ze gedoopt,' zegt bomma, 'anders waren ze in het voorgeborchte van de hel terechtgekomen. Nu zijn het engeltjes.'

Het was alsof iemand meteen bij het begin een hap uit haar leven had genomen – ze zou altijd om die twee kleintjes blijven treuren. Ze doen me denken aan de zieke vogeltjes die we in het voorjaar onder de bomen vinden. Zijn ze uit het nest gevallen of heeft hun moeder ze eruit gegooid? Zachte donzen lijfjes, doorschijnende kopjes, nekjes zo slap dat ze zomaar breken. De kleinste was *verdrietig*, zei bomma. Mettertijd zal ik begrijpen dat ze allebei getroffen waren door een besmettelijke ziekte.

Over de twee baby's die daarna in de wieg stierven, heeft bomma het zelden – ze telt ze alleen op bij de eerste twee. Op haar achtste had ze al vier broertjes en zusjes verloren. En toen moest de twintigste eeuw met al zijn verschrikkingen nog beginnen.

Bomma's vader, een mandenmaker, kreeg een baan als opzichter in de Rijksweldadigheidsschool in Rekem, een instelling voor jeugdige delinquenten. Van mandenmaker tot staatsambtenaar – dat was eind negentiende eeuw een geweldige promotie. Toen hij werd overgeplaatst naar Ieper, verhuisde hij met zijn vrouw en kinderen daarnaartoe. Na de Eerste Slag bij Ieper in het begin van de Eerste Wereldoorlog vluchtte bomma met haar familie – haar vader was intussen overleden – de grens over naar Frankrijk. Zesentwintig was ze.

Had ze de man al ontmoet wiens gouden ring ze draagt? Het is een eenvoudige verlovingsring met een rechthoekig plaatje waarin een C en een L gegraveerd zijn – de initialen van haar en zijn voornaam. Louis, Leon, Lucas? Ik heb het gevoel dat hij de man is van wie ze werkelijk heeft gehouden. Maar ze kon niet met hem trouwen.

'Waarom niet, bomma?'

'Ik was te biecht geweest, de priester zei dat het niet mocht.'

'Maar waarom niet?'

'Dat kan ik u niet vertellen, daar zijt ge nog te klein voor.'

Als ze met hem was getrouwd, zouden wij er niet zijn geweest. Toch hou ook ik in stilte van de raadselachtige man wiens initiaal op die ring zo innig verstrengeld is met de hare. Als ik groot ben verklapt mijn vader me dat hij een protestant was.

Na de oorlog krabbelden de overlevenden overeind, veegden het stof van hun kleren, keerden huiswaarts en trachtten hun leven weer op gang te trekken. Bomma had enige moeite aan de man te komen in het Vlaanderen dat aan het front zoveel zonen had verloren. Of kon zij haar verboden liefde niet vergeten? Op foto's uit die tijd is zij een knappe, ietwat sombere brunette met een lichte slag in haar achterovergekamde haren; donkere, hooggesloten kleren omknellen haar lichaam.

Haar schoonbroer was, net als haar vader, bewaker in een Rijksweldadigheidsschool. Hij moet eens zijn thuisgekomen met zijn collega Fons, een timide besnorde man met een wijkende haarlijn en enigszins afstaande oren. Vanwege zijn lengte was hij als dienstplichtig soldaat ingelijfd bij de grenadiers, een elitekorps dat een groot deel van de oorlog in de loopgraven aan de IJzer had gezeten. Met twee medailles, een peinzende blik en zwakke longen was hij uit die vuile oorlog teruggekomen en tewerkgesteld in de Rijksweldadigheidsschool in Mol.

Op haar tweeëndertigste trouwde bomma met de achtentwintigjarige Fons. Een jaar later toog hij samen met zijn schoonbroer naar de gemeente om de geboorte van zijn zoon Gerard aan te geven. Mijn vader was vier maanden oud toen Fons eens na zijn werk naar de kermis in Rosselaar fietste. Zijn ouders hadden daar een winkel annex herberg – niet meer dan een huiskamer eigenlijk, met een vloer die bestrooid werd met wit zand, waarin ze figuren maakten. Die decemberavond was het er druk en speelde hij kaart bij de Leuvense stoof, waarna hij de drie kilometer naar huis terugfietste.

'S Nachts werd bomma wakker omdat haar man luidruchtig lag te snurken. Ze stootte hem aan, maar kreeg hem niet wakker. Zijn borst ging hevig op en neer, uit zijn keel ontsnapten piepende en fluitende geluiden. Reutelen noemt ze het – ze zal het me talloze keren voordoen. Ze dacht aan het gifgas dat zijn longen had aangetast en spoedde zich naar de kamer ernaast om haar inwonende moeder te verwittigen.

Tegen de tijd dat de dokter arriveerde, was Fons dood. Toen zijn familie uit Rosselaar midden in de nacht kwam aangesneld, waren ze hem al aan het afleggen. Sinds hij aan het front *van de gaas gepakt* was, was zijn longweefsel verhard. Zijn hart had steeds minder pompkracht; hij was verdronken in het vocht dat zich in zijn longen had opgehoopt.

Anderhalf jaar was bomma getrouwd geweest; ze zou nooit meer een andere man kennen. Haar mollige baby met zijn malse billetjes was wakker geworden van de commotie en had het op een krijsen gezet. Mijn vader zou haar enige kind blijven.

Om vier uur beklimt bomma het trapje naar de opkamer, waar het al schemert. Gezeten in de fauteuil schilt ze een appel en zegt onveranderlijk dat appels vroeger meer smaak hadden. Dan pakt ze haar paternoster en schuiven haar knokige vingers over de kralen; ze bidt het rozenhoedje. Haar moeder had een broer die pastoor was in Widooie. Zorgde hij ervoor dat alle vier bomma's broers geestelijken werden? Heeroom van Brazilië, nonk Phiel, heeroom van Congo, nonk Gerard – ze waren van eenvoudige komaf, maar als geestelijken betraden ze een deftige wereld. Nonk Phiel, de enige die niet priester maar broeder werd, was kok in een klooster in Holland; op een dag zou hij bekennen dat hij misschien liever vader was geworden.

Terwijl bomma bidt, vervaagt het Heilig Hartbeeld op de schoorsteen en verliest het naïeve schilderij van hutten met helgele strooien daken dat heeroom van Congo heeft meegebracht zijn gloed – tot alleen het altijd brandende godslampje nog flakkert in de duisternis en het tijd wordt het licht aan te doen.

We zitten met z'n zessen tegenover haar in de opkamer, dicht bij elkaar op de divan waarop heeroom slaapt als hij uit Congo komt. Mama en papa zijn op bezoek bij vrienden en naarmate ze langer wegblijven wordt bomma ongeruster. Zou hun iets overkomen zijn? Ze besluit de Litanie van alle Heiligen met ons te bidden voor hun behouden thuiskomst. Het is een saaie litanie waarin zij God en een lange rij heiligen aanroept en wij hun genade moeten afsmeken. 'Heer, ontferm U over ons. Heilige Maria, bid voor ons. Heilige Jozef, bid voor ons. Van alle kwaad, verlos ons Heer.' Bomma's bezorgdheid krijgt ook mij in haar greep en in gedachten bid ik alvast voor mijn ouders' zielenrust.

De kamer is gevuld met spookachtige schaduwen, maar bomma ziet ze niet: ze leest voor uit haar gebedenboek. Als ik alleen met haar ben, bid ik geduldig mee en wordt de litanie een toonloos gemummel waarbij ik weg kan dromen, maar dat lukt nu niet. 'Van de listen van de duivel...' Naast me heft Fonny zijn armen ten hemel als een priester en zegt met de bibber in zijn stem: 'Verlos ons Heer.' Het gegiechel en onderdrukte geproest van de anderen kietelt in mijn oren. Je krijgt kramp in je buik als je zo hard *niet* probeert te lachen. 'Zoon Gods...' Daar gaat hij weer, armen in de lucht, geloken ogen, ouwelijke stem: 'Wij bidden U, verhoor ons.' Uiteindelijk geef ik me over en stik er bijna in.

Wist bomma niet dat Fonny de clown uithing, of wilde ze het niet weten? Als hij jaren later op haar raam tikt, kan zij hem niet langer negeren. 'Bomma, kunt ge me wat geld lenen? Ik geef het u volgende week terug.' Aanvankelijk gelooft ze hem, maar hij houdt zijn beloftes nooit, terwijl zijn toon steeds dreigender wordt. 'Ik zeg u toch dat ge het terugkrijgt!' Ze wordt bang van hem. 'Daar is-ie,' zegt ze gejaagd als ze hem bespeurt, 'vlug-vlug, doe de gordijnen toe.'

Mijn vader leent ook soms geld. Hem kan ze niets weigeren, maar ze lijdt eronder. In de kleerkast in de slaapkamer heeft ze haar geldkistje verstopt. Elke slapeloze nacht vertelt ze me – ingeval ze schielijk komt te overlijden – waar het sleuteltje ligt. Ze vreest dat er vanwege het geld dat papa en Fonny van haar lenen na haar dood te weinig over zal zijn voor de begrafenis, dat ze haar zullen verwijten alles te hebben opgemaakt.

Ze doet haar deur nu onveranderlijk op slot en tuurt door het boogvormige raam van de zitkamer naar buiten om te zien waar Fonny uithangt. Op een middag kijkt ze op uit haar gebedenboek, ziet hem – te laat – naderen en sist tussen haar tanden: 'Vlug, de gordijnen. Daar hebt ge de antichrist.'

De telefoon gaat in mijn Amsterdamse werkkamer. Het is Wies. Zondag stond Annie ineens voor haar deur. Ze was naar de mis in de Paterkeskerk gegaan en had op de terugweg besloten langs te komen. Het buisje is uit Fonny's keel verwijderd, hij kan weer praten. Van het ongeluk herinnert hij zich niets. Zat zij naast hem? Is de auto erg kapot? Annie durfde niet te zeggen dat hij perte totale is; Fonny mag zich niet opwinden, want binnenkort wordt hij geopereerd aan zijn arm. 'Gij moet in het vervolg maar rijden,' zei hij. Lag hij in Hasselt? Dat was niet goed – het ziekenhuis in Leuven is veel beter.

Wies moest het eten klaarmaken, ze was niet gediend van de onaangekondigde visite, maar Annie had alle tijd en taterde maar door. Ze heeft in Fonny's schaduw geleefd, bedenk ik; nu ze daaruit is gekomen, hangt ze tegen ons aan. Dat gaat bij onze familie niet – onze clangeest sluit vreemden buiten.

Omdat Wies dicht bij het centrum van Hasselt woont, heeft zij altijd veel last van Fonny gehad – belde hij aan, lijkbleek, zijn zwartgeverfde haren in de war, wilde hij geld lenen. Ze heeft twee kleine kinderen en probeert hen tegen dat soort beroering te beschermen. Laatst wilde Fonny dat ze hem naar het ouderlijk huis bracht. Wies moest die middag een notariële akte tekenen en zei dat het haar niet uitkwam. 'Gij – gij hebt niks over voor ne mens,' riep Fonny. En dat hij het aan papa zou vertellen.

's Avonds belde mijn vader haar woedend op: Fonny had geprobeerd te liften, maar niemand nam hem mee, zodat hij moest lopen. Terwijl hij zich beroerd voelde en geen geld had om de bus te pakken. Wekenlang bleef papa boos. Tot hij hulp nodig had bij zijn paperassen. Op zijn werktafel vond Wies een aanzet tot een gedicht dat hij in kennelijke staat over het voorval had geschreven. *Mijn zoon, wat hebt ge toch misdaan / Dat broer of zus u niet meer zien staan / Zij hebben meer geluk dan gij / Nu hoort gij er niet meer bij.* Deed hij in de eerste strofe zijn best het metrum en rijm te respecteren, gaandeweg raakte de orde zoek en dansten de letters steeds vervaarlijker over het papier; Wies kon verder alleen nog het woord 'onmens' onderscheiden en ten slotte: 'moordenaars'.

En daar is mama, die ook meldt dat Fonny weer kan praten. Ik doe alsof ik van niets weet – dat is het makkelijkst. Ze is sindsdien al drie keer in de kliniek geweest. 'Hij is heel suf,' zegt ze, 'en zijn mond hangt open, van de astma.' Ook ziet hij scheel, maar dat is misschien omdat zijn ogen zo flauw staan. De operatie aan zijn rechterarm is goed verlopen. Hij weet inmiddels dat zijn auto klaar is voor de sloop. Annie zit nog steeds aan zijn zijde. Als hij naar huis mag en zijn drugsvrienden op bezoek komen, moet zij hen wegsturen, heeft hij gezegd.

'En papa,' vraag ik, 'heeft die hem al gesproken?'

'Nee, nee.' Ze sluit de deur van papa's bureau en vervolgt fluisterend: 'Die is natuurlijk bang voor de waslijst met eisen waar Fonny straks mee aankomt.' Dat hij in het Universitair Ziekenhuis in Leuven wil liggen, bijvoorbeeld. En dat hij, nu zijn auto stuk is, een jeep of een motor gaat kopen. En wie moet daarvoor garant staan? Papa natuurlijk. Toen Fonny zijn Oldsmobile niet kon afbetalen, heeft papa hem overgenomen omdat hij bang was dat Fonny hem voor een appel en een ei zou verpatsen. Hij stond een tijdlang in de garage, tot papa hem uiteindelijk verkocht.

Mama's stem klinkt bezorgd. De afgelopen weken hoefden ze niets op slot te doen; met Fonny in de buurt is dat onmogelijk. In een ver verleden is ze haar trouwring kwijtgeraakt; ze is ervan overtuigd dat hij die verkocht heeft. Net als de groene toegangspoort tot het domein in Neerpelt; ze stond altijd open, vandaar dat ze al weken weg was voordat iemand het merkte. Op de schoenenafdeling van warenhuis Sarma trof mama ooit een paar afgetrapte schoenen van Fonny aan – was hij op een nieuw paar naar buiten gelopen.

Om haar zinnen te verzetten ging mama toen ze nog in

Neerpelt woonde soms naar de Stock Américain in Rotem, een hangar waar ze behalve ribfluwelen broeken en legerschoenen ook huisraad verkochten. Nadat de eigenaar de inboedel van een uitgebrande fabriek met Bavariaporselein had opgekocht, vulden de rekken zich met zwartgeblakerd servies – de hele zaak rook ernaar. Tot mama's vreugde kwamen tijdens het afwassen goudomrande schoteltjes, soepterrines, schalen en vergulde melk- en suikerpotjes onder het roet tevoorschijn. Ze raakte niet uitgekocht, met een rammelende achterbak kwam ze telkens terug, iedere bezoeker kreeg een schoteltje cadeau. Wij lachten haar uit – tot we uit huis gingen en twaalf gebloemde borden met bijpassende schalen ons plotseling heel aantrekkelijk voorkwamen en we kibbelden over wie een extra suiker- of melkpot had meegegraaid.

Op een middag botste mama in de Stock Américain tegen papa op, die na zijn werk ook wat ontspanning was komen zoeken tussen het Bavariaporselein. Ze stopten op de terugweg bij een antiekzaak. In de etalage stond een grote Chinese vaas. 'Kijk daar eens,' zei mama, 'precies dezelfde als de onze.' Dat had ze goed gezien. Bij hun thuiskomst bleek één van de twee Chinese vazen op de vensterbank in het salon verdwenen te zijn.

Een stroom nieuwtjes rolt mijn werkkamer binnen. Annies leren jas is gestolen in het ziekenhuis. De verpleegsters hebben een vlieg uit Fonny's kamer verwijderd – die viel hem lastig. Mama en papa zijn met Hildeke naar supermarkt Cora in Luik geweest. Als Hildeke aan de caissière vraagt: 'Comment ça va?' krijgt ze een speldje cadeau.

Nicole is uit Spanje gekomen. Ook zij moest huilen toen ze Fonny terugzag. Hij had Annie blijkbaar al over het ietwat stugge karakter van zijn oudste zus verteld, want nadat hij Nicole had liggen observeren, vroeg hij aan Annie: 'Wat vindt ge van ons Nicole? Valt ze mee?'

De banden met Annie worden zo te horen toch aangehaald. Filip heeft tijdens een benefietmiddag in de zorginstelling van Hildeke eens per opbod een overdekte ligfiets gekocht. De hele familie was in de wolken, maar niemand durfde met het ding de straat op, zodat de fiets als een overmaatse tuinversiering in Riks achtertuin belandde. Hoe het gesprek tussen Filip en Annie op die fiets is gekomen weet ik niet, maar Annie wil hem graag hebben en ze krijgt hem van Filip.

Papa is Fonny gaan bezoeken, samen met Rik en Filip. Fonny is ervan overtuigd dat er meerdere werelden zijn; dat heeft hij gedurende zijn coma ervaren. Ook heeft hij Jezus gezien. 'Dit is je laatste kans,' had die gezegd, waarop Fonny had geantwoord: 'Ik kan niks beloven, ik ben ook maar ne mens.' Op de avond van het ongeluk had hij een paar *pillekes* gepakt, bekende hij. De verpleegster vroeg of hij feest had gevierd, vanwege zijn verjaardag, of hij daardoor tegen een boom was geknald. Daar was hij boos over. 'Ik zat aan de speed, jong,' fluisterde hij tegen Filip toen papa even niet luisterde. Hij beloofde voortaan geen drugs meer te gebruiken en alleen nog cola te drinken.

Fonny's pink is tot op het bot beschadigd en moet wellicht geamputeerd worden. Dat wil Fonny niet – dan kan hij geen muziek meer maken. Verder overwegen de dokters een huidtransplantatie. 'Annie heeft aangeboden haar huid af te staan, wat vindt ge daarvan?' vraagt papa enigszins malicieus. 'Dat zou Annie wel willen,' zeg ik, 'dat ze met een stuk huid aan de familie Joris vastzit.'

Het huis van de pastoor van Alken is deels afgebrand. Er zou opzet in het spel zijn. Een inwonende verslaafde had tot woede van de tuinier uit het raam van de eerste verdieping geplast, waarna de tuinier een emmer mest in zijn bed had gekieperd. De volgende nacht brak er brand uit. De pastoor blijft er kalm onder. Er zijn ergere dingen, vindt hij. De oorlog in Joegoslavië bijvoorbeeld.

Tegen Wies heeft Fonny gezegd dat hij tijdens zijn coma trollen zag die hem probeerden mee te lokken. In de verte brandde licht – dat besloot hij te volgen. Engeltjes wezen hem de weg. 'Dat licht,' vraagt haar man zich af, 'was dat niet het brandende huis van de pastoor van Alken?'

Annie heeft zich er bij Rik over beklaagd dat Fonny agressief is en haar continu commandeert. 'Je moet een paar dagen niet op bezoek gaan,' suggereerde Rik. Maar ze slaat zijn advies in de wind. 'Ze volgt de man,' zegt Rik, 'niet het probleem.'

Iedereen dacht dat Annie babbelziek was, maar ze heeft verzwegen dat ze op de ochtend na Fonny's ongeluk naar de politie is gestapt om te melden dat hij een ruit bij haar had ingegooid. Ze had erbij gezegd dat aangiftes tegen Fonny doorgaans onder het tapijt worden geveegd door een politieman die bevriend is met mijn vader. De politieman belde mijn vader om verhaal te halen, waarop die zijn bureau uit stormde en mijn moeder naar de kliniek stoof om een hartig woordje met Annie te spreken. Fonny is kwaad geworden en heeft Annie en mama allebei de deur gewezen.

Ik prijs me gelukkig dat ik in Amsterdam ben en niet daar. Welke rampspoed moet hen in godsnaam treffen vooraleer zij ophouden met ruziën? Fonny's bewegingsruimte wordt groter naarmate zij het onderling minder eens zijn. Hij observeert hen en lacht als een trol in zijn vuistje.

Met plezier duik ik opnieuw in mijn boek. In Damascus kon ik me ook zo verbazen: buiten heerste een onheilspellend regime, binnenskamers voerde Hala's familie een niet-aflatende kleine oorlog. Hala's zus Shirin heeft net aangekondigd dat ze wil trouwen met een alawiet. Hala is woedend: haar man Ahmed is als opposant van het alawitisch bewind in de gevangenis beland en Shirin brengt een man mee uit het geboortedorp van president Assad. Hij doet haar denken aan Ahmeds gevangenisbewakers – misschien werkt hij wel voor de geheime dienst.

Met zo'n spion in huis kunnen ze zelfs onder elkaar niet meer vrijuit praten.

Hala's moeder, die net geklaagd heeft dat haar kinderen te aanhankelijk zijn en dat ze blij zal zijn als Shirin getrouwd is, duwt aan tafel haar bord van zich af: hoe kan zij eten nu haar dochter van plan is haar te verlaten? Huilend legt ze haar hoofd op een stapel Arabische broden: 'Waar moet ik nog voor leven? Ik wil sterven.' Hala's zus Zahra woont bij haar moeder en weet zich geen raad: 'Wat zal er met mij gebeuren als mijn moeder doodgaat?' Shirin gaat trouwen en iedereen heeft het over sterven!

Twee maanden geleden dachten we dat hij dood zou gaan, maar daar is hij, onze Fonny. Enigszins gehavend, dat wel, met een flink gat in zijn kop, metalen pinnen in zijn rechterbovenarm en zijn verbrijzelde linkerpink in het verband, maar zoals hij die zondagmiddag tegen de bar van De Spaanse Club leunt in zijn zomerse beige broek, sportschoenen en veelkleurig hemd, het kruisje dat hij van Annie cadeau kreeg om zijn nek, is hij er weer helemaal.

De Spaanse Club is een volkscafé met een tegelvloer, plantjes op de vensterbank, voetbalbekers achter de bar en een sigarettenautomaat aan de muur. Aanvankelijk was het een ontmoetingsplaats voor Spanjaarden die in de kolenmijnen van Houthalen, Genk en Zolder werkten, maar nu de mijnen gesloten zijn en veel Spanjaarden terug naar huis zijn gegaan of geen behoefte meer hebben aan een clubhuis, kan je het ook afhuren voor feesten.

Papa is vandaag jarig en mama morgen; bovendien waren ze onlangs vijfenveertig jaar getrouwd, al zijn we hier ook om te vieren dat Fonny nog leeft en zijn arme bejaarde ouders niet in rouw heeft gedompeld. 'Hei Fonny.' Iedereen omhelst hem en ook Annie, die naast hem staat in een witte short en een zwart kanten hemdje – een ietwat kinderlijk tenue dat hij voor haar heeft uitgekozen.

De laatste keer dat wij met zovelen samen waren, was op mijn ouders' veertigste huwelijksdag. Papa wist toen van niks, mama had hem ontvoerd; ze kon hem amper meekrijgen want hij was in die tijd depressief. Hij probeerde haar onderweg te doen stoppen bij een frituur, maar ze reed stug door. Aangekomen bij het restaurant herkende hij Riks auto op de parking niet, maar wel de sticker van de garagehouder; hij weigerde aanvankelijk naar binnen te gaan omdat die hem ooit had bedonderd.

Ik zie mijn vader nog in de deuropening van het restaurant staan met die zwaarmoedige kop van hem, speurend van de een naar de ander en vervolgens verstrooid de feestelijk gedekte tafels langs, waar bij elk bord een menukaart stond met een foto van een veertig jaar jongere Gerard en Mien aan de pier in Blankenberge. Ten slotte bracht hij fluisterend uit: 'Waar is Fonny?'

Gedwee liet hij zich door mama naar zijn plaats leiden, verrassing veinzend, glimlachend en knikkend naar deze en gene. Maar tijdens het eten verviel hij in peinzende stiltes en wie zijn blik onverhoeds kruiste, zag er ons collectieve verraad in weerspiegeld en wat hij vond van deze hele bedoening die zijn oudste zoon buitensloot.

Van de anderen had Fonny er best bij mogen zijn, maar Filip had gezegd: 'Als Fonny komt, blijf ik thuis.' Vijf jaar eerder was hij opgehouden met zijn oudste broer te praten omdat hij het leed dat die zijn ouders berokkende niet meer kon aanzien. Op zijn vijftiende lag Filip in Neerpelt eens dronken midden op straat, Aline en haar man reden haast over hem heen. Daarna stopte hij met softdrugs, alcohol en sigaretten – hij hield zelfs op met koffie en cola te drinken.

Sinds Filip zijn doctoraatsthesis schrijft is hij opnieuw gaan roken. Hij wandelt De Spaanse Club binnen in een wit T-shirt met de kop van Bob Dylan, het jasje van zijn groene pak over zijn schouder geslagen. Terwijl hij Fonny groet, klopt hij de as van zijn sigaret routineus af in de asbak op de toog.

Fonny is vast niet vergeten dat hij op familiebijeenkomsten doorgaans niet welkom is, maar hij houdt zich goed, laat zich welwillend bekijken en slaat de luchtige, schertsende toon aan die ik van hem ken. Met een rietje drinkt hij van zijn cola-tic en zegt: 'O, o, dat ben ik niet meer gewend – ik voel het naar mijn kop stijgen.' Wanneer Annie per ongeluk tegen de metalen staaf stoot die op de pinnen in zijn bovenarm is geschroefd, waarschuwt hij: 'Pas op, hè, als je dat nog eens doet, zet ik hem onder stroom.'

Zou hij vanochtend in de spiegel hebben gekeken? Zijn rechterkaak is gebroken, waardoor die kant van zijn gezicht is ingeklapt en zijn rechteroog groter is dan het andere. Maar dat lijkt hem niets te kunnen schelen. Te bedenken dat hij vroeger zijn flaporen liet corrigeren, om de haverklap een ander kapsel had en constant zijn haren verschikte voor de spiegel.

'Dat gat in Fonny's hoofd,' vraag ik aan Marek als we naar de lange tafel toe lopen waar mama en papa al zijn gaan zitten, 'zouden ze daar niets aan kunnen doen?'

Hij lacht. 'Wat dacht je, opvullen met siliconenkit of zo?'

Papa zou vandaag blij moeten zijn, al zijn kinderen zijn er en bijna al zijn kleinkinderen ook, maar hij heeft weinig talent voor blijheid. Hij ziet er bleek en afgetobd uit en is duidelijk in de contramine. Volgens mama wilde hij niet mee, al was hij deze keer op de hoogte. 'Er valt niks te vieren,' zei hij. Ik vraag maar niet waarom. Mama had enige moeite hem ertoe te bewegen zijn kostuum, witte hemd en plastron aan te doen. Toen ze eindelijk de juiste sokken voor hem had gevonden, was hij zijn schoenen kwijt.

'Dag papa, alles in orde?' Hij lacht zuurtjes als ik hem omhels en zijn hoofd naar me toe trek.

Polly, die op de kunstacademie in Antwerpen heeft gezeten, maakt foto's. 'Allè pa,' zegt ze tegen zijn norse gezicht, waarna hij een arm om mama heen slaat en grijnst. Als mama op zijn schoot gaat zitten, legt hij zijn hoofd op haar schouder en breekt er zowaar een glimlach door. We hebben allemaal onze eigen manier om met papa's nurksheid om te gaan. Toen Polly nog thuis woonde en mijn vader nog werkte, kwam hij op een ochtend beneden in een donkerblauw gestreept kostuum en vroeg: 'Hoe zie ik eruit?' Waarop zij tot mijn verbazing zei: 'Een rode dop op je neus en je kan als clown naar het circus.'

Fonny is achter me opgedoken. 'Is er een tafelschikking?'

'Nee, nee, iedereen moet maar een tafelgenoot uitkiezen.'

'Misschien kies ik wel iemand die niet naast mij wil zitten.'

'Dat heeft hij goed gezien,' fluistert Filip in mijn oor.

Ik wijs naar de stoel naast me. 'Kom dan maar hier.'

De kokkin van De Spaanse Club heeft in een zijkamer te midden van hoog opgestapelde dozen met chips en zoutjes gekookt op een gasstel. Nu brengt ze een schaal met paella binnen. We gaan ons bedienen en algauw hangt er een genoeglijk gezoem boven de tafel, zodat het lijkt alsof dit een bijeenkomst is van een doodgewone familie. Alleen papa blijft in mineur. Hij heeft zijn lichaam wel versleept, maar hij is er niet werkelijk. Ik geloof dat hij voor zijn vertrek een pilletje heeft gepakt, van het genre dat ze altijd in huis hebben. Lexotan, Seresta, Temesta – in combinatie met alcohol gaat zijn onderlip ervan hangen, zodat mama hem aanstoot en zegt: 'Gerard, uw lip.'

Na de paella is er vis, die zwemt in de olie. Niemand heeft nog honger. De deur naar de straat staat open, buiten loeit de zomer, uit de jukebox klinkt 'No tengo dinero'. Papa heeft zijn jasje uitgetrokken, mama de mouwen van haar witte blouse opgerold. Hildeke zit aan het uiteinde van de tafel geconcentreerd te eten, maar als de borden zijn opgehaald, kijkt ze verweesd om zich heen. Iedereen is in gesprek en zoals wel vaker gebeurt op dit soort momenten, valt zij een beetje weg.

'Gaan we dansen, Hildeke?' We kiezen 'Porque te vas' uit op de jukebox, dat kent ze, daar hebben we in een Spaans restaurant in Amsterdam al eens op gedanst. Ze heeft een feilloos gevoel voor ritme, soepel beweegt ze met me over de vloer, leest mijn lippen als het refrein weerklinkt, probeert mee te zingen. *Todas las promesas de mi amor se irán contigo. Me olvidarás, me olvidarás...* Zodra ik even uit de pas ben, laat ze me los en danst alleen verder – lachend, blij. Het is heerlijk haar zo kundig en zelfverzekerd te zien, al maakt het me ook verdrietig. Als ze in een andere familie geboren was, had ze misschien meer kunnen doen met haar talenten, maar mama zegt: 'Wat Hildeke niet kan, moet je haar niet leren.'

Het dessert is gearriveerd, een piramide van ijsbolletjes en stukjes fruit van een zaak die adverteert met de tekst: 'Voor ijstaarten groot of klein moet je bij Crèmerie Valvekens zijn!' Wij vierden vroeger nooit verjaardagen, Wies klaagde eens dat ze zelfs op haar verjaardag gebakken oud brood moest eten, maar nu heft iemand 'Hiep, hiep, hoera' aan, zingen we 'Lang zullen ze leven' en geeft papa mama een kus, die Polly vastlegt, en dan nog een.

Waar Annie ineens de twee bavetten vandaan heeft gehaald die ze mama en papa voorbindt, weet ik niet. Papa kan er niet om lachen. 'Fonny heeft geen perspectief,' zei hij laatst tegen me aan de telefoon, 'omdat Annie geen geschikte vrouw voor hem is.' Hij heeft gelijk, maar waar moet Fonny in deze situatie een betere vrouw vinden?

'Hoe heet dat ook alweer, een cognacje na het eten?' vraagt Fonny als de koffie geserveerd wordt.

'Een pousse-café.'

'Precies, dat zou ik wel lusten.'

De meesten zijn inmiddels gaan verzitten, sommigen staan bij de bar, de kleinsten rennen rond of schuifelen op hun stoel. Na de pousse-café heeft iemand het onzalige idee het overschot van het eten mee te nemen. Zodra dat is ingepakt, zet de karavaan zich in beweging. Thuis verdwijnt het eten in de vrieskist, waar het maanden zal liggen – tot Aline aan het opruimen slaat en al die vette boel wegkiepert.

Papa is meteen naar boven gegaan en komt terug op sandalen, een oud gestreept hemd met korte mouwen over zijn broek. Zijn humeur is er niet op verbeterd. 'Waar is de hoestsiroop?' vraagt hij. Iemand heeft de hoestsiroop meegenomen, net nu hij die nodig heeft. Klapperend met de deuren draait hij rondjes van de keuken naar de woonkamer en via de gang terug. 'Ik tel hier nog minder dan een hond!'

Wies heeft zijn bril schoongemaakt in de badkamer. 'O, wat stinkt het hier,' zegt hij als hij hem opzet. Hij loopt naar de keuken en bromt: 'Hier ruikt het ook al zo.' Wies houdt schuldbewust haar vinger op haar mond en wijst naar de fles eau de cologne. In zijn bureau horen we papa roepen: 'Maar allè, die geur achtervolgt me!'

Als mijn vader in onze jonge jaren op woensdagmiddag van zijn werk kwam en wij naar nonkel Bob en tante Terry zaten te kijken, ging hij voor de tv staan. 'Wie ziet ge 't liefst, mij of de televisie?' Later telde hij zijn kinderen en kleinkinderen op feestdagen en zei: 'Zonder mij waren jullie er niet geweest, ik ben de schepper.' Maar hij kan niet tegen de drukte die wij met z'n allen maken, hij is er nooit aan gewend geraakt. Het liefst zou hij verdwijnen naar zijn slaapkamer – hij weet alleen niet hoe hij dat moet aanpakken.

Op het met guirlandes versierde terras aan de voorkant van het huis worden koffie en taart geserveerd; de kleintjes spelen op het gazon. Mama heeft drambuie, cointreau en whisky uit de kast gehaald. Eerder vanmiddag zei Fonny dat de cola-tic naar zijn hoofd steeg; nu hij eenmaal begonnen is, blijkt hij heel veel te kunnen drinken.

Af en toe rijdt er een auto voorbij. De bestuurders vertragen automatisch, nemen het tafereel rond de witte tuintafels in zich op. Een doodgewone familie.

Wij doen wat we altijd doen als we bijeen zijn: als opgedraaide speelgoedbeestjes lopen we op en neer, hebben onderonsjes in de keuken en de woonkamer, geven complimentjes, zitten aan elkaar, bestuderen rimpels, grijze haren, overtollige kilo's – net aapjes die elkaar ontvlooien. Hoe onze levens ook uiteen zijn gelopen, zodra we samen zijn vinden we onze vertrouwdheid terug, tuimelen als door een luikje ons verleden binnen en nemen onze voormalige posities in. Filip imiteert mijn vaders kwaaie dribbelpasje, Wies kijkt naar mijn hand en zegt: 'Je doet het weer.' Mijn duim over mijn midden- en wijsvinger wrijven, ik ben hier niet de enige met die tic. Hildeke heeft die ochtend afgewassen. Als Filip een mes uit de la pakt en dat kritisch inspecteert, zegt ze: 'Allè, nie plagen', en staat haar voorhoofd in een handomdraai vol rimpeltjes.

Marek, die in een rustig stadje in Zuidoost-Polen is opgegroeid en één zus heeft, wordt hoorndol van ons. Iedereen praat door elkaar heen, klaagt hij, niemand luistert. Maar wij zijn hieraan gewend, wij koesteren ons in dit woelige familiebad.

Fonny zit geflankeerd door Annie in een opklapbare tuinstoel en kijkt toe vanachter zijn zonnebril. Op weg hiernaartoe heeft hij Polly en haar vriend ertoe bewogen drie rollen okergeel tapijt uit een container te halen en in de achterbak van hun auto te laden; die kan hij gebruiken in zijn huis. Annie steunt hem niet in die zaken, zij wil alles nieuw.

Gaat het, Fonny? Wanneer halen ze die pinnen uit je arm? En je pink, hoe is het daarmee? Mag je binnenkort opnieuw gitaar spelen? Vandaag is hij een van ons. Niemand is vergeten dat hij kortgeleden in het rijk van de trollen, engelen en lichtjes in de verte verkeerde. Eigenlijk willen we allemaal geloven dat hij zijn les heeft geleerd, dat hij beter gaat worden, en die hoop geeft een euforisch tintje aan deze dag.

Al heeft Fonny meer gedronken dan goed voor hem is, het is lang geleden dat hij zo rustig in ons midden was, zonder dat we dachten: Zijn alle kasten op slot? Of naar zijn pupillen keken en in de keuken tegen elkaar zeiden: O, o, wat heeft hij nu weer gepakt. Of hem in de gang met papa hoorden fluisteren over iets wat wij niet mochten weten. Ik heb hem vandaag nog geen woord zien wisselen met papa; zou die hem nog steeds op afstand houden uit angst voor zijn verlanglijstje?

Door Fonny's aanwezigheid waait straatrumoer het terras op, vangen we flarden op van conversaties die in cafés als De Munt vast worden gevoerd. Die pinnen in zijn arm zitten hem dwars bij het vrijen, zegt hij. 'Ik zorg toch dat je aan je trekken komt,' reageert Annie vinnig. Na het vrijen valt hij direct in slaap, naar haar kijkt hij niet meer om.

Fonny's hond Queen is in het asiel, maar hij schept over hem op tegen de vrouw van Rik, die haar keffertje heeft meegebracht. Aanvankelijk beet Queen; hij heeft hem zo goed afgericht dat hij nu iedereen mee naar huis kan nemen. 'Maar als ik tegen Queen zeg: "Pak de kwaai", dan vreet hij dat hondje van jou met strik en al op.'

Wanneer ik in de keuken nieuwe koffie zet, wandelt Jennifer binnen, een wijd T-shirt over haar lange broek. Nicole heeft haar opgehaald van het station. Ze blijkt geslaagd voor haar examen op de School met de Bijbel en gaat volgend jaar naar de huishoudschool.

'Hoe is het thuis?'

Haar ogen lichten op. Vorige week is haar halfbroertje geboren, ze mocht bij de bevalling zijn. 'Hij woog wel vijf kilo.'

'Alles goed dus?'

'Neuh... binnenkort moet ik naar een observatiehuis omdat ik ruziemaak met mijn moeder en haar vriend.' School met de Bijbel, observatiehuis – hoe makkelijk komen die woorden over haar lippen; ze is er al aan gewend dat instanties de zorg van haar ouders hebben overgenomen.

Ze strijkt neer op het terras bij Fonny en Annie, maar lang houdt ze het daar niet uit. Achter haar nichtjes aan sjokt ze enigszins onwennig weer naar binnen.

Het duurt even voor ik me realiseer dat papa verdwenen is.

Dwars op zijn opengeslagen bed, zijn voeten over de rand, luistert mijn vader naar een Esperanto-uitzending op de wereldradio. Niet alleen kan hij geen boterham smeren, vaak ligt hij zo onhandig in bed dat je hem zou willen verleggen.

Ik ga bij hem zitten. Hij heeft nog altijd een volle bos haar, en daar onder de grote weke oren die hij en ik van bomma hebben geërfd. Zonder bril ziet hij er een beetje hulpeloos uit. Instinctief leg ik mijn hand op zijn arm. 'Wat is er, papa, waarom ben je gevlucht?'

Hij maakt een wegwerpgebaar. 'Ik lig hier goed. Niemand heeft mij nodig.'

'Maar wij zijn speciaal voor jou en mama naar Hasselt gekomen. En voor Fonny,' voeg ik er veiligheidshalve aan toe.

'Nee, nee, van Fonny trekt niemand zich iets aan.'

'Maar we zijn er toch allemaal? Hoelang is dat niet geleden. Filip praat met hem, voor het eerst sinds tien jaar – je zou blij moeten zijn.'

Opnieuw maakt hij een wegwerpgebaar. 'Hypocrieten zijn het. Straks gaan ze naar huis en kijken niet meer naar hem om. Toen Fonny in coma lag, beloofden ze van alles. Nu hij beter is, staan ma en ik er alleen voor.' Hij is kwaad op 'de manager', zoals hij Rik noemt, omdat die met geen woord meer rept over de antiekzaak die hij Fonny zou helpen financieren, maar het heeft over 'maatregelen'.

'Maatregelen?'

'Rik heeft een instelling op het oog waar Fonny zich kan laten opnemen zodra hij aangesterkt is,' sputtert hij. Daar werkt een vriend van Rik die psychiater is. Mijn vader tast naar zijn bril op het nachtkastje en gaat wat rechter zitten. 'Ik ken die man, hij rookt twee pakjes sigaretten per dag. En die zou Fonny van de drugs moeten afhelpen?' Zijn stem zwelt aan. 'Laat hij eerst maar eens genezen van zijn eigen verslaving!'

'Sst...' Het slaapkamerraam is open; gepraat en gelach stijgen op van het terras – ze kunnen ons daar zeker horen.

'Ze mogen gerust weten wat ik van hen denk!' roept papa als ik aanstalten maak het raam te sluiten.

'Misschien heeft Rik gelijk,' zeg ik sussend, 'misschien moet Fonny geholpen worden om te genezen van zijn verslaving. Hij zei in de kliniek dat hij het bij cola zou houden en kijk eens hoeveel alcohol hij drinkt.'

'Nee, nee, zo'n opname is stigmatiserend, daar komt niets van in.' Papa's toon is ineens vertrouwelijk, alsof hij niet Rik maar mij van zijn gelijk moet overtuigen. 'Zoals ik Fonny na zijn ongeluk zag liggen, dat was niet het lichaam van een verslaafde – een verslaafde had dat ongeluk nooit overleefd. Jullie moeten het niet erger voorstellen dan het is, dat vindt mama ook. Trouwens,' – zijn stem slaat over – 'Rik moet zelf maar eens ophouden met roken en drinken. Nee, van die criticaster neem ik niets aan.'

Ik wil iets zeggen, maar mijn vader is nog niet klaar. Van 'de leermeester met zijn oorbel' – hij bedoelt Filip – verwacht hij ook niets meer, die heeft zich teruggetrokken en vindt dat Fonny de raad van Rik moet volgen. En Fonny was nog niet ontslagen uit het ziekenhuis of Wies noemde hem aan de telefoon alweer een drugsverslaafde. 'Ik riep dat ik dat woord niet wilde horen en heb de hoorn op de haak gegooid.' Mama belde terug om het goed te maken en kreeg Wies' man aan de lijn, die vroeg: 'Welk woord moeten we dan gebruiken?' Waarop mama zei dat hij *nen onbeleefderik* was en het gesprek op haar beurt verbrak.

Mijn vader heeft een extra kussen onder zijn hoofd geschoven. 'En waarom moest Wies verleden week zo nodig naar een bruiloft? Stelletje feestvierders. Terwijl ze zelf twee kinderen heeft en niet getrouwd is. In haar huis hangt niet één kruisbeeld. Nee, ons Wies moet niks zeggen.'

'Papa, wat heeft dat kruisbeeld er nu mee te maken.' Marek zou me een schop geven – als mijn vader in deze stemming is, moet ik hem laten uitrazen en vooral niet tegenspreken, anders keert zijn woede zich als een boemerang tegen mij.

'Dat heeft er alles mee te maken! Ongelovigen zijn het, geen greintje gevoel hebben ze voor hun medemens.' Hij duwt mijn hand weg. 'En waar haalt Fonny die drugs? In Holland – daar zijn ze vrij te koop. Het komt allemaal door de tolerantie van de Hollanders. Denk daar maar eens over na voordat je een oordeel velt over Fonny.'

Ik ben opgestaan. Ik wil geen ruzie met hem maken, niet op zijn verjaardag, niet nu we voor het eerst weer allemaal samen zijn. 'Kom je naar beneden, papa? Jennifer is er ook.'

'Jennifer?' Zijn blik klaart op.

'O, híér zijn jullie.' Polly's hoofd is in de deuropening verschenen. 'Ik loop jullie overal te zoeken. We gaan een familieportret maken.'

Eerst een groepsfoto van papa, mama en de negen kinderen, heeft Polly beslist, dan de aanhang en de kleinkinderen erbij. Daar is de man van Aline het niet mee eens: als hij niet op de ene foto mag, wil hij ook niet op de andere.

Polly zet een bankje voor mama en papa op de oprit; wij gaan in twee boogvormige rijen achter hen staan, voor de groene haag die ons huis scheidt van dat van de buren.

'Jij ziet er niet zo denderend uit voor de foto,' zeg ik tegen Fonny, wijzend op het verband rond zijn linkerhand.

'O, dat haal ik er zó af,' grapt hij. Dan roept hij: 'Waar moet het zwart schaap staan?' En: 'De universitairen vooraan!'

Het duurt een eeuwigheid vooraleer Polly tevreden is. Twee keer stelt ze de zelfontspanner in – zonder resultaat. Her en der klinkt gemor.

'Komt er nog wat van?'

'Amai, en dat noemt zich fotografe.'

'Zo kan ik het ook.'

'Hoelang heeft ze daarvoor gestudeerd?'

Uiteindelijk drukt Marek op de knop. We krijgen later allemaal een kleurenafdruk. Iedereen heeft een glimlach weten te produceren, behalve papa – al heeft hij wel gedacht aan zijn hangende onderlip. Hildeke heeft zo lang in de lens getuurd dat ze scheel kijkt.

Bij de tweede fotosessie dijt het gezelschap alle kanten uit, zitten sommigen op de grond, kruipen anderen bij mama en papa op het bankje. Alleen de man van Aline blijft achter op het terras. Als het voorbij is, is Polly zo over haar toeren dat ze een whisky nodig heeft.

De avond valt en Fonny heeft zijn zonnebril nog steeds op. Zoals hij in de tuinstoel zit, benen overeen, armen op de leuning, zijn blessures opgelost in het milde avondlicht, lijkt hij wel een regisseur die op het punt staat een tableau de la troupe te maken. De eerste gasten zijn vertrokken, de overblijvers zijn dichter naar elkaar toe geschoven. Papa is weer verdwenen; in zijn fauteuil in de woonkamer kijkt hij naar het nieuws. Mama vertelt over die keer dat ze met haar groene Simca in Leuven was en Fonny plotseling naast haar reed achter het stuur van een taxi, zijn raampje naar beneden draaide en vroeg: 'Ma, hebt ge wat geld voor mij?'

'Ik hoef geen auto meer,' zegt Fonny, 'ik koop een Harley-Davidson. Annie heeft al een offerte aangevraagd.' Maar eerst gaat hij naar een revalidatiecentrum aan zee, om aan te sterken. 'Ze doen daar yoga en zo, er komen ook dokters en advocaten.'

Net voor zijn ongeluk had hij een politiezwaailicht op de kop getikt dat hij soms op het dak van zijn auto zette als hij op de snelweg reed. 'Je weet niet wat je meemaakt – alle automobilisten vluchten de berm in.'

'Een zwaailicht?' vraag ik ongelovig. 'En als de politie je ziet?'

Hij lacht. 'De politie? Die kan mij niks maken.' Omdat hij weleens iets voor hen doet, voegt hij er geheimzinnig aan toe.

Ooit werd hij aangehouden. 'Ik had gedronken, maar toen ik zei wie ik was, mocht ik doorrijden.'

Dan hebben ze het over een affaire waar de kranten laatst van vol stonden. Fonny is pas enkele weken ontslagen uit het ziekenhuis, maar hij is goed op de hoogte. Een verslaafde werd na een verhoor terug naar de gevangenis gereden door twee rijkswachters, bedreigde hen met het pistool dat zijn vrouw hem net daarvoor had toegestopt, sloeg hen in de boeien, schoot hen dood en ging er met hun burgerauto vandoor. Die werd later gevonden in Maastricht. 'Iedereen in het milieu is kwaad op hem,' zegt Fonny, 'want de politie hield een razzia en kamde zijn entourage uit, waardoor er allerlei andere verboden zaken aan het licht kwamen.' De dader voelde zich na vier dagen zo opgejaagd dat hij zichzelf aangaf.

Fonny gaat nogal prat op zijn kennis. 'Het milieu' – daar hoort hij zelf blijkbaar ook bij. Over zesvoudig moordenaar Freddy Horion, die heel België een twaalftal jaren geleden in de ban hield met zijn gruwelijke levensverhaal, zijn geblutste gezicht en zijn koelbloedige slachtpartij, zou hij ook een boekje open kunnen doen.

'Horion,' zegt Filip, 'was zijn advocaat niet Jef Vermassen? Die heeft de rector van mijn universiteit ook.' De vrouw van de rector kwam om bij een auto-ongeluk. Algauw bleek dat de rector het ongeluk op bijzonder stuntelige wijze in scène had gezet.

'Wat?' Fonny is een en al aandacht.

'O, die zaak is inmiddels een jaar oud,' zegt Filip onverschillig, 'de rector is al een hele tijd geschorst, maar heeft nu pas bekend.'

Fonny heeft zijn zonnebril afgezet, om zijn mond is een meewarige glimlach verschenen. *In jouw milieu gebeurt dat soort dingen dus ook* – ik hoor het hem denken.

De muggen op het terras drijven ons naar binnen. Pas als het gezelschap langzaam opbreekt, staat papa op en komt naar ons toe. Filip geeft Fonny ten afscheid een pakje. Er zitten twee cd's in, van Bob Dylan en Leonard Cohen.

'Nu jaagt ge mij op kosten,' zegt Fonny, die geen muziekinstallatie heeft.

'Die had ik voor hem willen kopen,' fluistert papa spijtig.

Ook daar heeft Filip aan gedacht. Fonny pakt de radio-cdspeler uit en het duurt niet lang voordat Dylans schorre stem door de woonkamer galmt. *How many roads must a man walk down. Before you call him a man?*

'Luister eens,' zegt iemand, 'Bob Dylan imiteert onze Fonny.' Die heeft zijn stem nog niet helemaal terug, maar zingt krassend mee. *Yes, and how many years can some people exist. Before they're allowed to be free?*

Papa is zo geëmotioneerd door Filips broederlijke geste dat hij zijn hoofd op diens schouder legt en huilt.

Bij zijn vertrek drukt Fonny zich tegen me aan en zegt: 'Ik hou zoveel van je', maar hij is zo dronken dat ik me afvraag of hij nog weet wie ik ben.

Terug in Amsterdam zie ik mijn vader in gedachten liggen, dwars en onhandig op de rand van zijn kingsize bed, luisterend naar een Esperanto-uitzending op zijn geliefde wereldradio, de zomerse stemmen van zijn kinderen opklinkend door het open raam. En te midden van hen, voor het eerst sinds zoveel jaren, zijn verloren zoon, die na een hachelijke reis door het onderaardse is thuisgekomen.

Mijn vader was verongelijkt, maar hij leek ook ongerust. Weet hij iets wat wij niet weten? Is het hem ter ore gekomen, misschien, dat Fonny opnieuw gebruikt? Zei hij daarom dat Annie geen partij voor hem is? Realiseert hij zich dat alles al verloren is, terwijl wij die middag nog op een wolk van goedgelovigheid dreven? Nu pas zie ik hoe eenzaam hij daar ligt. Een zeventigjarige patriarch met negen kinderen en veertien kleinkinderen en toch: alleen, in oorlog met de hele wereld. Hij wil dat wij hem helpen, maar hoe kunnen we dat doen als hij alles altijd beter weet?

Ook op mij werd hij uiteindelijk boos, maar niet echt. Tijdens mijn reizen heb ik heel wat leed aanschouwd waarbij het onze in het niet zinkt. Ik ben clementer voor Fonny en heb daardoor een streepje voor op de anderen. Maar ook, vermoed ik, omdat ik verknocht was aan zijn moeder en door haar gekoesterd werd als ware ik haar tweede kind.

Eén conversatie tussen mijn vader en mij staat me uit mijn jonge jaren bij; ik bewaar haar in mijn herinnering als een schat in een doosje. We zijn in de boomgaard achter bomma's huis. Het is kort nadat hij onverwacht een bok heeft meegebracht. Die beet het touw door waarmee hij was vastgebonden aan de perenboom, liep de groene poort uit en richtte een ravage aan in de moestuin van politieagent Es. Het touw achter zich aan slepend wandelde het beest als een parmantig heertje verder langs het kanaal – tot wij een einde maakten aan zijn vrijbuiterij.

'Jouw vader is een filosoof, hij ziet de wereld in een korrel zand,' zou een geliefde me later zeggen. Maar mijn moeder, die niet van huisdieren hield, moest de bok voeren, zijn waterbak bijvullen en zijn keutels opvegen.

We staan daar, kijkend naar de bok onder de perenboom, de hazelaar met zijn uitwaaierende takken en de struik met sintjansbessen verderop, als mijn vader vraagt: 'Van welk seizoen hou jij het meest?'

O, o, wat is het juiste antwoord? Hoe kan ik raden wat zijn favoriete seizoen is, zodat zijn voorliefde samenvalt met de mijne? 'De herfst,' fluister ik waarheidsgetrouw en mijn hart springt op als hij zegt: 'Ik ook.'

Dan vraagt hij: 'En waarom de herfst?'

Weer speur ik koortsig naar het juiste antwoord. 'Vanwege de kleuren. En omdat het dan overal zo lekker ruikt.'

Hij knikt instemmend en zegt: 'Ik ook.'

Eensgezind staan we naast elkaar, in het besef dat we allebei de melancholieke herfst met zijn vlammende kleuren en zijn geuren van verrotting verkiezen boven de andere seizoenen, die veel makkelijker zijn. Ons gesprek gloeit nog lang in me na, maar ik praat er met niemand over – dit is iets van papa en mij, dit pakt niemand me af.

Eén conversatie. Verder: stilte, terughoudendheid, stugheid.

Elke ochtend kijk ik door bomma's boogvormige raam als

mijn vader naar zijn werk vertrekt, achternagelopen door mijn moeder met een tas koffie en een vochtige doek om een of ander vlekje van zijn jas te verwijderen; waarna zijn jas weliswaar schoon is, maar hij de hele autorit doorbrengt in de geur van wasbenzine. Door de verhalen die bomma me vertelt leer ik de man achter die stuurse vader kennen en kan ik gaandeweg steeds dieper in de tunnel van zijn leven kijken.

Op winteravonden snort in bomma's opkamer de Leuvense stoof en haalt zij de leren fotoalbums tevoorschijn waarin de doden voor wie zij dagelijks bidt nog samen met de levenden over de pagina's paraderen in hun lange, sombere gewaden. Ik zit bij haar aan de ronde tafel en maak mijn huiswerk of speel, als ik klaar ben, met de knopen die haar oudste zuster uit Amerika heeft gestuurd. Ze liggen in de koektrommel met de afbeelding van het dromerige jongetje met de blauwe ogen – vast een prins. Op enkele knopen loopt Roodkapje door het bos, andere zijn van doorzichtig geel glas of bezet met gekleurde steentjes, net snoepjes. Ze glimmen in het licht van de laaghangende lamp.

Soms neem ik uit de naar snoep ruikende kast de roze doos met kaarten die heeroom van Congo voor me heeft meegebracht. Teke-dansers in raffiakleren, Tutsi-krijgers met speren en wit strooien haar – de kaarten hebben uitvouwbare voetjes en als ik ze allemaal heb opgesteld, ben ik in een Afrikaans dorp, kan ik de doffe tamtam in de brousse horen en het parelende zweet op de lichamen van de dansers ruiken.

Bomma bladert door haar albums, schuift zuchtend een losgeraakte foto terug in het hoekje, legt het knisterende beschermvel er voorzichtig overheen. Al doende praat ze. Soms toont ze me een foto of kijk ik mee, nieuwsgierig geworden door wat ze vertelt. Ik ben te jong om alles te begrijpen, maar hoor haar verhalen zo vaak dat flarden ervan als een geluidsband meedraaien wanneer ik de foto's later opnieuw bekijk.

Op zo'n avond in bomma's opkamer moet ik de eerste foto hebben gezien van mijn vader als kind. Een maand of zes is hij, bomma houdt hem met beide handen rechtop, toont hem als het ware aan de wereld: een romige baby met een gestreept mutsje – het kleine wonder dat ze aan de Eerste Wereldoorlog heeft ontrukt. Haar man is twee maanden eerder schielijk overleden, ze draagt rouwkleding, maar haar gezicht onder het achterovergekamde haar heeft zachte trekken: over de ernst op vroegere foto's is een sereen verdriet geschoven en ook iets van vreugde, om het kind in haar armen wellicht.

Naast haar blikt tante Mia, haar tien maanden oudere zuster, vrank de camera in, frivoler gekleed in een zwarte geborduurde jurk met witte kralen. Zij heeft voor onderwijzeres geleerd en is niet de aantrekkelijkste van de twee, maar wel de meest zelfverzekerde en ondernemende. Zij moet het plan hebben opgevat met de trein naar Antwerpen te gaan voor een fotosessie in de prestigieuze studio K. De Latin.

Bomma blijft na de dood van haar man wonen in het huis van de Rijksweldadigheidsschool in Mol, en slapen in het hoge bed – hetzelfde bed waarin zij en ik later slapen en dat ik in een helder moment zal redden uit Fonny's verdwijnzuchtige handen en verhuizen naar Amsterdam. Het is een twijfelaar. Zeventien jaar zullen Marek en ik erin slapen, tot we besluiten dat het te smal is en het op zolder belandt, als bed voor onze gasten.

Bomma's moeder, die sinds de geboorte van mijn vader bij hen inwoont, lijkt op een standbeeld met haar wijde, alles verhullende kleren en haar diepliggende, grijs omwalde ogen. Getuige de foto's krijgen ze vaak bezoek, meestal van mannen in soutanes: de broer van bomma's moeder, pastoor te Widooie; bomma's eigen broers – als ze niet weggestoken zitten in het Braziliaanse Pirapora, het Congolese Bienga, het seminarie in Rome of met een reuzenlepel door de balletjessoep in een Hollands klooster roeren, fladderen ze over de pagina's, een paternoster bungelend aan de brede singel om hun buik.

Aan de muren van het huis in Mol hangen portretten van de doden, bij het Heilig Hartbeeld staan veldbloemen in een vaas, het godslampje brandt. Met de dood van bomma's echtgenoot is de enige man zonder soutane uit hun omgeving verdwenen en zijn zij achtergebleven met hun bescheiden roomse pleziertjes. Op een zondag, vertelt bomma, nemen ze de trein naar Tongeren en wandelen van daaruit naar Widooie, waar het kermis is. In de pastorie worden ze getrakteerd op halveliterpullen bier, zodat ze enige moeite hebben thuis te geraken.

Dan overlijdt de man van tante Mia, ingenieur bij de hoogovens in het Franse Herserange, en komt ook zij bij hen wonen. Zo huizen ze bijeen in de bescheiden dienstwoning van mijn overleden grootvader: bomma, haar moeder en haar oudere zus, alle drie weduwe, en tussen hen in het jongetje, dat nu een bril draagt, wat hem een pientere zij het ook kwetsbare aanblik geeft.

Bijna vijf jaar na het overlijden van bomma's man zegt de Rijksweldadigheidsschool, intussen omgedoopt tot Rijksopvoedingsgesticht, de huur op. Vijf jaar, dat klinkt als een lankmoedig respijt, een daad van menslievendheid, maar de vrouwen in dat huis ervaren het als een schrijnend onrecht.

Moest bomma overhaast vertrekken? Had zij verwacht een andere, even goedkope woning aangeboden te krijgen? Heeft zij er tegen zoonlief over geklaagd, of vulde een onbestemd gejammer de vertrekken? Ik zie het bebrilde jongetje door de sombere kamers met de halfdichte gordijnen en het gebloemde behang dwalen, luisteren naar de klagende stemmen, afscheid nemen van vertrouwde dingen. Hij is pas vijf, maar hij is de enige man in huis. Een steen rolt zijn kant op, hij kan hem niet verplaatsen. Geen weesgegroetje of onzevader kan dit onheil afwenden. Dat zijn moeder, een oorlogsweduwe met een klein pensioen, en hij, een oorlogswees, op straat worden gezet – hij zal er een diepe wrok tegen 'de instanties' aan overhouden.

Het leger, het gesticht, ze smelten ineen, ze behoren allebei tot 'de staat' die hen vermorzelt. Met de onmachtige handjes van het vijfjarige jongetje zal hij zijn hele leven op de deur van dat onrecht blijven bonken.

Als hij voor diezelfde staat werkt en middels examens is opgeklommen van klerk tot opsteller, verificateur, controleur en ten slotte tot ontvanger van de belastingen trekt hij zich het lot van onvermogende betalers zodanig aan en tracht hij zo vaak uitstel van betaling voor hen te krijgen dat een collega opmerkt: 'Die man deugt niet voor de belastingen – daar is hij veel te goed voor.'

Ze komen met z'n allen in Maldegem terecht, honderddertig kilometer westwaarts, richting zee. De doortastende tante Mia heeft er een huis betrokken en opent een kruidenierszaak in de voorkamer. Ze hertrouwt met de negen jaar jongere Achiel – volgens de familielegende eerder haar knecht. 's Ochtends maakt nonk Achiel in de keuken een gaatje in een rauw ei en slurpt de inhoud luidruchtig leeg. Dan gaat hij op zijn klompen naar de melkerij, twee huizen verderop, waar hij de binnenkomende melk moet wegen; 's middags brengt hij een kannetje melk mee.

Nonk Achiel verbergt zijn hazenlip onder een snorretje, naast de pronte tante Mia met haar weelderige boezem – sommigen noemen haar heimelijk 'gendarme' – is hij schriel en klein. Doorgaans is hij gekleed in een stofjas, maar voor foto's moet hij een kostuum aan, zodat het toch nog op iets trekt. Als een aangekleed aapje staat hij daar, verschrikt in de camera kijkend, terwijl tante Mia met haar uitdagende lach boven hem uittorent.

Op de blinde zijmuur van de woning aan de Gentsche steenweg verschijnt een geschilderde reclame van cichorei de Beukelaar, naast de voordeur een plaat van poetsmiddelenbedrijf Ça-va-seul, binnen stromen de kamers vol rituelen. In de woonkamer kan je de zoete mengeling van Zwarte Kat-koffie, snoep en plastic speelgoed uit de winkel al ruiken. Tante Mia heeft een hondje, Pukkie, waarvoor mijn vader een hevige liefde opvat. In een kluwen liggen ze onder de appelboom in de tuin achter het huis: de oude grootmoeder, tante Mia, nonk Achiel, bomma – het kind tussen hen in. Algauw weten ook de mannen in soutanes hun weg naar Maldegem te vinden; ze poseren voor de winkeletalage, een arm beschermend om de kleine heen.

Toch haalt die gedwongen verhuizing mijn vaders leven overhoop. Hij is slim, tante Mia vindt dat hij meteen naar de lagere school kan. Het schooljaar is al begonnen, de kinderen kijken hem bevreemd aan als hij de klas binnenstapt. Ze spreken een dialect dat hij nauwelijks verstaat. Maldegem wordt 'Ma'dehem', een mus is een 'misse', confituur heet 'seléje', chocolade 'seukelau'. Als in de woonkamer de bel rinkelt en tante Mia zich naar de winkel spoedt, luistert hij verbaasd naar het brabbeltaaltje dat daar opklinkt en probeert hij uit de bewegingen achter de glas-in-looddeuren af te leiden waar ze het over hebben. Wijzen de klanten de waren in de schappen aan? Hoe kan tante Mia anders begrijpen wat ze willen?

Hij mist zijn vriendjes, het zondagse bezoek aan de konijnenmarkt op het Statieplein in Mol, de tochtjes naar de familie van zijn overleden vader in het nabije Rosselaar, waar alles er een beetje ruwer aan toeging dan thuis. Hier belandt hij na school telkens weer in de woonkamer, waar zijn grootmoeder prevelend zit te bidden in de fauteuil, zijn moeder het zoveelste mouwloze hesje voor hem breit en Pukkie dommelt in zijn mand. Tante Mia helpt hem bij zijn huiswerk; op een foto zitten ze allebei aan tafel, gebogen over een boek, terwijl bomma toekijkt.

Op ontdekkingstocht door het huis belandt hij op de mansarde, waar een berg appels onder een grijze deken ligt te overwinteren. Vanuit het raam kijkt hij naar de kriekenboom van de buren. Daarachter klinkt het gestage gerammel van melkkannen in de melkerij. Hij ziet nonk Achiel in zijn stofjas het fabrieksterrein oversteken, mompelend in zichzelf, het hoofd verscholen tussen zijn opgetrokken schouders.

Wanneer de goeiige Achiel thuiskomt met zijn kannetje melk, stormt Pukkie op de achterdeur af, de kleine achter zich aan. In de gang staat een blik met koekjes. Als Pukkie op twee pootjes danst, opent nonk Achiel het blik en mag mijn vader Pukkie een speculaasje geven.

'Achiel, zijt ge daar?' Dat is de stem van tante Mia, die hem nodig heeft voor het een of ander.

Nonk Achiel aanbidt tante Mia als ware zij een heilige; zodra hij zijn klompen verwisseld heeft voor sloffen, haast hij zich de kamer in en is hij tot haar dienst. Hij dekt de tafel, zelf eet hij in de keuken. Die ruimte met de gootsteen, waarin het vuile servies zich opstapelt, past hem beter dan de deftige woonkamer. De afwas doen, koffiezetten, eten klaarmaken voor Pukkie – urenlang is hij daar aan het rommelen, altijd bereid tot een praatje als het jongetje om zijn aandacht vraagt. Tot de ongeduldige stem van tante Mia uit de woonkamer klinkt: 'Maar Achiel toch, hoort ge mij niet?'

Papa is bijna zeven als bomma, haar moeder en hij de lange tocht van Maldegem terug naar Mol aanvatten. Waarom ze nu wel geld hebben om een woning te huren is een verhaal dat is weggespoeld in de oceaan van de geschiedenis. Is de familie in de bres gesprongen? Heeft de oude grootmoeder haar weduwepensioen aangesproken? Een halfjaar verblijven ze op een provisorisch adres, dan verhuizen ze naar de Rozenberg, waar mijn vader zal wonen tot hij op zijn vierentwintigste met mijn moeder trouwt.

Hier is hij in bomma's fotoalbum op het koertje achter het huis. Het moet een speciale gelegenheid zijn want hij draagt een kraakwit hemd, een halflange broek, kniekousen en zwartwitte lakschoenen. Bomma blikt de camera in, kaarsrecht zittend op een stoel. De kleine leunt lichtjes tegen haar aan, zijn linkerhand op de hare, zijn rechterarm om haar schouder geslagen.

Ze zijn weer in Mol, het huis begint al om hen heen te vallen – de geur van koffie waait hem tegemoet als hij van school komt, in de woonkamer is zijn grootmoeder weggezonken in haar vertrouwde fauteuil, zijn moeder is opnieuw aan het breien geslagen. Toch zal niets ooit nog hetzelfde zijn. De cocon waarin hij ingesponnen zat, is gebroken. In zijn hart heeft een wrong van onmacht en boosheid postgevat.

Er wordt in die nieuwe woning voorzichtig, enigszins angstvallig geleefd. Contact met de buren hebben ze nauwelijks. Op zijn zevende zit mijn vader al in de derde klas; later zal hij een extra voorbereidend jaar moeten doen voordat hij door mag naar de middelbare school, want hij is weliswaar slim, maar ook nog kinderlijk.

Op één foto zie ik mijn vader op het koertje met een bal in de hand. Geen voetbal, maar een gevlamde strandbal, die je op moet blazen en waar geleidelijk de lucht uit loopt. Lachend houdt hij hem omhoog. Verder lijkt hij geen speelgoed te hebben: geen autootje, geen blokkendoos, zelfs geen kleurpotloden. Hij zou een hondje willen, net als Pukkie, maar zijn moeder houdt niet van huisdieren en zijn grootmoeder evenmin. Dat gemis zal hij later proberen goed te maken: een bok, twee ganzen, een poes, een hond, een dwergkonijn, een marmot – ze verdwijnen geruisloos omdat niemand weet hoe ervoor te zorgen.

Als een vriendje komt spelen, slaat mijn vader met een hamer en een spijker een gat in de bodem van twee lege blikken, die hij door middel van een lang touw met elkaar verbindt. Hij toetert in zijn slaapkamer in het ene blik terwijl zijn vriend op het koertje, aan de andere kant van het strakgespannen touw, het tweede blik tegen zijn oor houdt. Nu drukt hij het blik tegen zijn oor en hoort zijn vriend antwoorden. Het werkt – hij heeft een telefoon gemaakt. Zijn hart bonkt van de opwinding, zo hard dat hij zijn moeder de trap niet op hoort komen. De slaapkamerdeur vliegt open, boos staat ze daar in haar gebloemde schort, haar handen in de zij. 'Awel, awel, wat is dat hier!' De jongen beneden toetert nietsvermoedend verder en schrikt als haar kwaaie gezicht in de raamopening verschijnt. Dan draait ze zich om, wijst naar de hamer, de spijker en het bolletje touw op het bed en zegt: 'Ruim die rommel eens vlug op.'

Hij weet niet precies wat hij fout heeft gedaan, wel dat hij dit soort streken niet meer mag uithalen. Ze zal hem nog een keer betrappen: met een glas tegen de muur luistert hij in zijn slaapkamer een woordenwisseling bij de buren af. Weer wijst ze hem terecht. Hij hoort haar erover praten met zijn nonkels en meent hen zelfs te horen lachen, al is hij daar niet zeker van. Wanneer bomma het verhaal aan mij vertelt, klinkt er trots om de technische aanleg van zoonlief in door – al deed ze er alles aan om die te fnuiken.

Die zondagochtend is mijn vader na de mis met zijn moeder en grootmoeder langs de slager geweest en hebben ze bij de bakker niet alleen pistolets en suikerbrood, maar ook pateekes met marsepein uit de vitrine gekozen. De wangen van zijn grootmoeder, doorgaans zo bleek, gloeien als kooltjes; haar diepliggende, ietwat doffe ogen staan helder en haar pas is lichter dan anders. Straks komt haar jongste zoon Gerard op bezoek. Twee jaren heeft hij op het seminarie Angelico in Rome gezeten, waar hij summa cum laude is gepromoveerd tot doctor in de godgeleerdheid – het heeft zelfs in de krant gestaan. Nu woont hij in het klooster van zijn congregatie in Essen en is benoemd tot leraar in de hoogste klas van de oude humaniora, het gymnasium. Zijn zachtmoedige karakter en scherpe verstand hebben hem geliefd gemaakt bij zijn meerderen, confraters en leerlingen; haar benjamin is uitgegroeid tot het middelpunt van de familie.

De zitkamer ruikt naar boenwas, de tafel is gedekt met het beste servies, het zilveren bestek is net gepoetst. Terwijl ze de gesteven servetten rechtop in de kristallen glazen zet, zweeft er een glimlach om zijn moeders mond – alsof iemand haar een mooi verhaal in het oor fluistert. 'Haalt gij de fles wijn in de keuken?' vraagt ze. 'Weet ge waar die staat?'

Schaduwen voor het raam aan de straatkant en dan de snerpende bel. 'Daar zijn ze.' Zijn moeder doet haar schort af en stuift naar de deur. Als nonk Gerard en zijn confrater binnen zijn, lijken ze wel tien man op bezoek te hebben. Hun lach galmt door de gang en vervolgens door de woonkamer, de zoon sluit zijn oude moeder in de armen, omhelst zijn zuster en trekt de kleine, die naar hem genoemd is, vaderlijk naar zich toe.

Nonk Gerard is pas achtentwintig maar al kalend en zijn ogen achter de hoornen bril zijn vol van de wijsheid die hij in Rome heeft vergaard. Hij heeft de hand van paus Pius XI gekust en zat tijdens een toespraak van de Heilige Vader in het Vaticaan zo dicht bij hem dat hij zijn goddelijke gratie door zich heen voelde stromen. En nu hij daar zo begeesterd over vertelt, de kleine naast zich aan tafel, straalt dezelfde gratie op het jongetje af.

Vanaf die zondag is nonk Gerard er regelmatig. Zodra de bel gaat wordt het huis, dat wekenlang voor anker lag, losgetrokken van de kade. Samen zwerven ze door het Colosseum en het Forum Romanum, beklimmen ze de Eiffeltoren. Nonk Gerard is een nakomertje, die op zijn twaalfde zijn vader verloor en een diepe devotie heeft voor zijn moeder. Hij herkent de eenzame pienterheid van het bebrilde jongetje en neemt hem onder zijn hoede.

Na het middageten wandelen ze met z'n tweeën door de

straten van Mol en praat nonk Gerard met hem alsof hij al groot is, vertelt hem over de romantische dichter Heinrich Heine en over zijn lievelingsdichter Rilke, die enkele jaren daarvoor is overleden, reciteert het weemoedige sonnet dat hij zelf schreef nadat hij op zijn dertiende, midden in de Eerste Wereldoorlog, in het Franse Fontevraud afscheid had genomen van zijn moeder om naar het seminarie in Sint-Truiden te gaan. '*Wij scheidden en het scheiden duurde lang. Voor immer scheen het weerzien heengetogen. Als 't eind'lijk kwam... nu, Moeder. En... 'k verlang.*' Meer dan een halve eeuw later zou mijn vader nog geëmotioneerd raken wanneer hij die laatste strofe voordroeg.

Alle geestelijken die de Rozenberg aandoen hebben een zwak voor de jongen, maar wat zich tussen nonk Gerard en mijn vader afspeelt is van een andere orde. Zijn vurige geloof, zijn eruditie, zijn genegenheid, de wijze waarop hij luistert naar wat de kleine op school is overkomen, de raad die hij hem geeft – de jonge priester geeft richting aan mijn vaders leven.

Niemand heeft een vermoeden van de zware klepel die hun kant op slingert en die de familie in het middenrif zal treffen. Met Nieuwjaar heeft nonk Gerard bij hen gelogeerd en hij heeft daarna nog een kaartje gestuurd: 'Liefste moeder en Cecile. Uit Antwerpen mijn hartelijkste groeten. Ik maak het Goddank steeds goed. Dat zal wel zijn door de vele krachten die ik met Nieuwjaar in Mol heb opgedaan. Ik moet u nochtans zeggen dat we tegenwoordig erg veel dorst hebben en met koortsig verlangen naar u uitzien... Beste omhelzingen, uwen Gerard.'

Een griepje, denken zijn confraters, maar wanneer het bericht de Rozenberg bereikt, blijkt nonk Gerard geveld door de vliegende tering. De woorden sluipen het huis binnen. *De vliegende tering* – in de verbeelding van het negenjarige jongetje is die met een rotvaart door het lichaam van zijn nonkel geroetsjt en heeft hem tegen de vlakte geslagen.

Ze reizen naar het klooster in Essen, waar nonk Gerard ligt opgebaard, zijn paternoster tussen zijn gevouwen handen, zo stil ineens, alle antwoorden op de vragen die het kind hem nog wilde stellen verborgen achter zijn koude, gesloten lippen. Nonk Gerards confraters geven aan zijn treurende grootmoeder de paternoster met de kralen van rode granaat die hij meebracht uit Rome. Ik zal hem aantreffen in bomma's nachtkastje en later in de lade van mijn vaders werktafel.

De condoleances om deze 'smartelijke beproeving' dalen als zachte regen op hen neer. Wat zijn Gods wegen ondoorgrondelijk. De telegrammen worden gevolgd door brieven van nonk Gerards professoren en confraters, en vederlichte luchtpostbrieven uit Congo en Brazilië. Zijn diepbedroefde broers in de missie vragen zich af hoe het is gebeurd, of hun moeder haar benjamin op zijn ziekbed nog heeft bezocht, of hij nog iets heeft gezegd, en zijn extra aangedaan omdat ze zo ver weg zijn en haar niet kunnen bijstaan. Nu pas begrijpen ze het offer dat ze brachten toen ze besloten missionaris te worden.

Mijn vader is ontroostbaar. Nonk Phiel doet zijn best de rol van zijn jongere broer over te nemen. Hij is minder belezen, maar heeft een even goed hart en zint op manieren om de kleine te verstrooien. Uit Holland brengt hij behalve Verkaderepen en kartonnen dozen King-pepermunt een kodak mee, waarmee mijn vader zijn eerste foto's maakt.

Het verlies van zijn leermeester zal aan mijn vader blijven knagen en ook wij zijn van jongs af aan doordrongen van het familiedrama. Het portret van 'nonk Gerard zaliger', zoals hij is gaan heten, hangt gevat in een zwarte lijst in bomma's opkamer, tegenover haar fauteuil: een man met een gevoelige mond, rechte neus en vroegoude ogen, opkijkend uit een boek – vereeuwigd in een studieuze pose. 'Nonk Gerard zaliger,' zegt bomma, 'die hadden ze heilig moeten verklaren.'

Van alle doden in mijn vaders leven is nonk Gerard de meest aanwezige. Diens kristalheldere, vanzelfsprekende geloof – hoe ingewikkeld is alles geworden sinds hijzelf een groot gezin heeft, hoeveel tegenslagen kent hij niet met Fonny, door hoeveel twijfel wordt hij niet overvallen. De pieuze wereld waarin hij opgroeide is van hem weggegleden en opgelost in het niets.

Op een paaszondag probeert mijn vader in de woonkamer in Neerpelt, dwars tegen het geraas van zijn kroost in, de mis op het Sint-Pietersplein te volgen. De kardinalen en bisschoppen defileren over het scherm met hun rode en paarse gewaden en hun hoge mijters, er komt geen einde aan. Hij kijkt en kijkt, zijn hoofd steunend op beide handen – alsof hij door wil dringen tot de gedachten van die geleerde mannen, het antwoord op zijn vragen van hun strenge lippen lezen. Dan hoor ik hem zeggen, meer tot zichzelf dan tot iemand in de kamer: 'Maar zij kunnen toch niet allemaal ongelijk hebben?'

Helpt het om te bidden als je zo zwaar getroffen wordt? Om deel uit te maken van een gemeenschap van gelijkgestemden, te denken aan het lijden van Christus, het prentje van de dode in je gebedenboek te schuiven, te hopen dat die in de hemel over je waakt en dat je je op een dag bij hem zult vervoegen? Vast wel. Ik zie mijn vader bij het graf van nonk Gerard staan, een ventje in zondagse kleren, bomma in zware rouw naast hem. Enkele bladen verderop is het leven alweer op gang gekomen, is hij op kamp in de Ardennen met de KSA, de Katholieke Studenten Actie, ligt hij in zijn KSA-uniform in de tuin met zijn grootmoeder en schenkt haar een beker water in uit zijn veldfles.

Thuis durft hij al eens een gekke bek te trekken, tijdens de KSA-kampen zit hij er wat bleekjes bij. Hij pelt wel dapper zijn hardgekookte ei, een stuk droog brood op zijn knie, een kruisje op zijn revers gespeld, maar vergeleken bij de anderen, de grapjassen, de brutalen, degenen die kattenkwaad uithalen en zich kostelijk amuseren, is hij in zichzelf gekeerd, allenig – een jongen die zich vermant.

Algauw fietst hij elke ochtend naar het Sint-Jan Berchmanscollege in Mol, waar hij op de oude humaniora jarenlang de tweede van de klas is; zijn beste vriend, die priester zou worden, is de eerste. Voornaam en ernstig was hij, zou een overbuurjongen zich herinneren; je zag hem nooit spelen, hij studeerde alleen maar. Hij is goed in alle vakken, behalve in tekenen en gymnastiek. Zijn twee linkerhanden zullen we allemaal – behalve Fonny – van hem erven. 'Zeer naarstig,' merkt een leraar op, maar later ook: 'Gerard moet leeren de wilskrachtige reddende daad te stellen tegenover de droomerij en het gepieker.'

De jaarlijkse prijsuitreiking op het college wordt voorgezeten door een bisschop, bijna al zijn leraren zijn priester en ook de KSA-kampen staan onder leiding van geestelijken. Ze vergezellen de jongens op boottochtjes, helpen hen met scheren, liggen met hen in het gras. Het is moeilijk, zoveel jaren later, onthecht naar die vakantiefoto's te kijken, bezoedeld als mijn gedachten zijn door verhalen over kindermisbruik op katholieke scholen. Mijn vader maakte de eerste onthullingen over dit misbruik mee, maar leek er niet mee bekend. Of was het een te groot taboe? Hij had een neef die handtastelijk was. Wij deden als kind ons best uit zijn buurt te blijven, maar de volwassenen schenen het niet in de gaten te hebben; we durfden het onderwerp nooit ter sprake te brengen.

Zijn middelbareschooldagen hebben een haast militaire cadans: om zeven uur fietst hij naar de vroegmis in de kapel van het college, dan naar huis om te ontbijten, om halfnegen moet hij op school zijn, 's middags eet hij thuis, om halftwee is hij opnieuw op school, na het vieruurtje op de Rozenberg maakt hij van vijf tot zeven uur huiswerk in de studiezaal. Vanaf halfacht rijden twee zwartgerokte eerwaarden op damesfietsen door de straten van Mol; als een leerling van het college nog buiten rondhangt, houden ze hem staande en vragen om uitleg. Wie betrapt wordt op het praten met een meisje dat niet zijn zuster of nicht is, vliegt drie dagen van school.

Net voor zijn eindexamen breekt de Tweede Wereldoorlog uit. In Mol verloopt de intocht van de Duitsers vrij rustig. Het is warm die meidag; op de Rozenberg zitten de mensen, zoals wel vaker, op stoelen bij de voordeur, in de schaduw van de hoge eikenbomen waartegen ze gewoonlijk hun matten uitkloppen. Sommige Duitse militairen zijn op de fiets en hebben handgranaten in hun laarzen. Twee huizen verderop woont een man met een bijzonder lange neus. 'Ist das ein Jude?' wil een Duitser weten. Een hardhorige buurman knikt afwezig, waarop de anderen verschrikt roepen: 'Nee, nee, dat is Sus De Jong.'

Mijn vader is enkele dagen eerder in alle vroegte samen met dertien leeftijdgenoten uit Mol vertrokken, uitgewuifd door een toegestroomde menigte. Ze zijn opgeroepen de rangen van het Belgisch leger te vervoegen. Algauw wordt hun meldplaats door het oprukkende bezettingsleger bedreigd en zetten ze koers naar Frankrijk.

Hij houdt een dagboek bij van die tocht, zes dichtbeschreven ruitjesvellen in dat mooie, gepolijste handschrift van hem. Per bus, trein, leger- of bakkersauto, nu en dan schuilend voor bombardementen, trekken ze westwaarts. Ze logeren in scholen en winkels, proberen 's ochtends de mis bij te wonen, ontmoeten een bekende die hun wat geld toestopt, worden op bier getrakteerd door welwillende burgers, raken elkaar kwijt na een luchtalarm. Tussendoor vindt mijn vader de gelegenheid om te treuren – in de ietwat lyrische stijl die hem eigen was – over de ontluikende lente en de beloftevolle zomer die door de vervloekte oorlog in de kiem worden gesmoord, en laat hij zijn kameraden achter om tante Mia en nonk Achiel te bezoeken in Maldegem.

Als ze eindelijk bij de grens arriveren zijn ze nog met z'n drieën en gaan ze te biecht, want wie weet wat hun in Frankrijk te wachten staat. Die avond schrijft mijn vader een echo van het sonnet dat nonk Gerard zaliger maakte toen hij in de

Eerste Wereldoorlog afscheid moest nemen van zijn moeder. *Ik wil van hevig heimwee enkel smachtend zuchten / Van lokkend heimwee naar mijn dierbaar Kempenland / Waar 'n lieve moeder mij nog hevig drukte / Voor 't laatst misschien, haar teed're moederhand.*

Ze slagen er niet in Frankrijk binnen te komen en na elf dagen houdt het dagboek abrupt op. Wellicht hebben ze rechtsomkeert gemaakt, richting Mol.

Na een warrig eerste oorlogsjaar, waarin mijn vader stage loopt bij de spoorwegen en een avondcursus Duits volgt, gaat hij op internaat naar de Normaalschool voor Onderwijzers en Regenten in Antwerpen. Zonder het strenge regime van het college en de beschutting van het ouderlijk huis raakt hij het spoor bijster. Hij voelt zich ontheemd, zijn medestudenten doen zout in zijn soep; voor alle vakken behalve godsdienst duiken zijn punten omlaag. Na een semester geeft hij het op.

Het Sint-Jan Berchmanscollege was een van de eerste Nederlandstalige colleges in België, mijn vader is ervandaan gekomen vol Vlaams vuur en opstandigheid over wat de Walen zijn volk hebben aangedaan. Zijn eigen vader, weet hij inmiddels, kreeg zijn bevelen in de Eerste Wereldoorlog van Franstalige officieren. In plaats van ze te vertalen, riepen ze erachteraan: 'Et pour les Flamands la même chose!' En voor de Vlamingen hetzelfde! Waardoor heel wat Vlaamse infanteristen die het Frans niet machtig waren, omkwamen.

De Duitse bezetters beloven de Vlamingen te bevrijden van het Waalse juk. Twee overbuurjongens van mijn vader vertrekken naar het Oostfront. Zelf werkt hij korte tijd in de naburige springstoffenfabriek – in de volksmond de Poeier genoemd – en dan als kaartjesknipper bij de spoorwegen. Zijn collega's kijken hem bevreemd aan: ze vinden hem veel te slim om kaartjes te knippen.

Mijn vader sprak vloeiend Duits en hield van Rilke en Bach – aanvankelijk is hij misschien ontvankelijk geweest voor de

Duitse beloftes. De Duitse directeur van de springstoffenfabriek had drie kinderen; toen hij ontdekte dat mijn vader goed kon fotograferen, vroeg hij hem hun portret te maken. Maar, zoals een leeftijdgenoot zal zeggen: Stalin en Hitler, dat waren voor een jongeman die op het Sint-Jan Berchmanscollege had gezeten, passerende mannen – wolken die overtrokken. Wat kardinaal Van Roey zei, die fel gekant was tegen de bezetting, was veel belangrijker.

Toch zullen de dilemma's van die periode mijn vader blijven bezighouden. De Vlaamse voorman August Borms, die na de Tweede Wereldoorlog geëxecuteerd wordt wegens collaboratie – meermalen zal hij het gedicht lezen dat Willem Elsschot over hem schreef. *Gij zijt mij vreemd geweest, vermetele oude vriend, / maar dat gij Neerlands vaan manmoedig hebt gediend / dát weet ik niettemin zoals 't een ieder weet / die nu, in dit ons Land, zijn brood in schaamte eet.* De Duitsgezinde kunstschilder Dirk Baksteen, die na de oorlog met een omgekeerd koekblik op zijn kop door een joelende menigte wordt voortgedreven in de straten van Mol, tot aan de gendarmerie – bij ons thuis hangen verschillende etsen van zijn Kempische hoeves.

Ook daarin is mijn vader alleen. Niemand interesseert zich voor die oorlog van hem, de boeken die zich opstapelen, de tv-programma's waarnaar hij onder het geroep van 'Zijt toch es stil!' probeert te kijken. Zijn jongste zoon – de enige die zijn universitaire studie afmaakt – noemt hem tijdens een hoogoplopende ruzie 'ne zwarte'.

Mijn vader voelt een onverwachte vertrouwdheid als hij die druilerige zomermiddag met zijn schoenen in plastic zakken gewikkeld over de brug van Neerpelt naar de Grote Hei loopt. De vergezichten achter de boerderijen, de geur van mest in zijn neusgaten, de paardenvijg waar hij bijna in trapt – zo wandelde hij als kind aan de hand van zijn moeder naar zijn familie aan vaderskant in Rosselaar. De winkel annex herberg waar zijn vader zijn laatste avond had doorgebracht, was er nog steeds. De rijst, droge erwten, bonen en suiker lagen er los in grote bakken. Heel wat anders dan het piekfijne winkeltje met de glimmende tegels en precieuze geuren van tante Mia in Maldegem. Zijn grootvader rookte een pijp, sliep onder een dekbed van kippenveren en reisde in zijn jonge jaren 's winters met de hondenslee naar de markt in Peer om kippen en konijnen te verkopen. Ook trok hij er met zijn weitas en geweer op uit om te jagen. Achter de kelderdeur hingen de patrijzen, konijnen en houtsnippen te besterven, wat een mysterieuze lucht van dood en bederf verspreidde.

Die wereld fascineerde hem als kind, al boezemde hij hem ook vrees in. Zijn neefjes en nichtjes in Rosselaar waren wilder dan hij; ze lachten hem uit en zeiden dat hij niet wist hoe hij moest spelen. Het geweld waarmee ze tegen een bal sjotten – verschrikt dook hij telkens weg.

En nu voert het meisje dat hij op Neerpelt-kermis is tegengekomen en van wie zijn hoofd sindsdien vol is, hem daarnaar terug. Op haar vierde stond zij haar vader al bij door spijkers uit sinaasappelkistjes te trekken. Tegenwoordig brengt ze kuikentjes en eieren rond achter op haar fiets en helpt haar zuster in de hoedenzaak.

Zijn moeder had liever gewild dat hij met een onderwijzeres was getrouwd, zijn schoonvader zal zich beklagen dat hij nog geen riek kan vasthouden, maar hij wil deze vrouw en geen andere. En zij wil hem: een gedistingeerde jongeman die pas is geslaagd voor zijn examen als klerk bij de belastingen en die veel kinderen wil, net als zij.

Het huwelijksfeest vindt plaats in haar ouderlijk huis op de Grote Hei, tegenover de molen waar zijn schoonvader in het zweet zijns aanschijns en in de geur van meel werkt. 'Veel plezier,' wenst haar moeder hun toe als het tijd is om naar bed te gaan. 'Neem een handdoek mee,' raadt een schoonbroer hun aan. Ze moeten stil zijn, want in hun kamer is een gat, waar vroeger de kachelpijp zat; het is dichtgestopt met krantenpapier.

Tien dagen verlof heeft mijn vader gekregen. Met de trein gaan ze op huwelijksreis naar Gent en Brugge; ze slapen in Maldegem, bij tante Mia en nonk Achiel.

Aanvankelijk wonen ze op de Rozenberg in Mol. Mijn moeder zet alle kasten in de boenwas terwijl mijn vader met de trein naar Neerpelt pendelt. Als bomma naar Maldegem vertrekt omdat ze heeft gehoord dat ze de jonggehuwden beter alleen kan laten, verhuizen ze in stilte naar de grote voorkamer van mijn moeders ouderlijk huis. Soms tikken kwajongens op het raam; dat vindt mijn vader zo schandalig dat hij een klacht indient bij de schooldirecteur.

Dankzij nonk Phiel, die hem zijn eerste fototoestel gaf, heeft mijn vader zich ontwikkeld tot een verdienstelijk amateurfotograaf. Het begin van zijn huwelijksleven legt hij minutieus vast. Als mijn moeder met kuikentjes en eieren tot in Mol fietst en op de terugweg langs zijn kantoor in Overpelt-Fabriek rijdt, komt hij even naar buiten in zijn stofjas om een praatje te maken.

Nicole en Aline, twee schattige meisjes met witte strikken in de haren, zitten samen in de kinderwagen als het derde kind geboren wordt. Een jongen. Kort na de bevalling horen ze dat er aan het kanaal in Neerpelt iets te koop is. Mijn moeder ziet nog wat bleekjes, maar ze stappen er meteen op af. Met z'n vijven trekken ze in het oude herenhuis met de hoge plafonds.

Vergeleken bij zijn zusjes met hun lieflijke glimlachjes kijkt Fonny met een felle blik de wereld in. De meisjes trekken weleens een pruilmondje, hij krijst uit volle borst. Mijn vader fotografeert.

Hier is de driejarige Fonny bij de groene toegangspoort naar het domein aan het kanaal. De pilaar waaraan de poort is bevestigd loopt schuin af en ervoor ligt een zware steen, waardoor een zithoekje is ontstaan. Een ideale uitkijkpost, wij zullen daar allemaal veel tijd doorbrengen. Fonny leunt tegen de schuine voet van de pilaar, één been opgetrokken, het andere op de steen – een hagedis in de zon. Vrank kijkt hij de camera in. Hij is misnoegd over iets, dat is duidelijk. Hoe anders is hij dan de lange, ernstige man die hem fotografeert, hoe meegaand en bedeesd was die op zijn leeftijd. Toch getuigt de foto van een grote intimiteit. Alsof de man achter de camera in het jongetje iets herkent wat in hemzelf verscholen ligt.

Amper een week na onze familiebijeenkomst in De Spaanse Club slaat Fonny tijdens een ruzie Annies tv stuk. Het bericht zoeft door de familie. Op een middag belt hij Filip dronken op. Of hij in Brussel mag komen logeren. 'Ik kan heel stil zijn.' Na dat telefoontje knalt Filip de deur, die op een voorzichtig kiertje stond, resoluut dicht.

Mama roept dat Fonny beter dood was geweest, papa dat ze hem dan maar moeten opsluiten, maar niet veel later dreigt hij een deurwaarder op Annie af te sturen omdat zij nog spullen van Fonny heeft en hem niet wil binnenlaten. Het is weer helemaal mis, of moet ik zeggen: Het is weer als vanouds en mama en papa zijn in hun element? Want al die commotie betekent voor hen ook: verstrooiing, een ritje naar Vliermaalroot.

Fonny belt me. 'Ben je nog steeds thuis?' vraag ik. 'Ik dacht dat je naar zee zou vertrekken om te revalideren?'

'Nee, nee, dat kan ik veel beter in mijn eigen omgeving doen. Bovendien heb ik genoeg omhanden.' Papa wil het huis voor hem kopen, zegt hij, om hem te compenseren voor het feit dat wij ons niet met hem bezighouden. 'Ik heb hem gezegd dat dat mijn eigen schuld is: ik heb mijn gat gebrand, nu moet ik op de blaren zitten.'

De ruzie met Annie is bijgelegd, maar sinds hij aan de beterhand is, realiseert hij zich hoe dom zij is. Bij mama en papa slaat zo'n opmerking aan omdat ze Annie geen partij voor hem vinden, maar ik zie hem rondlopen in dat ongezellige huis met die stallen vol medailles, nepjuwelen en schietkraampijpjes, zonder een vrouw om pottekes vanillepudding voor hem te maken, en vraag: 'Wat ga je doen als Annie er niet meer is, Fonny?'

Aan de andere kant van de lijn klinkt een holle lach. 'Maar Lieve toch, gelooft gij niet in magnetisme?'

'Hè?'

'Weet ge niet wat er met een slang gebeurt als ze honger heeft?' Hij wacht mijn antwoord niet af. 'Dankzij haar magnetische krachten komt haar prooi uit een straal van wel honderd kilometer op haar af.'

Ik denk aan het dunne rijtje boeken in zijn kast; zou hij die wijsheden daaruit halen? Of pikt hij ze op in café De Munt? Tegelijkertijd kruipt het schuldgevoel tegen me op. Papa heeft gelijk: wij hebben opnieuw afstand van Fonny genomen. Niet alleen de anderen, ook ik.

De maanden daarna verdwijnt Fonny steeds verder naar de achtergrond en hou ik op notities over hem te maken. Mijn boek over Syrië verschijnt. Nadat een vriend in Dakar me naar zijn spirituele vader in het noorden van Senegal heeft gebracht, reis ik door naar Mauritanië en Mali, waar ik op het erf van de blueszanger Boubacar Traoré beland. Voor ik het weet zit ik midden in een ander verhaal.

Nieuws van het thuisfront dringt niet door tot het erf in Bamako, maar als ik tussendoor in Europa ben, stort ik me in het gewoel.

Mama rijdt regelmatig naar Vliermaalroot om Fonny eten te brengen en treft hem eens in zo'n verwaarloosde staat aan dat ze hem mee naar Hasselt neemt om een bad te pakken, zich te verschonen en op krachten te komen. Papa vindt het niet zo'n goed idee, maar de volgende keer doet hij hetzelfde en algauw woont Fonny weer thuis. Na Annies vertrek is Christiane tot ieders verbazing opgedoken, met baby en al. Aanvankelijk is papa tevreden, dan bekent hij dat ze wel erg veel ruziën.

Op een middag is Fonny weg met papa's auto en gaat Wies zijn kamer binnen. Op de tafel bij het raam ziet ze zilverpapier, lucifers en een kartonnen kokertje liggen. 'Fonny gebruikt hier heroïne!' roept ze tegen papa, die haar uitscheldt voor spion. Als ze zegt dat de dokter haar heeft aangeraden zich van thuis te distantiëren, wordt hij boos op haar dokter. Volgens mama ruikt het in Fonny's kamer naar het ziekenhuis – zou hij ether snuiven? Wanneer Aline komt poetsen en zijn kamer wil opruimen, is papa woest en doet de deur op slot.

Ook over Christiane hoor ik vreemde verhalen. 'Ze kan dagenlang doorrazen zonder te slapen,' vertelt papa me aan de telefoon. 'Drugs gebruikt ze niet – het zit in haar hoofd.' Ze is manisch, denk ik, maar wat weet papa van die dingen? Fonny en Christiane hebben geruzied met de eigenaresse van het huis in Vliermaalroot en zouden op een doorwaakte nacht brand hebben gesticht in de stallen. De vrouw is aan de telefoon zo tekeergegaan tegen Fonny dat hij haar wil vervolgen voor eerroof.

'We zijn samen naar de advocaat geweest,' zegt papa. 'Alleen...' Hij aarzelt.

'Wat dan?'

'Fonny had een beetje gedronken.' In die toestand kon hij best niet ter zitting verschijnen, waarschuwde de advocaat hem. Mijn vader gelooft niet dat Fonny die brand heeft gesticht. Maar als we verder praten, zegt hij: 'Stel dat hij het wel heeft gedaan, dan zou hij ons huis ook in brand kunnen steken, niet?'

Mama heeft spijt dat ze Fonny naar Hasselt heeft gehaald, vooral sinds Christiane in zijn kielzog is verschenen. Hun eerdere animositeit is in alle hevigheid opgelaaid. Onlangs was Christiane een van haar nieuwe schoenen kwijt en beschuldigde ze mama ervan hem te hebben gestolen. Toeterend reed ze door de villawijk, zigzaggend over de gazons van de buren. Mama weigerde haar daarna nog binnen te laten, waarop Fonny uit woede de plastic tuinbank stuksloeg. Twee dagen herrie en kabaal later bleek de schoen in kwestie onder Christianes autostoel te liggen.

Er komen rare luitjes over de vloer, vertellen de anderen me. Willy, de schroothandelaar met de bakkebaarden, gooit op een zondag plagerig een ijsblokje in Hildekes T-shirt en haalt het er vervolgens zelf uit. Dan pakt hij haar vast en vraagt wanneer hij eens met haar mag vrijen. De woonkamer zit vol mensen, iedereen lacht, maar Wies – die in Hildekes instelling werkt – is gealarmeerd en neemt haar het daaropvolgende weekend mee naar haar eigen huis. Fonny heeft geld uit Hildekes portefeuille gepakt, zegt Wies. Zou het niet verstandig zijn haar minderjarig te laten verklaren vooraleer Fonny haar een of andere schuldbekentenis laat ondertekenen?

De carrousel draait op volle toeren. Op een avond doet Fonny zo raar dat mijn vader de dokter belt, die hem laat opnemen in de psychiatrische afdeling van het ziekenhuis. Het duurt niet lang voor Fonny terug is, vol verhalen over wat hij heeft beleefd. Een van de patiënten had een pacemaker, die hij abusievelijk zijn quizmaster noemde. Mama moet er erg om lachen en zegt: 'Daar wil ik weleens gaan kijken.' Volgens papa is het er een schandelijke toestand en zouden alle patiënten moeten worden bevrijd.

We zijn allemaal uitgenodigd op Filips promotie – behalve Fonny. 'Zoals hij eruitziet, wat moeten mijn collega's niet denken,' verdedigt Filip zich. 'Stel je voor dat hij gebruikt heeft als hij de aula binnenstapt – dat kan ik er die dag echt niet bij hebben.'

'Als Fonny niet welkom is, ga ik ook niet,' zegt papa. We hopen dat hij bijdraait, maar hij blijft bij zijn beslissing. De gedachte dat die twee verstotenen thuis in gramschap bijeenzitten, werpt een schaduw over de plechtigheid. In zijn toespraak zegt Filip de afwezigheid van zijn vader te betreuren, waarop mama, tegen alle protocol in, opstaat en vertelt dat papa een accidentje heeft gehad en sindsdien last heeft van zijn rug.

Filip promoveert summa cum laude, net als nonk Gerard zaliger, maar mijn vader zal zijn zoon nauwelijks feliciteren.

Op de receptie na afloop slaat mama het ene na het andere glas witte wijn achterover en ineens is ze dronken. Ons mama! Toen ik haar op mijn tiende met Nieuwjaar van mijn spaargeld een feestelijk doosje gaf met zes getinte glaasjes, brak ze mijn kinderhart door te zeggen: 'Die glaasjes zijn schoon, maar wat ze daarin doen, daar hou ik niet van.' Nachtenlang heeft ze in bed liggen waken als papa mensen hielp met hun belastingaangifte en ze hem dankbaar de ene na de andere borrel uitschonken, waarna hij als een spoorzoeker op huis aanstuurde. Het zat in zijn familie, zei ze – al die geestelijken dronken. En nu dit.

Pas later realiseren we ons dat haar spontane interventie in die volle aula minder onschuldig was dan ze klonk, dat ze de controle over de dingen begint te verliezen en wel vaker naar de fles grijpt om de angst voor de mist in haar hoofd te bestrijden. Ook de zorgen om Fonny zijn er wellicht niet vreemd aan. 'Wat denk je wel,' zegt ze in de loop van de avond tegen mij, 'ik moet voor twee veeleisende mannen zorgen. Op mijn vierenzeventigste!'

Filip werd de laatste jaren ontzien: zijn doctoraatsthesis ging voor. Na Fonny's ongeluk is hij even uit zijn schulp gekropen, maar hij was de eerste die zich terugtrok. Nu zijn promotie achter de rug is, gaan de sluisdeuren open en stromen de verhalen binnen. 'Fonny heeft Hildeke meegenomen toen hij frieten ging halen en bleef uren weg,' zegt hij aan de telefoon, 'bleek hij met haar naar De Munt te zijn geweest. Wist jij dat?'

'Nee, maar het verbaast me niets.'

'De Munt – daar zitten drugsgebruikers!'

Er is in Hasselt een factuur voor Filip aangekomen: tijdens een opnamegesprek bij een ontwenningscentrum heeft Fonny zijn naam en universitaire titel gebruikt.

'Papa en mama gaan eronderdoor, ik kan dit niet langer verdragen.' We moeten Fonny laten colloqueren, vindt hij. De mogelijkheid is al eerder ter sprake gekomen. Collecteren noemt Marek het – niet eens zo'n gekke term voor een gedwongen opname.

'Weet jij hoe dat moet?'

'Ik ben al begonnen met het opstellen van een verzoekschrift.'

Hij stuurt me via de mail een collocatieverzoek aan de procureur des Konings vol juridische termen, citaten uit het wetboek en woorden als 'betrokkene', 'vermits', 'alleszins', 'voormeld' en 'onderhavig' – ik wist niet dat hij het in zich had. Nu begrijp ik wat hij die zes jaar heeft gedaan, waarom wij hem moesten ontzien, terwijl zijn gelaatskleur steeds grauwer werd.

Nadat het verzoekschrift enkele keren tussen ons heen en weer is gegaan, vindt Filip dat het tijd is voor een bijeenkomst.

Rik is er al als ik in De Spaanse Club arriveer. Dan wandelt Aline binnen en stapt Wies van haar fiets, een map onder de arm. Als Filip ten slotte aankomt met zijn laptop, zijn we voor vandaag compleet.

Het is bijna twee jaar geleden dat we hier met z'n allen waren. We strijken neer aan een tafeltje in de hoek.

'Op zaterdagmiddag is het rustig,' weet Wies, 'iedereen is aan het shoppen.'

'Zien jullie niks aan mij?' vraagt Rik.

We nemen hem onderzoekend op.

'Je bent aangekomen,' raad ik.

'Zeven kilo. Ik ben opgehouden met roken. Ik kwam de trap niet meer op, zo kortademig was ik. Inmiddels heb ik moeite boven te komen omdat ik zo zwaar ben. Ik voel me slechter dan daarvoor.'

'Zullen we beginnen?' Filip heeft zijn laptop opengeklapt en deelt kopieën uit van het verzoekschrift. 'We kunnen er nog iets aan veranderen, ik heb mijn printer meegebracht – hij staat in de auto.'

We zitten over de brief gebogen als Filip ons een tweede document geeft. 'Aantekeningen van Filip Joris, broer van de zieke' staat erboven. In zeven pagina's beschrijft hij de toestand in het ouderlijk huis, dat er vanwege Alfons – 'roepnaam Fonny' – 'marginale figuren' over de vloer komen, onder wie ene Willy; dat de woning niet langer hygiënisch is en het behang van de muren valt – een 'decadente' situatie waaraan een 'rationeel denkend iemand' allang een einde zou hebben gemaakt en die noopt tot 'drastische maatregelen'.

Zijn relaas is haast kinderlijk. Alsof de toestand hiervóór ideaal was en er na Fonny's vertrek een paradijselijke tijd zal aanbreken; alsof je de draden waarmee alle personages in deze familiesaga met elkaar verbonden zijn zomaar kunt ontwarren.

'Drastische maatregelen' – die term gebruikt papa ook graag. '*Ik zal hier eens drastische maatregelen treffen!*' Zó drastisch dat ze onuitvoerbaar blijken en er dus niets gebeurt. Als ik de tafel rondkijk, weet ik wie dit op haar dak zal krijgen: ons Wies. Filip niet, nee, die zal na zijn 'drastische maatregelen' verdwijnen naar Brussel en zich verschuilen achter zijn werk op de universiteit. Ik ook niet; over enkele weken ben ik weer op het erf van Boubacar Traoré in Bamako.

'Van mij mogen ze Fonny opsluiten,' verbreekt Aline de stilte. 'Niemand wil thuis nog komen sinds hij daar is, hij palmt alles in en krijgt mama en papa steeds meer in zijn macht. Laatst belde hij mij en vroeg: "Wat moet ik met mama doen?

Ze zit aan de drank en de pillen." Door zijn schuld, ja.'

'Hoe zal papa hierop reageren?' vraagt Wies aarzelend.

'Het hoeft niet meteen te gebeuren,' zeg ik, 'het is alleen goed iets achter de hand te hebben ingeval niets anders lukt.'

'Maar we hebben alles al geprobeerd.' Filips stem slaat over. 'Hoeveel keren heeft Fonny niet beloofd dat hij gaat afkicken? Hij leidt ons om de tuin!'

Wies maakte notities van haar bezoeken aan het ouderlijk huis en de telefoongesprekken die ze met papa voert als Fonny er met zijn auto vandoor is. Ze laat de map rondgaan. Horizontale en verticale krabbels op losse vellen papier: 'Fonny ligt op bed = moe moe moe.' Hier en daar een tekening die ze al bellend moet hebben gemaakt. Christiane is er soms met haar kind en blijft zelfs slapen. 'Heel de dag ruzie. Fonny kwaad op Christiane. Kindje ocharme.' Nu en dan is Christianes vriend er ook.

'Ik belde papa vanochtend om te zeggen dat ik soep langs zou brengen,' vertelt Wies. 'Liever niet, zei hij, want er zijn hier complicaties: Christiane doet heel gek.'

'Ik ben Annie tegengekomen in de Grand Bazar,' zegt Rik.

'Annie?' Iedereen kijkt op.

'Ze beweert dat Fonny alweer gebruikte toen hij nog in de kliniek lag. Hij zette haar onder druk om pillen binnen te smokkelen.'

'Verbaast me niets,' snuift Filip.

Algauw schiet het gesprek alle kanten op. Iemand zou deze bijeenkomst moeten voorzitten, bedenk ik – te laat.

'Ik heb broodjes meegebracht,' zegt Aline, de meest praktische van ons allemaal. Zij zorgde thuis altijd voor gezelligheid. 'Of zullen we chinees halen?'

'Toen ik laatst een telefoongesprek met papa afbrak omdat ik naar een verjaardagsfeestje in mijn schoonfamilie moest, schold hij me uit voor feestvierder,' klaagt Wies.

'Dat komt omdat wij geen feestvierders zijn, maar miserievierders,' valt Aline haar bij.

'Miserievierders', dat is een mooi woord, dat ga ik noteren. Al doende mis ik wat Wies te berde brengt en vraag: 'Wat zeg je?'

'Miserievierders!' roept Aline.

Soms kijkt iemand tersluiks naar de Spaanse bediende, maar zij volgt een film op het scherm boven de bar en is ons helemaal vergeten. We bestellen nog eens koffie en thee. Filip wil niets; hij moet even op bezoek bij een vriend.

Rik is opgestaan.

'Ga jij ook weg?'

'Nee, nee. Ik wou alleen vragen: Wat vinden jullie van mijn plastron? Is hij niet te lang?'

Anderhalf uur blijft Filip weg. In die tijd hebben wij alle broodjes opgegeten, heeft Rik geïnformeerd welke kleur ik in mijn haren doe – 'Is dat aubergine?' – en zijn we aardig bijgepraat. Filip is in een opwelling langs het ouderlijk huis gereden. Als hij vertelt wat hij daar aantrof, begint hij te huilen. Hij liep naar binnen via de bergplaats, waar mama net een fles uit de wastrommel haalde en aan haar mond zette. Christiane stond in de keuken met een kind op de arm en in de woonkamer zat Hildeke met een man die Christianes vriend bleek te zijn.

'En Fonny?'

'Die is met Jennifer naar een feestje van haar vroegere tehuis.'

Papa had zich uit de voeten gemaakt, hij lag boven op bed.

'En wat heb jij gedaan?'

Filip leek ietwat gekalmeerd, maar nu huilt hij opnieuw. 'Ik heb geroepen dat ik er genoeg van heb, dat het binnen twee weken afgelopen zal zijn.' Waarna hij naar buiten is gestoven.

Vol goede moed ben ik in Amsterdam op de trein gestapt. Hoe helder stond alles me voor ogen: na ons beraad over Fonny's mogelijke collocatie zou ik naar huis gaan om poolshoogte te nemen en papa ervan te overtuigen dat er iets moet gebeuren, dat het zo niet langer kan, dat Fonny weg moet, vanwege hen en Hildeke, maar ook voor hemzelf. Voorzichtig zou ik laten doorschemeren dat als Fonny niet bereid is zich te laten behandelen, wij een opname zullen forceren – hopende dat papa zich daartegen zou verzetten en uit zijn lethargie zou ontwaken.

Mijn voornemens vervliegen een voor een. Papa weet dat ik dit weekend naar Hasselt kom, maar niet dat wij elkaar daarvóór ontmoeten om de toestand te bespreken. Hij zou woedend zijn als hij hoorde wat wij achter zijn rug bekokstoven. En nu wil Wies 's ochtends soep langsbrengen, stuift Filip 's middags als een dolle hond door het huis en loop ik even later binnen? Op sommige gebieden is mijn vader stekeblind, maar dit soort onraad voelt hij feilloos aan.

Verslagen zitten we bijeen. Iedereen realiseert zich plotseling dat Filip in weerwil van zijn doctoraatstitel nog altijd *ne Joris* is. Zelfs Rik, die op momenten als deze weleens een grapje wil maken, staart zwijgend in zijn koud geworden koffie. Zo stil is het aan tafel dat de vrouw achter de bar zich voor het eerst die middag losmaakt van haar scherm en in onze richting kijkt.

'Als mama, papa of Hildeke door Fonny's schuld iets overkomt – ik weet hem te vinden,' zegt Filip grimmig.

'We ondertekenen dat papier vanmiddag dus niet?' vraagt Aline. Dan gaat ze maar terug naar Antwerpen. Ze rommelt in haar tas op zoek naar haar treinticket. 'En wat moet ik nu tegen mijn man zeggen?'

'Maar enfin, Aline,' zeg ik, 'we laten Fonny toch niet colloqueren omdat jouw man dat zo graag wil.'

Morgen is het Vaderdag, nog zo'n dag die wij nooit vieren. Onderweg naar huis koop ik toch maar een taart. Ik tref mama in de keuken. Ze is blij me te zien en gebaart samenzweerderig naar de woonkamer, waar behalve geruzie het gehuil van een kind opklinkt. ‘Christiane,’ fluistert ze, ‘met heel haar gevolg.’

‘Ons Lieve is hier!’ Met open armen loopt Hildeke naar me toe.

‘Dag lieverd.’ Ik druk haar tegen me aan. ‘Morgen gaan we zwemmen, is dat goed?’

Christiane schrikt als ik de kamer binnenkom. Ik omhels haar, stel haar gerust, groet haar vriend.

‘Da kindje heeft pijn,’ zegt Hildeke met een blik op het huilende joch op de bank. De rimpeltjes op haar voorhoofd zijn er weer.

‘Nee, nee,’ sus ik, ‘misschien heeft het honger.’

Boven kijk ik vluchtig in Fonny’s kamer. De gordijnen zijn dicht, zijn eenpersoonsbed is onopgemaakt; het ruikt er onfris.

Papa ligt op de rand van zijn bed in een roze peignoir van de Aldi. Daar loopt hij volgens Wies voortdurend in rond. *Just nen homo.*

‘Gelukkige Vaderdag, papa.’

‘Zwijg maar,’ bromt hij, ‘het is helemaal niet plezant om vader te zijn.’

‘Schuif eens op, straks val je uit bed.’ Ik omhels hem en ga bij hem zitten. ‘Moet je je niet aankleden?’

‘Nee, laat mij maar. Is Fonny nog niet terug?’

‘Die zal zo wel komen.’ Ik weet van Wies dat hij ongerust is wanneer Fonny zijn auto leent.

‘Filip was hier vandaag ook al.’

‘O?’

‘Hij was meteen weg toen hij zag wie er op bezoek was. En maar dreigen, zoals altijd. Ge zijt gewaarschuwd: niemand moet ons hier de les komen lezen.’

Ik leg mijn hand op zijn roze arm. ‘Filip maakt zich zorgen, papa, net als wij allemaal. Dat is toch normaal, wij houden van jullie...’

‘Nee, nee, er is hier geen liefde, dat is juist het probleem. Laatst zei ik tegen Wies: Jij zou eens een ritje met Fonny moeten maken, dat zou hem goeddoen. Weet je wat ze antwoordde, de brutalerik? "Als je mij een pistool geeft en vraagt hem dood te schieten, dan zeg ik ja, maar een ritje maken – geen sprake van." En dat noem jij liefde.'

Zodra papa merkt dat ik met hem meeleef, dwingt hij me stelling te nemen tegen zijn andere kinderen. Als ik nu een foute opmerking maak, hebben we de rest van het weekend onenigheid. En dus praat ik met hem mee, tot hij uit zichzelf bekent dat de situatie hem boven het hoofd is gegroeid. Behalve Fonny's vrienden komen er ook hulpverleners over de vloer en heeft hij regelmatig contact met het Centrum voor Alcohol- en andere Drugproblemen. 'Mijn huis zit vol vreemden, ik ben hier niet meer op mijn gemak.'

'Ik vrees dat al die hulp niet helpt,' zeg ik. 'Fonny zou naar een ontwenningscentrum moeten. Niet voor een paar dagen, maar voor een hele tijd.'

'Nee, nee, dat is onmogelijk.'

'Waarom?'

'Dan krijgt hij het hoederecht over Jennifer niet.'

'Het hoederecht over Jennifer! Alsof hij in zijn toestand voor een vijftienjarig kind kan zorgen.'

'Beter dan Christiane. Om nog maar te zwijgen van haar vriend.'

Volgens Wies denkt papa dat Fonny zich verantwoordelijker zal gedragen als Jennifer aan hem wordt toegewezen, al heeft hij ook minder edele motieven: als Fonny kindergeld krijgt, bedelt hij hopelijk niet zo vaak meer om geld.

'Luister eens.' Papa is rechtop gaan zitten. Ik loop naar het raam en loer door een spleet in de vitrage. Christiane en haar man rijden de oprijlaan af; de kleine zit achterin. 'Sta maar op,' zeg ik, 'de kust is veilig.'

'Jaaaaa!!!' De echo van Hildekes vreugdekreet ijlt na als ze met een plons in het zwembad belandt. Ze schiet door het water en in plaats van zich om te draaien aan het einde van de baan duikelt ze kopje. Billetjes, beentjes en dan voetjes in de lucht, waarna ze soepel in de andere richting zwemt.

Ik zit haar vanaf de houten tribune te bewonderen. Schoolslag, rugslag, vlinderslag – ze kan het allemaal. Behendig duikt ze onder water wanneer een spastische jongen loodrecht op haar afzeilt, zwemt in een boog om een meisje heen dat net met de lift te water is gelaten. Vanaf de duikplank heeft ze naar me gezwaaid, maar intussen is ze zo fanatiek aan het zwemmen dat ze me vergeten is. Verschillende brevetten heeft ze gehaald en ze telt sindsdien onveranderlijk de baantjes. Een uur heeft ze – straks zal ze me het resultaat melden.

De geur van chloor in mijn neus, het gejoel in het water, de gedempte instructies van de badmeester – toen ik in Hasselt op internaat zat bij de *blauw nonnen*, zoals de Zusters Kindsheid Jesu vanwege de kleur van hun kleren werden genoemd, togen wij elke week twee aan twee in de rij naar dit zwembad. Ik was twaalf en kon nauwelijks zwemmen, maar in een overmoedige bui sprong ik net als de anderen in het diepe en raakte in paniek. Iedereen om me heen lachte, ze dachten dat ik komedie speelde. Ik kreeg heel wat chloorwater binnen voordat de badmeester met zijn kleren aan in het zwembad dook en me eruit haalde.

Een tijdlang lag ik bij te komen op de koude tegels. Op het water dreven sigaretten. Groene Michel zonder filter, ik weet het nog precies; ze kwamen uit de broekzak van de badmeester. De week daarna gaf papa me een pakje voor hem mee – als dank.

Ik was ongelukkig op die school. Nadat de houten poort op maandagochtend achter ons was dichtgevallen, zaten we de hele week opgesloten in het kazerneachtige gebouwencomplex met getinte glas-in-loodramen. Behalve de ochtend waarop we, gechaperonneerd door twee nonnen, naar het zwembad mochten. Mijn vriendinnen waren niet loyaal; aanvankelijk liepen we met z'n drieën arm in arm over de binnenplaats maar ineens hoorde ik er niet meer bij. Ik deed oude humaniora, net als mijn vader, maar ik was verstrooid, mijn hoofd stond niet naar Romulus en Remus, naar Latijnse en Griekse woordjes stampen en teksten vertalen. Ik dacht aan bomma – ik miste haar.

'Probeer het nog een jaar,' zei mijn vader. Na twee jaar haalde hij me daar weg en mocht ik naar de moderne humaniora in Peer. Dat was dichterbij, de klaslokalen zagen uit op straat en als ik 's avonds driehoog op mijn kamer zat, keek ik uit over huizen en het bos daarachter. Behalve een bomma's kind was ik een dorpsmeisje en dat waren mijn klasgenotes in Peer zo mogelijk nog meer.

Mijn vader bewoog met zijn kinderen mee. Voor mij was dat goed, ik ben hem er achteraf dankbaar voor. Voor Fonny, die nergens kon aarden, was het nefast. Had papa een nieuwe school voor hem gevonden, trapte hij het voor het einde van de week al af. 'Ge moet kordaat zijn, Gerard' – hoe dikwijls heb ik mijn moeder dat niet horen zeggen.

Gisteravond bleef Fonny lang weg. 'Waar zou hij zitten?' vroeg papa nu eens, en dan weer: 'Er zal toch niets gebeurd zijn?' Hij was ongeruster dan hij wilde laten blijken, geloof ik. Toen we naar bed gingen, was Fonny nog steeds niet thuis. Rond halftwee hoorde ik een auto en vervolgens gestommel op de trap. Op de deur van Fonny's kamer hing vanochtend een briefje: OPGEPAST, UITSLAPERS! Volgens Wies drinkt hij de hele dag en slingert hij lege bierblikjes en etherflesjes door het raam de tuin in, maar mama vertelde me dat Fonny geen druppel meer drinkt. 'Allè Fonny, dat gaan we vieren,' zei ze laatst, en opende een fles martini. Tot haar verbazing was die een halfuur later leeg.

Moeten we wachten tot er nog een ongeluk gebeurt? Wat als Fonny iemand doodrijdt? En hoe veilig is Hildeke nog? Wies heeft haar op een vrijdagavond toch maar naar mama en papa gebracht. Elke maandagochtend haalt ze haar op. In de auto nemen ze het weekend door. Zou Hildeke haar alles vertellen? Ze is een rasdiplomaat – ze tracht ons allemaal te vriend te houden. 'Wie ziet ge 't liefst, Wies of mij?' vraag ik haar weleens. 'Allè, nie plagen,' zegt ze dan en, als ik aanhoud: 'Allebei.'

'Is alles goed thuis?' vraag ik als ik haar help met aankleden. Ze knikt. 'Is Fonny braaf?' 'Ja, ja,' zegt ze met een lichte aarzeling in haar stem. 'Maakt hij geen ruzie?' Weer aarzelt ze. 'Heel soms,' bekent ze. 'Een beetje maar.'

Papa zit bij onze thuiskomst in zijn bureau te telefoneren en Fonny loopt te ijsberen in de gang. 'Hei Fonny.' Hij is aardig hersteld van de blessures die hij twee jaar geleden opliep, al is zijn rechterkaak nog steeds ingeklapt en staart zijn opengesperde rechteroog me glazig aan; met zijn andere oog neemt hij me even rustig en berekenend op als daarvoor. Ik vermoed dat hij met papa over me gepraat heeft, want hij verdwijnt meteen naar boven.

Hildeke schilt de aardappelen, ik maak de sperziebonen schoon. 'Heb je gehoord wat er gebeurd is toen ik met Hildeke een kaarsje ging branden in de basiliek van Scherpenheuvel?' vraagt mama. Het wemelde er van de toeristen en na afloop kon ze haar auto niet meer vinden. 'Ik maar zoeken, ik dacht dat hij gestolen was.' Ze liet Hildeke achter op een bank in de kerk en vroeg haar te wachten. Eenmaal buiten werd ze ongerust en liep terug.

Gelukkig zat Hildeke nog op dezelfde plaats. 'Kom,' zei mama en ze vroeg aan de oude man van het kaarsenwinkeltje of hij op Hildeke kon passen. 'Uw auto is niet gestolen,' zei de man, 'u bent hem kwijt, dat gebeurt voortdurend. Iedereen denkt: hij staat vlakbij, maar er komen wel vijf straten op de basiliek uit.' Ze hield een politieauto aan en toerde een halfuur met twee agenten rond: geen auto. Pas toen Rik naar Scherpenheuvel kwam en ze van voren af aan begonnen te zoeken, vonden ze hem.

Terwijl mama praat, loopt Fonny de trap op en af en komt soms de keuken binnen. Hij ruikt naar drank. Hij zou dringend moeten bellen, zegt hij geërgerd, maar papa is nog steeds aan de telefoon.

'Wij zijn geen baas meer in ons eigen huis,' fluistert mama als hij weg is. Fonny praat op de gang met papa en ik betrap mezelf erop dat ik hen, net als vroeger, probeer af te luisteren.

We eten aan de keukentafel en zitten ietwat ongemakkelijk te zwijgen, tot Hildeke haar hand op de mijne legt en vraagt: 'Alles goed?' 'Ja, Hildeke.' 'En met Marek?' 'Ook.' Ik weet wat ze nu gaat zeggen, ze glundert al van de voorpret. 'Zijt gij daar misschien een beetje verliefd op?'

's Middags is Jennifer er plotseling ook en hoor ik haar boven tegen Fonny schreeuwen. Hildeke kijkt gealarmeerd op van haar puzzel: 'Wat is dat?'

'Ik zal eens gaan kijken.' Als een speer schiet ik de trap op.

Fonny ligt op zijn rug op bed, Jennifer boven op hem. De vloer is bezaaid met leeggoed. Ze probeert twee flesjes bier uit Fonny's broekzakken te wurmen. 'Hou alsjeblieft op met drinken, papa.'

'Laat me!' Fonny is veel sterker dan Jennifer, maar als hij mij opmerkt, verslapt zijn greep. Ik pak zijn handen vast; samen kijken we toe hoe Jennifer de flesjes uit zijn zakken haalt. 'Ik kan niet meer,' huilt hij. 'Ik maak er een eind aan, ik schiet een kogel door mijn kop.'

'En ik dan, papa?'

Hildeke, mama, Fonny, Jennifer – ik hou Fonny's handen vast en voel mezelf van het ene in het andere probleem glijden. Jennifer en ik praten aan weerszijden van zijn bed op hem in, tot hij zegt: 'Ik moet Christiane hebben' en in slaap valt.

Filip heeft gelijk, bedenk ik als ik de trap af loop: dit kan zo niet langer.

'En jij wilt dat Fonny het hoederecht over Jennifer krijgt?' vraag ik nadat ik papa heb verteld wat er zich boven heeft afgespeeld. 'Je zou je beter bezighouden met mama en Hildeke en hem overhalen zich te laten opnemen.'

'Gij moet u niet met mijn zaken bemoeien!'

Zodat we toch onenigheid krijgen.

In de trein naar Amsterdam vecht ik tegen mijn tranen. Ook ik ben *ne Joris*. Niets heb ik opgelost, ik heb hen in dezelfde ellende achtergelaten en heb me ten slotte ook nog misdragen.

Op het station in Antwerpen stap ik een telefooncel binnen om mijn excuses aan te bieden. Maar mijn vader is onze woordenwisseling vergeten, hij is al in de volgende aflevering van de serie *Miserievierders* beland. Fonny krijg ik ook nog aan de lijn. Hij klinkt sloom, maar minder bedwelmd dan vanmiddag. 'Wij zijn met z'n allen gezellig televisie aan het kijken,' zegt hij. 'Ja, Hildeke ook.' En dan, alsof hij zich vagelijk herinnert wat er eerder die dag is voorgevallen: 'Gij moet niet zo panikeren, Lieve.'

Omtrent de geboorte van Fonny zoemt het in onze familie van de verhalen. Na Alines geboorte werd mijn moeder maar niet ongesteld, waarop de dokter – 'de bandiet', zoals mijn vader hem zou noemen – haar een spuit gaf. Bleek ze zwanger te zijn.

Hoogzwanger zat mijn moeder achter op papa's Vespa toen die bij het kruispunt, ter hoogte van bakkerij Laukens, optrok. Het leek wel of zijn brommer daarna lichter was, of hij de zachte druk van mijn moeders buik tegen zijn rug en haar handen in zijn zij niet langer voelde. Was mama van het zadel gegleden.

De moederkoek was bij Fonny's geboorte abnormaal groot volgens mijn vader. De verpleegster legde de baby niet bij mijn moeder, zoals ze met de vorige twee hadden gedaan, maar in een rieten mandje naast haar bed.

Waren die bakerpraatjes er meteen al of ontstonden ze pas later? Ook de geboorte van Hildeke is omgeven door verhalen. Mama zag aanvankelijk niet dat er iets mis was. Tot ze merkte dat Hildekes hoofdje, armpjes en beentjes zo slap waren. Haar handje omklemde niet in een reflex mama's vinger, zoals haar eerdere baby's hadden gedaan. 'O,' suste de nieuwe huisdokter na zijn vaststelling dat het 'een mongooltje' was, 'als het twaalf jaar is, ziet ge daar niks meer van.'

Telkens wanneer een kind wordt geboren, blijft mijn moeder negen dagen in de kliniek. Tussen de kale muren en de smetteloze lakens rust ze uit. Papa brengt bloemen en een radio voor haar mee, en fotografeert haar in haar hagelwitte nachtjapon met een colletje of strikje, de baby in haar armen. Lachend kijkt ze neer op haar eerste zoon in zijn rieten mand. Dan tilt de verpleegster hem voorzichtig op en ligt hij in zijn gehaakte vestje in de holte van mama's arm, een frons tussen de wenkbrauwen. Alsof hij het maar niks vindt dat hij is aangespoeld op het land, tussen de mensen.

Mijn vader is zevenentwintig jaar en vervuld van een stille triomf. Denkt hij aan de smerige loopgraven van de Eerste Wereldoorlog, aan zijn vader die moest hoesten en overgeven nadat melkwit gas als een verraderlijke zoete wolk zijn kant op was gedreven? Eindelijk kan hij iets teruggeven aan de man die hem zo vroeg is ontvallen: zijn naam. *Alfons Joris*. Het is of hij door die daad het lot een slag zijn kant op draait.

Het leven van mijn ouders heeft zo'n vaart, ze hebben geen tijd om halt te houden, vragen te stellen, achterom te kijken. Niemand kan vertellen hoe het precies begon of wanneer het duidelijk werd dat er een probleem was. Als je Nicole, de oudste, vraagt hoe Fonny was als kind, herinnert ze zich alleen dat hij streken had.

Papa is officieel benoemd tot ambtenaar van de belastingen. Hij verdient geld bij met het maken van trouwfoto's en als omroeper bij de jaarlijkse Rozenberg Lichtstoet in Mol. 's Avonds studeert hij om hogerop te komen.

Samen met mijn moeder neemt hij de trein naar Brussel. Terwijl hij examen doet, loopt zij naar de Onze-Lieve-Vrouw van Finisterraekerk in de Nieuwstraat. Ze slaat een kruis, wandelt door de middenbeuk naar voren, knielt op de koele tegels. De hoge versierde gewelven, het mysterieuze gele licht achter het altaar – wat is het hier mooi en wat voelt ze zich klein. Dan gaat ze op zoek naar de nis met een Schots beeld van Onze-Lieve-Vrouw van Voorspoed, die examinanten geluk bezorgt. Ze knielt op een stoel en bidt.

Een twaalfjarig neefje is die ochtend naar het oud huis gefietst om te babysitten. Het is winter, zijn benen onder zijn korte broek zagen rood van de kou. Niemand heeft hem voorbereid op wat hem te wachten staat. Fonny is bijna vier, als een bal stuitert hij door de kamers. Wat een druktemaker! Aan het einde van de dag is het neefje bekaf. Hyperkinetisch, ADHD – later zal hij er woorden voor vinden, nu is hij alleen maar blij dat hij 's avonds weer thuis is.

Mijn ouders zijn net verhuisd naar de witte villa als bomma's oudste zuster met haar man op bezoek komt uit Amerika. Boven in de gang hangt een lijstje met een baby in de wieg en de tekst: ZOU MEN ARMOE LIJDEN OM EEN MONDJE MEER? Beneden in de woonkamer ligt Wies, nummer zes, in een blauw bedje. Ze staan met z'n allen om haar heen en bewonderen haar donkere krullen als een buurvrouw op het raam klopt. Algauw is het huis in rep en roer. Fonny heeft bij de poort zijn kleren uitgetrokken en loopt naakt over straat.

Kreeg hij vanwege Wies' geboorte en het bezoek uit Amerika te weinig aandacht, is hij daarom ontstemd? Het verhaal doet jarenlang de ronde in de familie, al kan niemand het zich nu meer herinneren en reageren ze bevreemd als ik het oprakel.

Fonny heeft astma. Tante Mia van Maldegem, die zelf geen kinderen heeft maar het jonge gezin bijstaat, vertelt hun over het tehuis van de Zusters van Don Bosco in Kortrijk. Naoorlogse kinderen kunnen er aansterken in een gezonde omgeving en ook onhandelbare kinderen knappen erg op van de rust en regelmaat die er heersen. 'Daar zou Fonny goed zijn,' zegt ze. Zij kent de overste en zal eens informeren of hij er terechtkan.

Kort daarna valt er een folder van het kindertehuis in de brievenbus, met foto's van lachende, blozende kinderen die door dokters, verpleegsters, zusters en juffrouwen worden 'heropgeknapt' in de geest van de grote kindervriend Don Bosco, 'die van de lastigste kinderen wonderen wist te bekomen'.

Fonny is nog geen zes. Is mijn vader vergeten hoe hij zelf op die leeftijd de tocht van Mol naar Maldegem aanvatte, weg van alles wat hem vertrouwd was? Ze besluiten Rik mee te sturen – dan heeft Fonny gezelschap. Mijn vader heeft nog geen auto en een schoolvriend, met wie hij in het begin van de oorlog naar Frankrijk probeerde te gaan, biedt aan hen naar Kortrijk te rijden.

Ze moeten er een uitstapje van gemaakt hebben, want op een zwart-witkiekje zijn ze in Maldegem en staan ze bij de auto met tante Mia, die een beschermende arm om Fonny heen legt.

Op een tweede kiekje zit mama achter in de auto met de vierjarige Rik op schoot. Ze heeft net zijn froufrou bijgeknipt, dat deed ze bij ons allemaal. Zomaar ineens, als ze het in zich kreeg, stond ze voor je met de schaar, rap-rap. De haartjes kriebelden in je ogen en kwamen zelfs in je mond terecht. Soms had ze niet recht geknipt en was ze daar de volgende dag opnieuw met de schaar. Rik heeft het rood-grijs-wit geruite jasje met de capuchon aan dat ik na hem zal dragen. Ze kijken allebei dromerig weg van de camera, de verte in. Meen ik het maar of is mama bedrukt? Zij weet al wat Rik te wachten staat, hij is nog een en al argeloosheid.

Nadat ze door de overste in Kortrijk dankzij de voorspraak van tante Mia allerhartelijkst onthaald zijn en in de ontvangstkamer op koffie en koekjes zijn getrakteerd, halen ze de koffers met kleren en linnengoed uit de auto en laten Fonny en Rik daar achter.

De overste draagt een zwart habijt met een witte gesteven halskraag waaronder een kruis bungelt. Als de deur in het slot is gevallen, draait ze haar gezicht naar de twee jongens toe. De donkere kap met afhangende sluier spant om haar voorhoofd en laat geen haartje vrij. 'Kom,' zegt ze resoluut en trekt hen mee. De betegelde gang glimt als een spiegel; er lijkt geen einde aan te komen.

In de vijftien pagina's tellende levensschets die Fonny na zijn auto-ongeluk voor het Centrum voor Alcohol- en andere Drugproblemen maakt, staat zijn tijd in Kortrijk bovenaan. Hij reed er later een keer naartoe om te zien of het was zoals hij het zich herinnerde. Vanuit een ontwenningskliniek zal hij aan zijn dochter Jennifer schrijven: 'Ik zat als kind al erg in de nesten. Ik was bang en alleen en voelde me verstoten. Wenend verlangde ik naar liefde.'

Zoveel foto's, kaarten en brieven zijn verloren gegaan, er zijn gaten in ons geheugen gevallen en over sommige herinneringen worden we het nooit eens, maar één briefkaart is als door een wonder bewaard gebleven. Op de voorkant staat een poort op een kier: GOD WACHT OP U. DON BOSCO. Er zit een schroeivlek op – alsof iemand ze boven een kaars heeft gehouden of in een asbak met een brandende sigaret heeft gelegd met de bedoeling ze te vernietigen, maar zich bedacht heeft.

De kaart dateert van 2 maart 1956. Mama was zwanger van Hildeke. In een gelijkmatig handschrift nodigt een non mijn ouders namens Fonny en Rik uit voor een feestje, gevolgd door een tombola. 'We stellen het beiden zeer goed en hopen dat thuis ook alles opperbest is. Dag lieve mama en papa en de zusjes. Een kruiske a.u.b.'

Als ik die gehavende kaart niet had gevonden, zouden andere dingen ook onscherp zijn gebleven, nu trekken de puzzelstukjes als magneten naar elkaar toe. Fonny en Rik mochten om de drie maanden naar huis en kregen tussendoor één keer bezoek. Getuige een serie foto's ging ik eens mee en maakten we samen met Rik een uitstapje naar Brugge – terwijl Fonny achterbleef in het tehuis? Hier zijn we bij de etalage van een speelgoedwinkel, daar eten we een halve banaan op de trappen van een kerk – Rik in het geruite jasje, ik in een teddy jasje met twee pompons aan touwtjes.

We overnachtten bij tante Mia en nonk Achiel; kiekjes in hun tuin en bij de winkeletalage volgen. Tante Mia heeft haar ietwat zwaarlijvige hondje opgetild; ik omklem een blikken doosje dat ik net moet hebben gekregen en heb een felle, bezitterige blik in de ogen: dat doosje pakt niemand me af.

Ik ben een gelukkig kind. Ik groei op in dat steeds groter wordende nest waar mama het zo druk heeft dat ze weleens iets vergeet. Een keer kwam ik op school, bleek ik mijn bavet nog om te hebben; de juffrouw van de kleuterklas lachte me tegenover alle kinderen uit. Maar op de achtergrond voel ik me geliefd en beschermd, door bomma. Dat gaf me vast kracht, ook toen al.

Naast me is Rik een beetje iel. Papa's aandacht en bezorgdheid gaan uit naar zijn eerste zoon, mama is alweer bezig met het volgende kind. Later zal Rik een neiging tot omslachtig taalgebruik ontwikkelen. Mijn vader ergert zich eraan en noemt hem niet langer bij zijn naam, maar bij zijn functie. 'De manager' – uit papa's mond klinkt het, net als 'de instanties', als een scheldwoord.

Hoelang ze in het kindertehuis in Kortrijk bleven weet niemand precies. Fonny heeft het in zijn levensschets over twee jaar, Rik zegt anderhalf, al dacht hij dat hij zeven was toen ze hem daarnaartoe brachten, en niet vier. De contouren van die jaren zijn vaag voor hem, al steekt her en der een vlijmscherpe herinnering op.

Op de speelplaats staat een klimrek. Als hij daarop klimt, tot helemaal bovenin, kan hij over de muur kijken. Hij heeft heel lang in de auto gezeten, maar is ervan overtuigd dat Neerpelt net aan de andere kant van de muur ligt. Mama brengt hem eens met de trein. Onderweg moeten ze overstappen en bij een frituur trakteert ze hem op een zak frieten met mayonaise. Ze vraagt om extra zout en strooit ook wat over zijn frieten.

Behalve nonnen in ruisende gewaden en met majestueuze kappen, zijn er *juffrouwen*, zoals de verzorgsters in de folder werden genoemd. Ze moeten iets moederlijks uitstralen, want Rik herinnert zich hun boezem onder hun gesteven boezelaars. Als mama op bezoek komt, herkent hij de vrouw die naar hem toe wandelt niet. Haar pelsjas is hij gelukkig niet vergeten, noch de geur die hij opsnuift als ze hem optilt. Hij slaat zijn armpjes om haar heen en verbergt zijn neus in haar kraag.

Ondertussen gaat Rik naar school, leert lezen en schrijven en doet zijn eerste communie. Tante Mia is zijn meter en stuurt hem soms een voedselpakket. Koekjes, salami, chocolade – de nonnen laten hem de inhoud zien, maar dan verdwijnt alles, om verdeeld te worden onder alle kinderen.

Om zijn oudere broer heen is alles mistig. Waar die is en wat hij uitvoert, weet Rik niet. Of toch? Daar is het klimrek op de speelplaats weer. De bel is gegaan, de speeltijd is voorbij, alle kinderen staan in de rij met hun identieke schortjes, maar Fonny hangt in het rek en maakt geen aanstalten af te dalen. De surveillante zet een snerpend fluitje aan haar mond. Fonny reageert niet. Iedereen kijkt ademloos toe. Daar klinkt het fluitje nog eens en plots zet de figuur in het zwarte habijt zich met een driftige pas in beweging. Haar kleren fladderen, de sluier van haar kap zwiept heen en weer en ze roept iets wat de kinderen niet kunnen verstaan. Nu is ze bij het klimrek en steekt dreigend haar vinger op.

In Riks herinnering is het rek heel hoog en in plaats van naar beneden te komen klimt Fonny tot in de nok, daar waar je Neerpelt kunt zien. De non zet haar voet op de onderste trede en gaat achter hem aan.

Ze hebben spreekverbod, maar sinds de surveillante zich heeft verwijderd, stijgt een aanzwellend geroezemoes op uit de rijen, die hier en daar beginnen te zigzaggen. Rik is net zo opgewonden als de andere kinderen, maar wordt tegelijkertijd bevangen door angst. Het is niet zomaar een jongen die daar boven op het klimrek alle regels aan zijn laars lapt. Als Fonny stout is, zijn de nonnen ook boos op hem. Omdat hij ook *ne Joris* is.

Laatst is Rik door een non uit zijn bed gehaald. Hij moest iets mispeuterd hebben, al wist hij niet wat. Ze pakte hem hardhandig vast, trok hem mee naar de trap en duwde met haar been tegen zijn rug, alsof ze hem naar beneden wilde gooien. De gapende diepte maakte hem bang. De non bleef duwen, maar ze liet hem niet los. Ze had er plezier in hem schrik aan te jagen, dat las hij in de uitdrukking op haar gezicht toen het eindelijk voorbij was.

Het is grappig de surveillante in het klimrek te zien. Net de vleermuis die ze op een wandeling verstrikt in een spinnenweb aantroffen. Zo'n groot beest in zo'n fijn net, ze kwamen niet bij van de verbazing.

Hoe de klimrekscène afliep, weet Rik niet meer. Hij wordt niet graag herinnerd aan die tijd. Geheimen zijn het geworden, hard als steen – zijn geheimen.

Mijn ouders brachten hem eens samen naar Kortrijk. Ze werden ontvangen in een prachtige art-decokamer voor het middagmaal. Rik wilde bij hen blijven, maar hij moest naar de refter en vervolgens naar de slaapzaal voor de dagelijkse platte rust. Daarna zou hij naar hen toe mogen, verzekerde de verzorgster hem. Maar toen hij uit de slaapzaal kwam, waren mama en papa allang vertrokken. De volwassenen zaten allemaal in het complot: ze hadden hem misleid, om zichzelf zijn tranen te besparen.

Behalve boosheid – vooral tegen zijn vader – heeft Rik aan die tijd in Kortrijk een gevoel van verongelijktheid overgehouden. Waarom hadden zijn ouders zoveel kinderen als het was om nummer drie en vier te dumpen in een tehuis?

En Fonny? Hier zijn hij en Rik samen bij tante Mia en nonk Achiel, twee jochies in zwarte satijnen schorten. De woning is sinds mijn vader er als kind verbleef, nauwelijks veranderd: nog steeds is het behangpapier in de woonkamer gebloemd en zijn de lichtschakelaars van bakeliet. De heerlijke geur van koffie, koekjes en chocola heeft zich in de hele benedenverdieping genesteld. Behalve in de keuken, het rijk van nonk Achiel, waar een ouwe putjeslucht hangt.

Fonny's wangen zijn bol geworden. Wat dat betreft hebben de folders van de Zusters van Don Bosco niet gelogen: het fruit en de groenten, het vlees, de kaas, de eieren, de melk en het beboterde brood met confituur hebben hun uitwerking niet gemist. De nonnen hebben de tondeuse in zijn haren gezet, zijn flaporen springen als krullende slablaadjes uit zijn hoofd. Hier zit hij aan tafel met mama en tante Mia, die samen door een stapel foto's heen gaan. Maar Fonny's aandacht is niet bij het ritueel aan de tafel, nee: met zijn hoofd op één hand kijkt hij naar zijn fotograferende vader met een kille, onthechte blik – het kattenkwaad voorbij.

Als Fonny en Rik voorgoed thuiskomen uit Kortrijk, kan Hildeke net lopen. Elke ochtend wordt ze door mama, hoogzwanger van Filip, naar bomma gebracht, die ook de aardappelen schilt voor het hele gezin. Hildeke slaapt in het blauwe bedje aan de voet van het bed van Nicole en Aline en gooit telkens haar rammelaar overboord. 'Mijn zorgenkindje' noemt mama haar, maar ook 'de liefste van de hele wereld'. Haar ledematen zijn zo soepel, vaak tref je haar na haar middagdutje aan met haar grote teen in de mond. Het liefst zit ze op de grond en praat tegen een papiertje dat ze in haar hand klemt; laat haar even alleen en de vloer ligt bezaaid met verfrommelde blaadjes.

Na Filips geboorte staat Hildeke al stevig op haar hoge schoentjes met steunzolen en stapt ze alleen naar bomma. Op een ochtend komt mama tegen tienen bij bomma's raam kijken of alles in orde is en ontdekt dat Hildeke daar niet is aangekomen. In haar schort rent ze de straat op, richting kanaal. De postbode fietst haar tegemoet: net heeft hij Hildeke bij de duiker – waar de Dommel onder het kanaal door loopt – gezien. Daar vindt mama haar, met haar papieren waaier. Ze wilde naar school, net als wij, maar is de verkeerde kant op gelopen. Mama pakt haar op, drukt haar tegen zich aan. 'Ach mijn poezelijntje toch.'

Wij wandelen 's ochtends met z'n zessen naar school: Wies en ik aan de hand van Nicole en Aline, Fonny en Rik voor ons uit of achter ons aan. Nadat we het huis van Mariake met de scheve mond zijn gepasseerd, gaan we de hoek om, waar een witgevlekte boerenknol met harige poten en droeve ogen in de met schrikdraad omzoomde wei staat. Aan het einde van de straat, in een woning somber en deftig als een pastorie, de houten luiken doorgaans gesloten, wonen de juffrouwen Hellings, vier ongetrouwde zusters die in hun vrije tijd met raagbollen aan lange stelen op spinnen jagen in de kerk. Eén keer per jaar opent papa het poortje, loopt het grindpad op en belt aan. Als standbeelden zitten de gezusters rond de tafel in de schemerige voorkamer terwijl hij hen helpt met het invullen van hun belastingbrief.

Bij de kruising komen de kinderen van de Grote Hei van de brug naar beneden. Aan de meisjes merk je niks, behalve dat ze misschien wat bedeesder zijn dan wij; de jongens zijn wildebrassen met kapotte knieën en krassen in het gezicht. 's Ochtends zijn ze gehaast, na school gaan ze op ontdekkingstocht in het dorp. Ze moeten menige aanvaring hebben met Fonny, getuige de verwensingen die ze hem uit de verte toeroepen en het riedeltje dat ze opdreunen voor ze het op een lopen zetten: *Fonny Joris, eierdoris, eierdop, kletskop.*

Hier woont Jeanne de naaister, daar is het winkeltje van Anneke, waar de snoep in dozen zonder deksel ligt uitgestald. Jaren later, als ik boodschappen doe voor bomma, zal ik eens drie gekleurde hosties met zoetzuur poeder, die zo heerlijk wegsmelten op je tong, in mijn tas laten glijden en daar een kropsla overheen leggen. Wanneer ik de sla wil afrekenen, steekt Anneke haar hand uit. 'Laat eens kijken wat ge daar nog hebt?'

'Niks, eh...' Over de toonbank heen reik ik haar mijn tas aan. Anneke haalt de hosties er een voor een uit, zegt ten overstaan van iedereen: 'Foei, foei, dat had ik van u niet gedacht' en roept me na: 'Dat ga ik tegen uw bomma zeggen.' Maar ze doet dat niet, zodat het geheim tussen ons in blijft hangen.

Bij bakkerij Laukens, waar vlaaien op maandag aan de helft van de prijs zijn, steken we de straat over en waait het rumoer op het speelplein van de meisjesschool ons al tegemoet. Aan de bomen op het plein hangen dikke, waterige peren die zomaar naar beneden vallen en met een plof uiteenspatten in het zand. In het klooster naast de school verbouwen de nonnen groente en hebben ze varkens. Als een varken geslacht gaat worden, gilt het in doodsangst en houden wij achter de ramen van het klaslokaal de adem in.

De jongens lopen verder, tot aan het rode bakstenen gebouw met de kleine raampjes aan het einde van de straat. Rik is zo blij weer thuis te zijn. Het meest van ons allemaal zal hij Neerpelt associëren met een gevoel van geborgenheid. Ook als wij daar allang zijn weggetrokken, blijft hij er komen.

Ze zijn pas terug uit Kortrijk als Fonny op het speelplein van de jongensschool een astma-aanval krijgt. Rik herinnert zich de plotse commotie en hoe iedereen in dezelfde richting rent, zodat er een opstootje ontstaat. In het midden daarvan bevindt zich zijn broer, al kan Rik door het mensenkluwen heen niets zien. Ook hoe dat afliep weet hij niet meer.

Na hun verblijf in het tehuis keren kinderen braaf, levensblij en godsvruchtig terug naar hun ouders, hebben de folders van de Zusters van Don Bosco beloofd. Maar Fonny heeft in Kortrijk alleen maar meer streken gekregen. Nu hij niet langer opgesloten is achter hoge muren, maar zich in het ouderlijk domein bevindt met zijn tuinen vol bloemperken, bomen en struiken, het kanaal met zijn bunker en zijn passerende aken aan de ene kant, het dorp met zijn uitwaaierende straten aan de andere, is zijn terrein danig uitgedijd.

Madame vanachter, zoals we de buurvrouw noemen die de achterkant van het oud huis huurt, kijkt op een woensdagmiddag uit het raam en ziet haar zoontjes in de zandbak spelen met Wies en mij. We zitten op onze hurken en maken een vesting, omringd door water. Als ze nog eens kijkt, is de vesting veranderd in een modderige plas, zijn Wies en ik weggerend en lopen haar jongens huilend naar haar toe. Ze weet wie ons spel heeft verstoord, al is Fonny nergens te bekennen. Laatst draafde hij van top tot teen in het zwart gehuld achter haar jongens aan met een stok.

Onschuldige pesterijen lijken het, maar wij waren drie en vier jaar jonger dan Fonny, waarom stond hij in zijn eentje op de uitkijk en maakte hij een einde aan ons spel – had hij zelf dan geen vriendjes?

Wanneer wij thuis nietsvermoedend van de gang naar de keuken lopen, schiet Fonny als een springveer achter de muur vandaan – een duiveltje uit een doosje. Tijdens de jaarlijkse dorpsprocessie moet hij, verkleed als mijnwerker, met zijn klasgenoten opstappen in de stoet. Ze dragen een kiel, hebben een boerenzakdoek om de nek geknoopt en een olielamp in de hand. Terwijl de stoet zich in beweging zet en alle mijnwerkertjes druk zijn met in de pas te lopen, op de maat van de fanfaremuziek, geeft Fonny de jongen vóór hem met zijn olielamp een knal tegen zijn kop.

Als hij stout is geweest, sluit mama hem op in zijn kamer. Op een middag klopt een buurvrouw aan – is Fonny via zijn raam op het schuine dak geklommen en zit hij hoog daar boven grimassen te maken. 's Avonds in bed zie ik die scène telkens weer voor me, ritst Fonny met een rij rode pannen mee naar beneden en valt te pletter in de tuin. Hij kruipt nog vaker op het dak, wat telkens voor zoveel opschudding zorgt dat hij daarna gegarandeerd zijn zin krijgt.

Mijn moeder blijft binnenlopen in kerkjes en schietgebedjes doen met die simpele devotie van haar, en zal ons in haar brieven telkens manen vooral toch te bidden. Bomma schuifelt nog steeds met het beeldje van de Heilige Antonius van de beneden- naar de opkamer en bidt elke middag het rozenhoedje. Maar het complexe geloof van mijn vader, dat verweven is met dat van nonk Gerard zaliger en op het college zodanig gepolijst is dat hij bij de aanvang van de Tweede Wereldoorlog 's ochtends op zoek ging naar een kerk in plaats van haast te maken om in Frankrijk te geraken, begint te tanen.

Gedrenkt in wijwater is hij opgegroeid. Bij tegenspoed zoek je je heil bij God en zijn acolieten, heeft hij geleerd – die kennen het antwoord op alle vragen. Maar de Zusters van Don Bosco, waar tante Mia zo vol van was, zijn er niet in geslaagd zijn zoon op het rechte pad te brengen. Pas later zal hij zich realiseren dat het misschien niet zo'n goed idee was Fonny zo jong al op internaat te sturen – een smeulend schuldgevoel dat Fonny met enige gretigheid zal aanblazen. Bij het kinderleed van Rik staat mijn vader veel minder stil.

Heeroom van Brazilië, bomma's oudste broer, komt bij haar logeren. Hij is veel afstandelijker en strenger dan heeroom van Congo. Zijn lange, magere gestalte is gehuld in een wit gewaad met een singel en een stijve kraag waaruit een rimpelig gezicht oprijst met een vierpuntig hoofddeksel. Hij heeft wonderbaarlijke cadeaus bij zich: een plateau met opgeprikte vlinders achter glas; armbanden, broches en hangers met blauwe vlindervleugels waarop minuscule tropische landschapjes zijn geschilderd.

Thuis in het salon, waar mijn ouders bezoek ontvangen, ligt op de kast een grote Braziliaanse schelp. Wie die tegen zijn oor houdt, hoort de zee ruisen. In de salonkast staat een sigarettendoos met een vergezicht van São Paolo. Als je die opendoet, duikt uit elk gaatje een sigaret op. De sigaretten ruiken muf en breken af, waarbij de helft in het gaatje blijft steken, toch gaat er een magische aantrekkingskracht uit van die doos. En dan zijn er de brokken amethist die heeroom meebrengt: aan de buitenkant zijn ze dof, binnenin glinsteren paarse kristallen als in een grot. Wat moet het mooi zijn op de plaats waar deze dingen vandaan komen.

Heeroom van Brazilië *eet* niet, hij *gaat aan tafel.* Pas als hij van tafel is gegaan en in de fauteuil bij het raam is neergestreken, mag ik binnenkomen. Hij vertelt over de Suikerbroodberg bij Rio de Janeiro, waar hij met de kabelbaan naartoe is geweest. Bezoekers nemen een mes mee en snijden sneetjes van het suikerbrood, waarna dat gewoon weer aangroeit. Ik luister naar hem op het trapje naar de opkamer, voorzichtig om mijn kleren niet te scheuren aan de spijkers in het gele balatum. Plotseling onderbreekt heeroom zijn verhaal. 'Ga eens deftig zitten,' zegt hij, 'met je rok over je knieën.'

Mijn benen schieten onder me vandaan en ik strijk verwoed over mijn plooirok, die maar niet langer wil worden.

'Foei,' zegt hij.

Ik schaam me, tegenover hem maar ook tegenover bomma, die zo haar best doet het haar voorname broer naar de zin te maken. Ze zegt niets, maar ze schaamt zich vast ook, voor mij. Vanaf die dag heeft heeroom van Brazilië het bij me verbruid. Zijn cadeaus zijn mooi, maar dat kleine, rimpelige gezicht van hem – hij lijkt wel een oud aapje.

De amethisten van heeroom gaan aan de wandel. Van de schoorsteen verhuizen ze naar Fonny's broekzak. Hij strooit ze uit op het kiezelpad langs het kanaal en loopt er zogenaamd toevallig voorbij met een groep jongens. 'Kijk hier eens.' Daarvoor moet je in de buurt van Fonny zijn, om zoiets bijzonders te vinden. 'En daar!' Ze rapen de stenen op, bewonderen de grillige vormen, de kleuren die variëren van licht tot donker violet, en stoppen ze op hun beurt in hun broekzak.

Het is moeilijk greep te krijgen op de jongen die Fonny in die jaren was. Heeft het gebrek aan nestwarmte hem verhard, knaagt het gemis aan moederliefde aan hem, of is het voor mijn moeder lastig van hem te houden omdat hij zo weerspannig is?

Mijn vader is overgeplaatst naar Leopoldsburg, vijfentwintig kilometer verderop, en komt steeds later thuis. Behalve taxeren in cafés en zelfstandigen helpen met hun belastingbrief doet hij nu ook verzekeringen. Verdient hij bij om zijn groeiende kroost te onderhouden of is hij begonnen het huis te ontvluchten?

Fonny is groter en sterker dan zijn leeftijdgenoten en gaat er prat op dat iedereen bang voor hem is. Sterke verhalen vertellen kan hij als geen ander, op het schoolplein hangen ze aan zijn lippen. Jongens die gepest worden, zoeken zijn bescherming; hun belagers geeft hij na schooltijd klappen.

Eén vriend heeft hij. Die wil net zomin deugen als hij. Ze spreken af in het Dommelhof en lopen samen te fabuleren. Fonny's fantasieën zijn het wildst. Wat als hij een mes in iemands rug steekt, hoe zou die reageren, zou hij doodbloeden of wat? Als hij volwassen is, gaat hij zelf mensen maken – de wetenschap schiet vooruit, dat is dan vast mogelijk. Bij de rietvijver doen ze *vuil manieren*, zoals doktertje spelen in het dorp heet. Zo stoer als hij op het speelplein is, zo zacht, bijna vrouwelijk, is Fonny als ze elkaar aanraken. Hij is vroegrijp, hij heeft *daar* al haren.

Soms ziet zijn vriend op eenzelfde middag Fonny's beide gezichten. Komt hij langs, streelt gedachteloos een pasgeboren poesje, pakt het even later bij zijn nekvel en smakt het tegen de muur.

Nadat Fonny weer eens door de meester de klas uit is gestuurd, hangt hij rond in de gang, bij de kapstokken. Bij hun thuiskomst vinden zijn klasgenoten een briefje in hun zak: 'Ik kom u vannacht vermoorden! Fonny.' Hij heeft de jas van zijn vriend niet herkend en daar per abuis ook een briefje in gestopt.

In de vakantie fietsen Nicole, Aline, Wies en ik in alle vroegte naar Overpelt om bosbessen te plukken. Nicole heeft een koeltas op de bagagedrager geklemd, waarin boterhammen zitten en vier flesjes cola die we van ons eigen geld bij Anneke hebben gekocht. Urenlang schuiven we op onze hurken als verdoofd van de ene struik naar de andere. De knisperende dennennaalden onder onze voeten; het gezoem van hommels en wespen om ons hoofd; de stemmen van andere plukkers, nu eens ver weg, dan weer dichtbij. *Kijk toch es, hier zijn er veel.*

Voorzichtig kieperen we onze beker telkens om in de plastic kan, dezelfde kan waarmee we thuis in bad elke zaterdag shampoo uit onze haren spoelen. Aan de rand van het bos staat een witte bestelbus geparkeerd waar Nicole naartoe loopt zodra de kan vol is. Twintig frank per kilo betalen de opkopers – een schamel bedrag voor zoveel werk, maar we doen het elke zomer.

Onze koeltas staat in de berm, bij onze fietsen. Als we daar tegen de middag neerploffen om onze boterhammen op te eten en twee flesjes cola onder ons vieren te verdelen, is Fonny er ineens ook. Niet om te helpen met plukken, maar om te vertellen wat hij heeft beleefd op weg hiernaartoe en wat hij straks allemaal gaat doen. We laten hem achter in de berm en hervatten ons werktuiglijke gepluk, dromend van de heerlijke tinteling van cola op onze tong, van het sissende geluid wanneer de dop van het flesje schiet.

Tegen drieën pauzeren we. Nicole ritst de koeltas open, kijkt erin en zegt: 'Nee toch.'

'Wat is er?'

Onder in de tas liggen vier lege colaflesjes.

''t Is nie waar,' foetert iemand. En dan: 'De rotzak.'

Met een blauwe tong van het bessen eten fietsen we tegen de avond in stilte terug. Mama is de stoepen aan het schuren, bij de voordeur ligt een dweil waaraan we stampend onze voeten afvegen, het hele huis ruikt naar bruine zeep. In bed lig ik die nacht nog steeds blauwe bessen te plukken. Ik voel me verraden. Hoe laatdunkend deed Fonny over ons dwaze gepluk – om vervolgens in de berm stiekem onze zuurverdiende cola op te drinken.

De geboorte van Hildeke heeft mijn moeder uit haar evenwicht gebracht. Dat de eerstvolgende een lieflijk ventje is met lichtblonde haren en blauwe ogen, is haar zeker tot troost. Zo knap vindt ze Filip dat ze hem op zijn derde inschrijft voor een schoonheidswedstrijd. Op basis van een foto mag hij door naar de tweede ronde. Ze knipt zijn froufrou bij en neemt hem mee naar Brussel.

In de wachtzaal zijn er meer mooie kinderen. Hun kleren zijn duurder, hun schoenen nieuwer, maar mama verliest geenszins de moed, ook niet als Filip in zijn eentje moet paraderen voor vijf juryleden en ze – te laat – opmerkt dat de linkerpijp van zijn tricot broekje lager hangt dan de rechter. Winnen doet hij niet, maar dat hij in de voorselectie van een schoonheidswedstrijd heeft gezeten, in Brussel nog wel, zal hem jarenlang een bijzonder aureool verschaffen. Vanwege zijn innige band met zijn moeder noemen wij hem algauw Oedipus.

Fonny is gebeten op mijn moeders kleine halfgod en brengt Filip aan het huilen door bekken te trekken en dierengeluiden te maken. Komt een vriendje bij Filip spelen, verschijnt bij het keukenraam een akelig lakenspook dat Fonny vanuit zijn slaapkamer aan een touw naar beneden laat zakken, of trekt hij een nylonkous over zijn hoofd en duikt zijn eivormige gladde kop op bij het woonkamerraam.

Mama laat hen een keer alleen. Fonny stuurt de kleine om een boodschap in de kelder en doet dan het licht uit. Filip rent naar boven en blijft met zijn vinger haast tussen de deur steken wanneer Fonny die met een klap dichtslaat en in het slot draait. Filip roept en smeekt, maar Fonny gaat weg en sluit ook de buitendeur achter zich. Tegen de tijd dat mama thuiskomt en Fonny zijn broertje besluit te bevrijden, is die achter de deur in een ellendig bolletje gerold in slaap gevallen.

Mijn moeder kan het niet langer aan en Fonny wordt naar het Onze-Lieve-Vrouwpreventorium in Rekem gebracht. Tuberculosepatiënten en astmatici kunnen er op krachten komen in de weldadige Kempische dennenbossen. Hij is elf, getuige een kaart die tante Mia, nonk Achiel en bomma hem samen vanuit Maldegem sturen. Tante Mia moet de kaart hebben gekocht tijdens een missieactie, want er staat een Congolese spreuk op die zij vast speciaal voor Fonny heeft uitgezocht: BENUT DE KANS DIE U GEBODEN WORDT.

Later belandt hij samen met Rik in het internaat van de broeders van het Heilig Kruis in Maaseik. Aan tafel zitten ze tegenover elkaar en schopt Fonny zijn broer geniepig tegen zijn schenen, waardoor die voortdurend blauw zien. Aan het einde van het trimester is Fonny's rapport zo slecht dat hij het onderweg naar huis verscheurt en de snippers door het open raam van de schoolbus naar buiten gooit.

Die zomervakantie zit Fonny in Neerpelt met een groepje buurjongens op zijn uitkijkpost bij de groene poort als een vrachtwagen volgeladen met bier en limonade pal voor hun neus een te korte bocht neemt en in de greppel terechtkomt. In een mum van tijd heeft een achttal jongens zich om de vrachtauto verzameld. Onder toezicht van de chauffeur laden ze de kratten drank af. Daar moet iets voor hen in zitten, zo'n buitenkansje kunnen ze niet laten passeren. Met enkele gebaren maakt Fonny hun duidelijk wat te doen.

'Kijk daar eens,' roept hij tegen de chauffeur.
Verstoord kijkt die op. 'Waar?'
'Daar!' Fonny wijst in de richting van het kanaal. 'Ziet ge 't niet? Nen olifant!'
'Maar waar dan?'
'Daar, bij 't kapelleke.'
'Ik zie niks.'
'Ja, nu is het te laat – hij is net de hoek om.' De twee kratten bier die in de tussentijd in het bosschage achter de poort zijn beland, drinken ze op zodra de vrachtwagen vertrokken is.

Na de vakantie gaat Fonny naar de middelbare school in het Sint-Hubertuscollege in Neerpelt, een strenge vesting met een aangebouwde kapel en leraren die tucht en gehoorzaamheid hoog in het vaandel hebben. Maar onder de schooljongens neemt het plichtsbesef af. The Beatles zingen dat jaar 'Love Me Do' en ook Bob Dylans hit 'Blowin' in the Wind' bereikt Neerpelt. Fonny draagt een leren jack en steekt een kop boven zijn klasgenoten uit. In de biologieles vertelt de leraar, die ook turnles geeft en daarom Jos *Ressort* – Springveer – wordt genoemd, over de tanden van de eekhoorn, die maar blijven doorgroeien en van het vele knagen scherp worden als vijltjes. Als je je hand naar hem uitsteekt, bijt hij dwars door je vinger heen.
'En door uw kloten ook.'
Onderdrukt gegniffel. Iedereen kijkt naar Fonny. Die durft, zeg.
Het gezicht van Jos Ressort is verbleekt. Hij staat daar, onbeweeglijk, dan roept hij: 'Jóóóris, buiten!'
De scène maakt zo'n indruk dat sommigen het zich vijftig jaar later nog herinneren. De daaropvolgende maandagochtend moeten ze tijdens de turnles van Jos Ressort allemaal achter elkaar over de bok springen. Fonny loopt er tergend lang-

zaam naartoe, stoot er met zijn been tegenaan en draait zich om. 'Joris, opnieuw!' Ressort geeft hem een klap en even is het alsof ze zullen vechten, maar Fonny wendt zich af, trekt het shirt van zijn turnuniform uit, gooit het op de grond en wandelt in zijn blote bovenlijf de deur uit. Het is de laatste keer dat zijn klasgenoten hem op school zien.

Ik probeer me voor te stellen hoe Fonny na dat incident de straat op loopt, waar het op dat uur heel stil moet zijn. Een paar auto's, enkele winkelende vrouwen. Het gevoel van vrijheid opeens, maar ook colère, tegen Jos Ressort en al die andere *ouw zakken* in dat benauwende gebouw met zijn kleine raampjes en glimmende gangen, dat met een traliehek van de straat is afgescheiden.

Onderweg passeert hij Crèmerie Lehaen, waar bomma en ik eens, nadat ze bij het postkantoor haar weduwepensioen had opgehaald, een coupe vanille-ijs met citroensaus en een driehoekig wafeltje hebben gegeten aan een tafel aan de straatkant, verscholen achter de kanten gordijntjes. 'Tegen niemand zeggen, hè?'

Misschien wandelt hij een tijdlang langs het kanaal, met de verende tred die hij zal perfectioneren, de schouders in zijn leren jack opgetrokken, schoppend tegen de kiezelsteentjes onder zijn voeten, zijn boekentas slingerend aan zijn hand. Om pas thuis te komen als de school uit is, zodat het lijkt of er niets aan de hand is. Maar die middag blijft hij op zijn kamer en zegt dat hij niet meer naar dat stomme college gaat.

Wij zijn inmiddels compleet. Ons nakomertje Polly, die ietwat verloren achter de grote schare kuikens aan zal peddelen, doet haar middagdutje in het blauwe bedje in de ouderlijke slaapkamer. Mama is woedend en stuift tussen haar werk door voortdurend naar boven om op Fonny te schelden. 'Wacht maar tot papa thuiskomt!' Hij haalt zijn schouders op en zegt: 'Wat dan?'

Tijdens zijn puberteit wordt Fonny's gedrag steeds problematischer. Als hij de zoveelste schoolpoort achter zich heeft dichtgeslagen, brengen mijn ouders hem naar een psychiatrische instelling in Sleidinge. Ook daar loopt hij weg.

Mijn moeder, die vanaf haar jonge jaren alleen maar heeft gewerkt, wordt hoorndol van Fonny's lamlendige gehang. 's Ochtends al beginnen ze te stechelen. Zo laat als hij opstaat! Gaat hij op zoek naar de salami, heeft zij die in de kelder verstopt en de deur op slot gedaan. Tijdens de kerstvakantie galmt het kabaal me tegemoet als ik eens van bomma kom – zit Fonny aan de ronde keukentafel te schreeuwen terwijl mama tegen de verwarming geleund haar tranen dept met een handdoek die daar te drogen hing.

'Ik sla hem dood,' roept Aline, waarop Fonny het op een huilen zet en zegt dat hij hier altijd het zwarte schaap is.

'Allez, Gerard, doet gij ook eens iets,' smeekt mijn moeder als mijn vader na zo'n dag van ruzie en lawaai thuiskomt. Mijn vader wordt alleen kwaad als mijn moeder hem heeft opgestookt; er zit geen kracht achter zijn boosheid, het is net een ballon waar de lucht uit loopt. Rond mijn achttiende zal hij mij, aangevuurd door mama, een keer slaan – om mij daar de rest van zijn dagen vergiffenis voor te vragen.

Op een zondag scheert Fonny zich in het salon als mama een opmerking maakt die hem niet bevalt. Het scheerapparaat zeilt door de lucht en treft haar op het voorhoofd. Mijn vader gaat achter Fonny aan, ze rennen rond het huis als in een tekenfilm van Tom en Jerry, totdat niemand meer weet wie achter wie aan rent. 'Ik bel de politie,' dreigt Nicole, maar ze blijft met de hoorn in de hand staan; wat moeten passerende wandelaars niet denken als er op zondagmiddag een politieauto voor ons huis stopt?

Iemand haalt, zoals wel vaker, meneer vanachter, die beroepsmilitair is. Ik ben allang naar bomma gehold, dus hoe hij precies orde op zaken stelt, weet ik niet, maar daarna wordt het rustig. De auto van de dokter rijdt voor en zodra die weg is, zegt bomma: 'Ga eens kijken of alles in orde is?' Mama ligt op de divan in de woonkamer met een verband om haar hoofd, Fonny is naar het kanaal gelopen en verdwijnt bij zijn terugkeer zonder iets te zeggen naar zijn kamer.

Wanneer meneer vanachter thuiskomt, zegt hij alleen: 'Fonny had weer kuren.' Zijn vrouw is Duitse. Doordeweeks, als haar man naar zijn werk is, haar twee zoontjes naar school zijn vertrokken en alles aan kant is, is ze weleens eenzaam in dat grote huis met zijn hoge plafonds aan de rand van het dorp. Nu en dan klopt Fonny op de deur en vraagt: 'Madame vanachter, kunnen wij eens praten?' Al is ze niet vergeten dat hij haar kinderen vroeger heeft gepest, ze mag hem graag. Hij heeft karakter, is slim en meelevend – zij tweeën begrijpen elkaar.

Als Fonny hulp had gekregen van bekwame mensen was hij misschien op het goede pad beland, bedacht ze achteraf, maar nu maakte hij het zijn moeder zo lastig en zijn vader... ach, die was een beetje wereldvreemd. Beleefd was Fonny ook, hij wist wanneer hij op moest stappen en bedankte haar telkens voor het gesprek; al had zij hem evenzeer kunnen bedanken, want ze voelde zich daarna beter. ''t Is toch ne fijne jongen,' zei ze dan 's avonds tegen haar man.

Achter de haag aan het einde van bomma's tuin ligt een terrein dat ook van ons is. Het loopt tot aan de helling van de brug naar de Grote Hei. Ooit sloeg het leger daar zijn tenten op en loerden wij door de haag naar de soldaten, die aten uit gamellen. Later wordt die grond verkocht en zal er een Dallas-achtige villa op verrijzen, maar vooralsnog ligt hij braak en rijdt Fonny er rondjes met mijn vaders auto.

Hij draagt zijn haren nu in een kuif en hangt vaak met een groep nozems op het drukste kruispunt van Neerpelt tegen de gevel van een café – *de Luien Hoek* in de dorpsmond. Ongegeneerd halen ze een kam door hun kuif en lachen brave burgers uit, terwijl moeders die hun dochters kwijt zijn spiedend langsfietsen.

Als Fonny niet naar school wil, moet hij maar een stiel leren, hebben mijn ouders bedacht. Een overbuurman van mijn vader uit de tijd dat hij op de Rozenberg in Mol woonde, heeft een juwelierszaak in het nabije Lommel. Hij heeft gaatjes in onze oren geprikt en als we onze plechtige communie doen mogen we een horloge bij hem uitzoeken. Helpt mijn vader hem met het invullen van zijn belastingaangifte? Vast wel. Hij moet zijn vriend hebben verteld over de problemen met Fonny, want de man heeft aangeboden hem onder zijn hoede te nemen.

Op een zaterdagmiddag gaat thuis de telefoon. Fonny is er met papa's blauwe DKW vandoor gegaan en heeft bij het kruispunt in Lommel-Barrier een Hollandse auto aangereden. De Hollander is gewond, papa's auto is tegen de gevel van een huis gevlogen. Wanneer mijn vader ter plekke arriveert en Fonny niet aantreft, horen omstaanders hem roepen: 'Mijn zoon, mijn zoon!' Is Fonny in de beek verderop gesukkeld, heeft hij zich verdronken in het kanaal? Samen met de politie kamt hij de omgeving uit.

Tegen de tijd dat de politie mijn vader terugbrengt, is Fonny langs het kanaal naar huis gewandeld en zit hij boven, op zijn kamer. Aline is net zestien geworden, hij wilde bij zijn nieuwe baas in Lommel een armband voor haar kopen, zegt hij. En zo gaat dit verhaal de geschiedenis in: niet als een ongeluk waarbij Fonny op zijn veertiende zijn vaders auto perte totale reed en een Hollander maandenlang rugklachten bezorgde, maar als het accident dat hij veroorzaakte toen hij op weg was naar Lommel om van zijn eerste loon een cadeau voor Alines verjaardag te kopen.

Er hangt iets onbereikbaars om Fonny heen waar meisjes op vallen. Aline merkt het aan haar vriendinnen: ineens zijn ze alleen nog maar over Fonny bezig en voor ze het goed en wel beseft, hebben ze iets met hem. Een maand na de aanrijding wordt Fonny vijftien en schrijft hij op zijn verjaardag in een brief aan Alines vriendin Annette over het vierjarige leercontract dat hij heeft afgesloten met een juwelier 'die een zeer groot kapitaal heeft verworven' en die niet alleen zijn baas is, maar tevens zijn vriend. Hij meldt dat hij in het buitenland talen wil leren en dat hij vaak onenigheid heeft met zijn moeder of anders wel met zijn broers of zussen. 'Nee, thuis ben ik echt niet graag omdat ik verlang naar wat onmogelijk is. 's Avonds loop ik de natuur in om daar weg te zijn. Ik kan je niet alles zeggen, je bent te jong om het te kunnen begrijpen.' Over het ongeluk schrijft hij niets.

Lang houdt Fonny het bij de juwelier in Lommel niet vol. Hij gaat muziek maken en heeft zijn eerste repetities met The Reborns in het chalet. Ook zal hij een diploma halen voor de middenjury, heeft hij besloten, en hij pent de muren van zijn kamer in dat precieze handschrift van hem vol met de wijsgerige spreuken en wiskundige formules die hij aantreft in zijn studieboeken. Als hij voor Nederlands een opstel moet maken, schrijft hij twee pagina's over uit een boek van Marnix Gijsen en maakt mijn vader aan het lachen wanneer hij er een acht voor krijgt, plus een aantal correcties in de marge. Niet alleen herkende de examinator de passage niet, hij dacht Marnix Gijsen te kunnen verbeteren. Dat Fonny de boel belazerd heeft, lijkt mijn vader niet te deren.

Soms verdwijnt Fonny en blijft dagenlang weg. Dan is iedereen ongerust en zijn we blij als hij er weer is. Uit Amsterdam komt hij terug met een stukgelezen exemplaar van *Ik Jan Cremer*. Hij krijgt het aan de stok met mijn moeder en ik hoor hem tegen haar roepen: 'Kippenneuker!' Wat een lelijk woord – wat zou dat betekenen? Later lees ik dat de opstandige hoofdpersoon in *Ik Jan Cremer* de directeur van zijn kunstacademie zo noemt.

De ruzie loopt hoog op en Nicole is buiten op een trapje de ramen aan het lappen als mama huilend naar haar toe komt. 'Onze Fonny is dood!' Ze heeft hem geslagen; hij is neergevallen op zijn bed en beweegt niet meer.

Nicole stapt van het trapje af en begint op haar beurt te huilen. 'Niks van aantrekken,' zegt ze door haar tranen heen.

'Gaat gij eens kijken?'

Ze vindt Fonny op zijn bed in dezelfde houding waarin mama hem heeft achtergelaten. Wanneer ze lang genoeg kijkt, ziet ze zijn borstkas lichtjes op en neer gaan. 'Komediant,' snuift ze, 'gij zijt helemaal niet dood.'

Fonny heeft bomma 'vuil heks' genoemd, hij heeft van boven aan de trap een emmer water op mijn moeder uitgegooid en Polly bang gemaakt door te zeggen dat er een geheim deurtje in de slaapkamermuur zit waaruit 's nachts een toverkol kruipt om haar te pakken – toch kijk ik in mijn puberteit naar hem op en vergeet ik, zodra ik bij hem ben, zijn donkere kant. Terwijl ik door de gangen van de kostschool sjok met een groene nylon schort over mijn kleren, luistert hij op zijn kamer naar de radio. Als wij zaterdags thuiskomen van het internaat en onze vuile was in de bijkeuken hebben gegooid, in bad zijn geweest en hebben gegeten aan de lange tafel in de woonkamer, laat hij ons de programma's horen die hij heeft opgenomen.

Zo moet ik voor het eerst Leonard Cohen hebben gehoord. 'Draai dat eens terug?' Het gillende geluid van de band die terugspoelt en dan die stem weer, zo ver weg en tegelijkertijd zo vertrouwd – een stem uit een schemerige kelder. Wanneer Fonny de plaat koopt zien we het melancholieke gezicht dat bij die muziek hoort. 'Suzanne', 'So Long, Marianne' – ik kan er steeds opnieuw naar luisteren.

'Nu is het genoeg,' beslist Fonny. Hij heeft ook 'Femme Fatale' van The Velvet Underground opgenomen, en een uitspraak van Andy Warhol: *In the future everyone will be famous for fifteen minutes.* O, o, wat betekent dat, hoe die woorden te bevatten als je niet in New York woont maar in een dorp aan de rand van de wereld? Daarginder gebeurt het en niet hier; Fonny begrijpt die woorden beter dan wij en lijkt alleen al daardoor een stukje die kant op gereisd.

Is dat de periode waarin bomma minder belangrijk voor me wordt? Ik slaap bij haar, doe op zaterdagmiddag de boodschappen – koekjes bij de Nera, vleeswaren en kaas bij Theunis, dropjes bij Mia Wuytjens – en we schuifelen op zondag met steeds tragere pas arm in arm naar de kerk. Eerder bracht ik haar in de winter, ondanks de bijtende kou in de achterkeuken, een tas Nescafé en een stukje beboterde peperkoek op bed voor ik op maandagochtend vroeg naar kostschool ging. Nu doe ik net of ik het vergeet en ren gauw naar de overkant, waar in alle kamers de lichten branden, de woonkamer behaaglijk warm is, de tafel gedekt en iedereen door elkaar loopt te roepen omdat we allemaal geld nodig hebben voor de bus, maar papa alleen een briefje van duizend frank heeft.

Vijfenzestig was bomma toen ze bij ons kwam wonen; inmiddels is ze haast tachtig. Op zaterdagavond ga ik uit en sluip na middernacht naar binnen, waar zij onveranderlijk op me ligt te wachten. Draaierig van het bier luister ik naar haar klaagzang over jonge mensen die niets meer overhebben voor 'nen ouwe mens'. Algauw kan ze niet meer naar de kerk vanwege haar pijnlijke eksterogen of omdat het buiten te glad is. De zondagochtendmis op de radio zaagt mijn katerige hoofd doormidden.

Vroeger epileerde ze haar snorharen zelf, nu moet ik dat doen. Onlangs heb ik haar zelfs moeten wassen, aan dezelfde tafel waaraan ik als kind puzzelde en Afrikaans broussedorpje speelde. Twee keer heb ik het warme water in de waskom ververst. Ook heb ik het blauwe scapuliertje van haar vuile lijfje gehaald en het op het naar mottenballen ruikende schone onderhemd gespeld dat ze had klaargelegd.

Haar weke vlees; het trillende been waarop ze als een ooievaar bleef staan als ik haar andere voet waste, haar hand zwaar steunend op mijn schouder; de sprietjes haren onder haar oksels en tussen haar benen – het was ondraaglijk haar zo hulpeloos te zien. Sindsdien blijf ik telkens wanneer ze zegt: 'Ik zou nog eens gewassen moeten worden' thuis tv-kijken en loer door de gordijnen om te controleren of het licht in haar opkamer al uit is. Dan pas ga ik naar haar toe, neem de sleutel van de vensterbank, loop achterom en draai hem zenuwachtig in het slot, bang besprongen te worden door de enge man in bomma's boomgaard. Op een avond heb ik samen met papa naar de Hitchcock-film *The Birds* gekeken en was daarna zo angstig dat hij me moest vergezellen.

Bomma zegt dat ik mijn ouders moet eren, maar als mama de stoepen schuurt met het afvalwater van de wasmachine, heeft ze altijd commentaar. 'Zijn de stoepen weeral vuil?' Of: 'Straks valt ze nog, op die hoge hakken.'

'Hoe kan ik mijn moeder eren als jij kwaad over haar spreekt?' zei ik laatst. Het was eruit voor ik het wist, ik schrok er zelf van – voor het eerst in mijn leven sprak ik haar tegen.

Toen Wies en ik in de vakantie bij haar schoonmaakten en bomma me een aanwijzing gaf, riep ik: 'Doe het dan zelf!' en gooide de vod waarmee ik net het godslampje had afgestoft, op de tafel. Bomma bleef verstijfd midden in de opkamer staan. Wies werkte braaf door, maar ik was zo kwaad en beschaamd over mijn uitval dat ik naar buiten rende. Thuis was niks te beleven en mama vroeg: 'Was jij niet bij bomma aan het poetsen?', zodat ik maar terugging en zonder iets te zeggen de stofdoek oppakte.

Ik hou van bomma, maar minder vanzelfsprekend dan vroeger en net als veel andere dingen gaat het zomaar vanzelf en realiseer ik me niet dat ik afsteven op iets waar ik mijn hele leven verdriet om zal hebben.

Elke maandagochtend valt de schoolpoort achter me dicht, gooi ik mijn tas met schone kleren in de kofferkamer en trek mijn groene nylon schort aan. Al mogen we geen make-up dragen, er zit een restje mascara van het weekend op mijn ogen en ik kan de eau de toilette van Aline die ik mocht opdoen, nog ruiken.

Ik ben niet de enige die stiekem sigaretten rookt op het toilet. Hoe je de rook ook met je handen probeert te verdrijven, hij kringelt boven de schotten uit. Bij de ingang naar de toiletten waakt zuster Victorine – hoe komt het dat zij niets merkt? We hebben een pakje Belga-filter verstopt in een vervallen gebouwtje naast de school. Met z'n drieën sluipen we naar buiten en staan met kloppend hart in de nauwe gang te roken. Wat als Victorines arendsoog door de menigte op het speelplein gaat en ons mist?

Van Fonny heb ik een minuscuul stukje hasj gekregen, gewikkeld in aluminiumfolie. Ik vertel het aan niemand, ik heb het in het vijfde zakje van mijn velours broek gestopt en draag het bij me als een relikwie. In de recreatieruimte, waar de internen van de twee hoogste klassen na de studie bijeenkomen, draaien we onophoudelijk *Songs from a Room* van Leonard Cohen, die ik van Fonny heb geleend; de meeste liedjes ken ik intussen uit mijn hoofd.

Ook de uitspraak van Andy Warhol heb ik met mijn vriendinnen gedeeld. *In the future everyone will be famous for fifteen minutes.* Er ligt een raadsel besloten in die woorden, maar op kostschool is niemand daar gevoelig voor. Alleen Fonny kan het bevatten. En ik, een beetje.

Om halfnegen gaat de bel en lopen we twee aan twee naar boven. Op mijn kamer klinkt de trieste cadans van onze stappen na in mijn oren. Eindelijk alleen. Ik moet huiswerk maken, maar ik zit aan het raam te dromen. Mijn eerste vriendje heeft het uitgemaakt, ik ben nu met een jongen met ros haar en sproeten die werkt in Overpelt-Fabriek. We hebben in het

Dommelhof zitten vrijen en plotseling zei hij: 'Als we ons verloven, geven we een ton.' Hoeveel liter bier gaan er in een ton? Op het verlovingsfeest volgt het huwelijk en dan... Nee, nee, dat is niks voor mij.

Mijn favoriete liedje van Leonard Cohen is 'Winter Lady'. De woorden zijn even geheimzinnig als die van Andy Warhol, toch kan ik ze begrijpen. *Trav'ling lady, stay awhile. Until the night is over. I'm just a station on your way. I know I'm not your lover.* Dat is wat anders dan een ton geven, trouwen en een jaar later met vleeskleurige panty's achter een kinderwagen lopen.

Fonny heeft een vriend met wie hij muziek maakt in het chalet, een knappe, ietwat zenuwachtige jongen met blonde warrige haren, die piano en mondharmonica speelt. Ze hebben dezelfde verende pas en soms staan ze allebei voor de ramen van het chalet hun haren te verschikken. Binnenkort willen ze samen als vrije leerling naar de kunstacademie.

Wanneer Fonny en Peter muziekspelen, zit ik weleens bij hen in het chalet. Ik kan heel stil zijn, dat heb ik bij bomma tijdens het bidden geleerd. Toen Fonny laatst even wegging, begon Peter zomaar met me te praten, alsof ik niet een onnozele gans ben die nog op kostschool zit. Sindsdien loop ik vaak langs het chalet om een glimp van hem op te vangen. Het trekt aan me, maar het maakt me ook bang. Onlangs deden hij en Fonny heel vreemd; iemand zei dat ze lsd hadden gepakt en aan het trippen waren.

En nu heeft Peter me een kaart gestuurd. Ik heb ze tussen mijn kleren in de kast gestopt, tientallen keren heb ik ze gelezen, telkens weer haal ik ze tevoorschijn. Hij zegt dat hij met me op wereldreis wil en ook dat hij me wil 'bezitten'. Bezitten? Aanvankelijk snapte ik niet wat hij bedoelde. Ik heb stiekem in *Ik Jan Cremer* gelezen en uit de bibliotheek in Neerpelt heb ik *Leidseplein jeugd* gehaald, over een meisje van vijftien dat verleid wordt door een veel oudere kunstenaar. Dat boek heb ik van het begin tot het einde gelezen en toen nog eens. In de bibliotheek weten ze vast niet waar het over gaat, anders hadden ze het me niet meegegeven.

Zelf heb ik alleen nog maar gekust. Elke jongen probeert meer, maar als je dat toelaat, zeggen ze dat je een slet bent en laten ze je vallen – net zoals de kunstenaar in *Leidseplein jeugd* met het meisje doet. Maar spannend om te lezen was het wel.

Wat zou Fonny over mij hebben verteld aan Peter? Hij kan met een uitgestreken gezicht dingen zeggen die niet waar zijn. Het afgelopen jaar slopen wij op kostschool 's avonds, nadat de bel was gegaan, naar elkaars kamer en zaten dan onderdrukt te praten en te lachen. We werden steeds overmoediger, iemand trippelde op een nacht zelfs naar de keuken om frisco's te stelen. Toen de deur openging dachten we dat zij het was, met de frisco's. In plaats daarvan dook er een figuur op in een flanellen nachtpon met krulspelden in de haren; het enige wat eraan ontbrak was een slaapmuts en een olielampje. Het duurde even vooraleer we in die verschijning zuster Pauline herkenden.

De volgende ochtend kregen we te horen dat we drie dagen van school zouden worden gestuurd. Het was net Neerpeltkermis, dus erg vond ik het niet, maar Fonny nam de telefoon op toen een non naar thuis belde en hij zei tegen mama, die in bomma's tuin de was ophing, dat mijn vriendinnen en ik lesbisch waren.

De bel gaat. Nu moeten de lichten uit, tot we morgenochtend met geopende deuren op onze knieën voor ons bed drie weesgegroetjes bidden terwijl zuster Pauline door de gang loopt en hardop voorbiddend overal binnenkijkt. In de huizen beneden brandt licht, het bos daarachter is bijna opgelost in de nacht. Ik ben hier op school langzaam aan het sterven, maar Fonny en Peter, zij léven. Hoe hou ik dit nog een jaar vol?

Sinds kort wonen er in een bungalow bij ons in de buurt twee bijzondere meisjes. Hun vader werkt in de zinkfabriek in Overpelt-Fabriek en het verhaal gaat dat zijn vrouw overdag mannen ontvangt die voorrijden in dure auto's. De kleren die ze dragen – wij zijn zelfs nooit in de buurt geweest van een winkel waar ze zulke fijne spullen verkopen. Een halflange gebreide jurk met een brede col en een zwarte riem; een zakhorloge aan een halsketting; sandalen met leren touwen tot aan de knie. De manier waarop die twee door Neerpelt paraderen – je voelt je een sukkel als je langsfietst. Op een dag tilt de wind ze op en voert ze ver hiervandaan. Maar intussen zijn ze er en brengen ze alle jongens het hoofd op hol.

Diane, de jongste van de twee, is het knapst. Stug donker haar, koolzwarte ogen, kleine neus. 'Als je op haar niet verliefd wordt,' hoorde ik een jongen zeggen, 'dan ben je een homo.' Soms duikt Diane met haar zus op in de Matty's Club. Haar diepe stem, de wijze waarop ze beweegt en kijkt – zij weet dingen die wij niet weten en waar zuster Victorine en zuster Pauline zelfs geen vermoeden van hebben.

Plotseling gaat Fonny met haar. Ze noemt hem Nathan en ze vertrekken samen naar Jazz Bilzen, waar Fonny met twee vrienden optreedt op het kleine podium.

Op een zaterdagmiddag sta ik voor de bungalow en bel aan. Diane doet open. Fonny heeft me een briefje gegeven dat ik haar aanreik.

'Kom binnen,' zegt ze.

Ze is alleen. De witte bank in het salon is van leer, alles glimt en glittert. In een hoek van de kamer borrelen rode bellen in een kokervormige glazen lamp.

'Ga toch zitten.'

Ik zak weg in de leren bank, mijn voeten verdwijnen in het hoogpolige vloerkleed. Op de salontafel zie ik een langwerpige schaal van gevlamd glas met drie marmeren eieren erin. Met Nieuwjaar kwam mijn vader thuis met één zo'n ei, dat hij van een relatie had gekregen. Er zit vast een verrassing in, dachten wij, en bewerkten het met een spijker en een hamer tot het helemaal stuk was en iemand zei: 'Wat een waardeloos cadeau.'

Dus daar dient zo'n ei voor, om op een salontafel in een schaal te liggen.

Diane loopt naar een wagentje waarop wel twintig flessen drank staan. 'Wat wil je, een longdrink of een shortdrink?'

O, o, wat bedoelt ze? 'Geef maar een tonic,' zeg ik – dat is het bijzonderste drankje dat ik ken.

'Gin-tonic?'

Als ze het glas voor me neerzet, buigt ze naar me toe en waait haar parfum mijn kant uit. Heel wat anders dan de meiklokjesgeur van ons Aline. Zwoel zou mijn moeder het noemen, waarmee ze niets goeds bedoelt. Op een plastic prikkertje in het glas zit een kersvormige vrucht die smaakt naar... ja, naar wat? Naar de lucht die je opsnuift als je door Overpelt-Fabriek fietst.

Haar vader verschijnt in de living, in zijn onderbroek. Hij moet nachtdienst hebben gehad en net wakker zijn geworden. 'Waar is ma?' Diane lacht verontschuldigend naar mij, wuift hem weg, schrijft iets op een briefje, vouwt het dicht, schrijft er 'Nathan' op en stopt het me toe.

Bedwelmd wandel ik terug. De gin-tonic tintelt na in mijn hoofd. Dat er op honderd meter van ons huis zo wordt geleefd. En Fonny stapt die wereld binnen alsof hij nooit iets anders heeft gekend.

Fonny heeft de poten van zijn tafel afgezaagd en zijn kamer zwart geverfd; alle wiskundige formules en wijsgerige spreuken op de muren zijn gesneuveld. Wat moet hij met een diploma van de middenjury, zegt hij, in het vrij onderwijs leer je veel meer. Mijn vader heeft werk voor hem gevonden bij een neef die aannemer is in Rosselaar: bruggen verven. Nog terwijl Fonny in het dorp opschept over het geld dat zijn baas verdient en de gouden toekomst die hem is beloofd, stopt hij ermee. Hoogspanningswerker wil hij worden, dat is veel interessanter.

Telkens wanneer ik thuiskom van kostschool, heeft Fonny

andere plannen. Misschien vertrekt hij wel naar Saudi-Arabië, daar hebben ze sterke mannen nodig om olieleidingen aan te leggen in de woestijn. Het is zwaar werk, de zon bonkt ongenadig op je neer en je mag maar om de zes maanden naar huis. Sommigen kunnen daar niet tegen, daarom betaalt het zo goed.

Hij heeft lange haren, draagt zijn gitaar over zijn schouder en heeft de twee voorkamers van het oud huis, waar wij eerder met de kliek bijeenkwamen, ingepalmd. Op zijn omzwervingen heeft hij Leon ontmoet, een knappe gebruinde man met een witte Porsche die prachtig piano kan spelen. Ineens woont Leon in de voorkamers en stijgen er door de open ramen melancholieke klanken op, die ik pas later zal herkennen als muziek van Chopin.

Leon weet ook een en ander van scheikunde. Soms laden hij en Fonny de achterbak van de Porsche vol plastic flessen met een of ander wondermiddel, doen ze een witte doktersschort aan en trekken van markt naar markt om het product te slijten. De krasjes op de Porsche verdwijnen als ze hem met het goedje in de was zetten. Simoniseren noemen ze het, ze gaan er ook mee van deur tot deur en demonstreren het ter plaatse. Het werkt gegarandeerd, maar de koper krijgt een inferieure versie; tegen de tijd dat hij dat ontdekt, zijn de twee wonderdokters de wijk uit gezoefd met hun snelle auto.

Uit Holland komt Leon terug met een vrouw met een Marilyn Monroe-kapsel die hij volgens Fonny van de straat heeft geplukt: ze zat op het trottoir, Leon maakte een praatje met haar en diezelfde middag reden ze in de Porsche richting Neerpelt.

Elke woensdagmiddag mag ik nu naar huis om voor bomma te zorgen, ook als ik, zoals die woensdag, moet studeren voor mijn examen wiskunde. Ik heb mijn boeken en schriften uitgestald in de zitkamer op de toile cirée, het afwasbare tafelzeil. Op andere dagen gaat bomma tegen vieren naar de opkamer, maar omdat ik er ben, blijft ze beneden. Als Leon en Fonny thuiskomen met de Porsche, kan ze haar nieuwsgierigheid niet bedwingen, leunt uit het raam en slaat het verschrikt dicht. 'Wat moet ne mens op zijnen ouwen dag nog meemaken,' zucht ze – zit de blonde straatbloem op de stoep voor het huis pannen te schuren in een wit hemd van Leon met niks eronder.

'Ziet daar eens.' Bomma kijkt weer op uit haar gebedenboek. Naast de Porsche is een politieauto gestopt. Twee agenten stappen uit en begeven zich naar de voorkamers van het oud huis. 'Durft gij te kijken?' Ik zet het raam zo zachtjes mogelijk op een kier, hoor de agenten geagiteerd praten en Leon met zijn sussende basstem antwoorden, waarop de mannen een huiszoeking doen. Uit de wc op de binnenplaats halen ze twee zware jerrycans, die ze naar hun auto dragen. Waarna ze wegrijden.

Enkele minuten, langer heeft het niet geduurd. Fonny loopt naar huis – die gaat zeker papa bellen. Ik dacht dat het wonderproduct in beslag was genomen, maar Leon en Fonny blijken via een bevriende militair benzine te hebben ontvreemd uit de kazerne in Leopoldsburg. Terwijl papa in diezelfde gemeente voor de belastingen werkt – de schande! Die zaak komt voor het gerecht, roept mama, daar kan zelfs papa met al zijn contacten niets aan verhelpen.

De portieren van de Porsche worden verzegeld en de auto zal voor bomma's raam staan te roesten tot hij door de politie wordt weggetakeld. Ik wandel die middag een heel eind langs het kanaal om te kalmeren, maar mijn hoofd staat niet langer naar studeren en ik zak voor mijn examen. De herexamenvragen zijn zo moeilijk dat ik in de studiezaal op mijn pen bijt van ellende. De leraar wiskunde loopt tussen de rijen door en blijft achter mij staan. 'Gaat het niet?' Volgens sommigen komt hij volgend jaar niet terug omdat hij met een gescheiden vrouw gaat trouwen; dat kunnen de Zusters van Maria natuurlijk niet accepteren. Geduldig loodst hij me door de antwoorden heen.

Bij de rechtszaak van de benzinediefstal in de kazerne van Leopoldsburg zijn tientallen mensen betrokken. Leon en Fonny komen eraf met een korte gevangenisstraf. Vanuit zijn cel stuurt Fonny mijn moeder een lange, berouwvolle brief. Nu pas beseft hij hoeveel verdriet hij haar heeft gedaan, maar hij zal zijn leven beteren want hij heeft heel wat in zijn mars. Hij voelt dat hij geboren is om een held te worden, ooit zal ze trots op hem zijn.

Mama rent naar bomma, klopt op het raam, zegt: 'Luister eens hoe schoon' en leest de brief voor. Wanneer Fonny vrij is, haalt mama de brief tevoorschijn en lezen ze hem samen, aan de ronde keukentafel. Fonny raakt zo ontroerd door zijn eigen woorden dat hij moet huilen en ook mama kan haar tranen niet bedwingen.

Als Aline en Wies een halfjaar na onze gemankeerde collocatiepoging Fonny kunnen overhalen zich te laten opnemen in een instelling in Diest, is papa zo opgelucht dat hij een fles schuimwijn ontkurkt en licht aangeschoten raakt. Hij was al die tijd bang, bekent hij, dat Fonny een ongeluk zou veroorzaken met zijn auto.

Fonny vindt zijn draai in Diest en belt om de haverklap om verslag uit te brengen – zijn relaas reist de hele familie rond. Een medepatiënt verwijt een andere dat hij merg en been klaagt; iemand heeft als stopwoord 'zoegezeid'; een derde prijst een lekker gerecht aan als 'het snuifje van de zalm', zegt 'dikswijls' in plaats van dikwijls en 'grosso mosso' als hij grosso modo bedoelt. Fonny weet dat papa houdt van dat soort missers en spaart ze voor hem op.

Tijdens die telefonades gebeuren er vreemde dingen. Gaat Fonny pen en papier halen om iets op te schrijven, komt er iemand anders aan de lijn – duidelijk een patiënt – die met een slome stem vraagt wie papa is en de hoorn vervolgens op de haak legt. Daar moet papa erg om lachen. Lang geleden reed mijn vader eens in beschonken toestand tegen een politieauto. Hij was doodsbenauwd toen de zaak voor de rechter kwam, wat hem er niet van weerhield aandachtig te luisteren naar het verhaal van de man vóór hem, die werd beschuldigd van dierenmishandeling: hij had zijn poes opgesloten in een kooi en die in zijn kersenboom gehangen als vogelverschrikker.

Dan wordt Fonny uit de instelling ontslagen en moet papa hem gaan halen. In zijn koffer zit een zwarte lappenpop die hij heeft gemaakt. Ze hebben zijn telefoongesprekken afgeluisterd; bleek hij een relatie te hebben met een patiënte, wat strikt verboden is. Papa weet ervan, maar hij is woedend op de psychiater. Fonny was zo goed in Diest, twee maanden had hij niet gebruikt. Dat Fonny's medicatie langzaam werd afgebouwd en hij dankzij het kalmeringsmiddel Tranxène op een wolkje zweefde, vergeet hij gemakshalve.

Ik hoor het allemaal als ik terugkom uit Mali, waar ik maandenlang doorbracht in de omgeving van Boubacar Traoré, bijgenaamd Kar Kar. 'Hoe zoek je ze telkens weer uit,' zucht Marek als hij hoort hoe moeilijk het is tot de Malinese zanger door te dringen. Kar Kar draagt een drama met zich mee. Het heeft te maken met de dood van zijn geliefde vrouw Pierrette, die hem achterliet met zes kinderen. Op een dag zal hij me vertellen wat er precies is gebeurd, heeft hij me beloofd, maar vooralsnog ketsen mijn vragen af op een muur van argwaan en onbegrip. Toch woon ik intussen op zijn erf in Lafiabougou, een buitenwijk van de hoofdstad Bamako, bak pannenkoeken voor zijn kinderen, veeg met een bezem spinnenwebben uit de mangobomen en maak in de valavond, als de zon niet langer op ons hoofd beukt, lange wandelingen met hem en zijn schapen.

Kar Kar is opgegroeid in Kayes, een stad aan de rivier de Senegal in het westen van Mali. In zijn jonge jaren heeft hij er veel rondgezworven met zijn vrienden. Hij is inmiddels in de vijftig, maar op onze tochten door de heuvels van Lafiabougou vaart de jonge Kar Kar in hem. Dan is hij spraakzaam, maakt grapjes, geeft commentaar op wat hij ziet – zonder één moment de schapen uit het oog te verliezen die over de rotsen klauteren. Hij weet welk vliegtuig wanneer overvliegt, heeft een mening over de mannen die aan de macht zijn in de landen van bestemming, van Khadaffi tot Mitterrand. Soms maant hij me te luisteren wanneer een toestel tussen twee heuvels scheert en de vallei antwoordt, zoals hij het noemt.

Hij gelooft in magie. Ik vermoed dat het drama in zijn leven daarmee samenhangt. Tijdens mijn laatste verblijf kondigde hij ineens aan dat hij naar een muziekfestival in het Franse Angoulême moest. Terwijl ik speciaal voor hem naar Bamako was gekomen. Waarom had hij me dat niet eerder verteld? Dat bracht ongeluk, zei hij. Malinese *griots*, traditionele lofzangers, zijn jaloers, ze vinden dat muzikanten zoals hij hun werk afpakken. Als ze wisten dat hij uitgenodigd was, zouden ze er misschien een stokje voor willen steken en ging de hele reis niet door.

Bij zijn terugkeer uit Frankrijk was hij ontstemd. Hij moest meteen weer weg en wilde niet zeggen waarheen. Nee, ik kon niet mee, het was een lange, nachtelijke tocht met de bus – levensgevaarlijk, want de chauffeurs gebruikten peppillen om wakker te blijven en reden als gekken. Ik maakte me heel klein en week niet van zijn zijde, tot we samen in de bus naar Ségou zaten. Onderweg kwam ik erachter waarom hij zo overstuur was. Een Amerikaanse impresario met wie hij eerder goed contact had, had in Angoulême nauwelijks aandacht aan hem besteed.

'O,' onderbrak ik hem, 'wie weet hoeveel zangers die man intussen is tegengekomen.'

'Dus jij zou hetzelfde doen?'

'Ik niet, nee, maar een Amerikaanse impresario…'

'Dus als ik jou in Amsterdam tegenkom, groet je me en verder niets.'

Ik sloeg me voor de kop dat ik hem niet had laten uitpraten. Hij was ervan overtuigd dat een griot het geheugen van de Amerikaanse impresario had bewerkt. 'Als je dat niet eens snapt, hoe kan je de rest dan begrijpen.' We bleken op weg naar een maraboet die een kruidenmengsel voor hem zou maken om zich tegen toekomstig onheil te beschermen.

Na het bezoek aan de maraboet was Kar Kar gekalmeerd, al blijft hij in het dagelijks leven dwars, wantrouwig en lichtgeraakt. Maar telkens wanneer hij 's avonds op het plat dak van zijn huis zijn gitaar pakt en begint te zingen, daalt er een weldadige rust neer op het erf. Dan ben ik simpelweg gelukkig en droom ik weleens dat mijn verdere bestaan zich daar afspeelt: de schapen op stal, de kinderen spelend bij de ijzeren voordeur met hun leeftijdgenootjes, het drinkwater in de aarden kruik onder de mangoboom koel.

Het plezier wanneer Kar Kar al tokkelend een nieuwe melodie ontdekt, het gemak waarmee de woorden erachteraan rollen – ik benijd zijn vanzelfsprekende talent. Fonny had in zijn jonge jaren hetzelfde naturel; als hij zong gleed het ongemak van hem af. Wat dat betreft heeft papa gelijk: had Fonny zijn weg maar gevonden in de muziek, dan had hij zich misschien niet zo leeg gevoeld en was hij niet zo rusteloos gebleven. Dan had hij misschien niet alles om zich heen vernietigd, en zichzelf uiteindelijk ook.

Mama belt om te zeggen dat ze mijn foto in een vrouwenblad heeft gezien en er een kus op heeft gedrukt. Ze had wel een amarettoke gedronken toen ze dat deed. Ik kijk op mijn horloge: het is één uur 's middags. Het is oorlog in China, vervolgt ze; ze doelt wellicht op de aardbeving in het Japanse Kobe. Volgens Wies is mama sinds Fonny's terugkeer uit Diest erg in de war.

'Fonny staat te zwaaien op zijn benen van de drugs,' zegt Wies, 'hij moet daar vandaan, zo vlug mogelijk. Wil jij het niet eens proberen? Aline en mij lukt het niet meer.' Papa was weliswaar blij dat Fonny weg was, intussen heeft hij zijn kant weer gekozen en voeren ze samen oorlog tegen de psychiater van Diest.

Als ik Fonny moet gaan uitroken kan ik maar best goed voorbereid zijn. Ik bel de psychiater en vraag of we een afspraak kunnen maken. Hij klinkt onwillig, op het botte af. Pas als ik uitleg hoe de situatie thuis is en dat ik wil begrijpen wat er in Diest is gebeurd voordat we een nieuwe instelling zoeken, stemt hij toe.

Fonny lijkt zich te realiseren dat hij niet in het ouderlijk huis kan blijven. De dokter heeft het over een instelling in Munsterbilzen, zegt hij wanneer ik hem bel, en via het Centrum voor Alcohol- en andere Drugproblemen is hem een kamer aangeboden in de Schuilplaats – een thuisvervangende woonvorm. Maar van zijn contactpersoon bij het CAD hoor ik dat Fonny woorden heeft gehad met de verantwoordelijke van de Schuilplaats en die optie heeft afgewezen. 'Fonny is te veeleisend,' zegt hij, 'er mag geen tapijt liggen, hij wil gemengd wonen. Instellingen houden niet van mensen die zo kieskeurig zijn, dat belooft problemen – daar gaan ze meteen tegen in.' Hij raadt me aan in Hasselt te blijven tot Fonny weg is, want die zal er alles aan doen zijn opname voor zich uit te schuiven.

'Waarom mag ik eigenlijk niet thuis zijn?' vraagt Fonny aan de telefoon. 'Jullie logeren hier toch ook?'

'Dat is anders, Fonny, jij hebt hulp nodig.'

'En wie kan mij beter helpen dan mijn ouders?'

'Ze zijn oud, Fonny, ze hebben geen idee. Bovendien hebben ze zelf hulp nodig. Mama is aan het dementeren.'

'Dementeren? Ik vind het niet schoon dat ge dat zegt.'

Dat gaat hij tegen me gebruiken – dat is hem toevertrouwd.

'En hoe moet ik me klaarmaken, mijn zaken liggen overal verspreid.'

'Kan je ze niet allemaal op één kamer zetten?'

'Zou jij me daarbij willen helpen?'

Iemand voor zijn karretje spannen, daar is hij goed in. 'Ja, natuurlijk,' zeg ik.

In de trein naar België lees ik een artikel in *de Volkskrant* over een politie-inval bij een vrouwelijke drugsverslaafde in Noord-Brabant. 'Hier wordt gechineesd,' zeggen de agenten tegen haar moeder. Die antwoordt argeloos dat ze weleens Chinees eten haalt, maar zelf koken, nee.

De psychiater in Diest arriveert te laat op onze afspraak en geeft me geen hand. Hij wil niet vertellen hoeveel tijd we hebben. 'Weinig,' zegt hij. In de veertig minuten die volgen ontdek ik waarom hij zo kribbig is. Niets is zoals het lijkt en zeker niet zoals Fonny en papa het me hebben voorgesteld. Fonny is via de spoeddienst van het ziekenhuis doorverwezen naar de psychiatrische afdeling in Diest – er ging aan zijn opname geen teambespreking vooraf. Daardoor was er volgens de psychiater niet echt sprake van een behandeling; de afspraak was dat Fonny zou worden doorverwezen naar de Schuilplaats.

Als ik hem vraag of Fonny een psychiatrisch probleem heeft, zegt hij ja, en dat dat al veel eerder behandeld had moeten worden.

'Hoe zou u dat probleem omschrijven?'

Hij maakt een vaag handgebaar.

'Heeft hij een persoonlijkheidsstoornis?'

Hij knikt.

'Zou u hem een psychopaat noemen?'

Weer knikt hij. 'Er zijn verschillende typen psychopaten,' zegt hij. 'Fonny is manipulatief. Twee dagen na zijn aankomst waren patiënten al ruzie over hem aan het maken. Er gaat ook iets dreigends van hem uit; hij heeft een dokter van de instelling waar zijn dochter verblijft zodanig uitgescholden dat de man hem wilde laten opsluiten.'

Zelf kon hij het eigenlijk goed met hem vinden en hij is bereid hem opnieuw op te nemen, maar momenteel heeft hij geen plaats. Mensen zoals Fonny kunnen volgens hem een acceptabel leven leiden, al hervallen ze vaak na hun opname.

'De situatie thuis helpt niet, mijn vader...' *heeft Fonny altijd gesteund*, wil ik zeggen, maar hij laat me niet uitpraten.

'Ja, het dreigende van Fonny zit ook in uw vader.' Blijkt die de psychiater gebeld te hebben om te zeggen dat hij weet waar hij vandaan komt. 'Ik ben daar in de buurt belastingontvanger geweest. U kent me niet, maar u zou me wel kunnen leren kennen.' Ik hoor het mijn vader zeggen, al vermoed ik dat hij eerst een glaasje had gedronken.

Wies had gelijk; terwijl ik in Bamako op het erf van Kar Kar zat, is mijn moeder veranderd in een breekbaar vogeltje. Ik druk haar tegen me aan en voel de botten door haar blouse steken.

'Het schijnt,' zegt ze, 'dat ik aan het dementeren ben.'

Fonny – de verrader. Ik lach het weg. 'Hoezo, wie zegt dat?'

'Gij.' Haar vergeetachtigheid heeft haar milder gemaakt, maar de angel is er nog niet helemaal uit.

Papa is iemand gaan helpen met zijn belastingbrief. Hij weet waarom ik gekomen ben en wil hier natuurlijk zo weinig mogelijk mee te maken hebben. Laatst heeft Fonny op hem zitten inpraten, waarna papa tegen Wies zei dat Fonny kapitalen zou kunnen verdienen. 'Spijtig genoeg mag hij vanwege zijn invaliditeitsuitkering niet werken.' Je moet je in wel erg rare bochten wringen om papa's redeneringen te volgen.

'Waar is Fonny?'

Mama wijst naar boven. Rustig blijven, spreek ik mezelf toe als ik met mijn tas de trap op loop, hem niet de kans geven te ruziën.

De gordijnen in zijn kamer zijn dicht, het duurt even voordat ik de figuur op het bed ontwaar. 'Hei Fonny.' Ik ga naast hem zitten en pak hem bij de schouder. Zijn geur – hoeveel beloftes hield die ooit voor me in. Vrijheid, avontuur. Een golf van oud verdriet welt in me op. 'Waarom is het hier zo donker?'

Hij knippert tegen het licht als ik de gordijnen opendoe. 'In Diest was ik goed,' zegt hij met dubbele tong, 'maar hier – het gaat niet.' Hij pakt de zwarte lappenpop die naast hem ligt. 'Kijk, die heb ik op handarbeid gemaakt.' De pop heeft een woud van vlechtjes op het hoofd en drie flinke littekens. KWIBUS heeft hij met grove letters op haar buik genaaid. Fonny was altijd handig. Voor schilderen had hij ook talent. Toen we in onze jonge jaren de bijkeuken in Neerpelt confisqueerden en daar een feest wilden houden, schilderde hij de muren in één dag vol met psychedelische figuren.

'Het was niet makkelijk, hoor, om de kop, armen en benen aan de romp te naaien, daarvoor moet je goed kunnen souffleren.'

'Souffleren?'

'Ken je dat woord niet? Ik dacht dat schrijvers...'

Zou het een naaiterm zijn? Fonny mag dat type woorden graag oppikken en etaleren. Foutief of niet, je voelt je meteen een stommerik.

Behalve naar zweet ruikt het in zijn kamer naar verschaald bier. 'Heb je je spullen al bijeengezet?' vraag ik voorzichtig.

Hij schudt het hoofd. 'Ik vind het fijn dat je me wilt helpen, maar eigenlijk hoeft dat niet want het CAD helpt mij al.'

'Hoe dan?'

'Ze hebben me een kamer aangeboden in de Schuilplaats.'

'Die heb jij toch afgewezen?'

Zijn ogen flitsen gealarmeerd. 'Wie zegt dat?'

'O, dat dacht ik.'

Even blijft mijn leugen tussen ons in hangen. Dan verbreek ik de stilte. 'Als het CAD je kon helpen, zou je hier niet zitten, Fonny.'

'Dat vind ik niet schoon, wat je over het CAD zegt.'

Hoelang ben ik hier? Hooguit vijf minuten. De adrenaline jaagt al zo hard door mijn lijf dat ik opsta en door de kamer loop om te kalmeren. Boven zijn tafel heeft Fonny een briefje geprikt. PAPA, MIJN LIEFSTE PAPA, NEEM DE TELEFOON OP ALSJEBLIEFT, IK BEN... ZO BEDROEFD. IK KAN NIET MEER... LEVEN.

Het moet een bericht van zijn dochter Jennifer zijn dat hij heeft genoteerd, want eronder staat: ANTWOORDAPPARAAT 'S NACHTS OM VIER UUR, HALFVIJF.

Traag bladert Fonny in papa's bureau door de Gouden Gids, op zoek naar de instelling in Munsterbilzen die de huisdokter heeft gesuggereerd. 'Kijk eens: ontwenningskliniek De Pelgrim in Scheldewindeke. Daar heb ik al van gehoord. Zou dat niet iets voor mij zijn?' Alsof we aan het shoppen zijn voor nieuwe meubels. Afleidingsmanoeuvres zijn het, pogingen tot uitstel. Zo houdt hij mama en papa al jarenlang aan het lijntje.

We vinden de instelling en Fonny belt voor een opnamegesprek. De telefoon staat op speaker en ik hoor hem zo vaag praten met de dokter dat ze met z'n tweeën de mist in zeilen. Fonny heeft het over een twintigtal pintjes of drie flessen wijn per dag; de dokter stelt voor over een week of zo nog eens te bellen. Ik neem de hoorn over, zeg dat de toestand urgent is en maak een afspraak voor de volgende dag.

'Waarom zo gehaast?'

'Omdat ik hier maar enkele dagen ben, Fonny.'

'Ik heb jou niet nodig.'

'Waarom ben ik dan gekomen?'

'Dat weet ik ook niet.'

Hij loopt naar boven en algauw is de sfeer van mijn vorige bezoek er weer: Fonny houdt zich schuil in zijn kamer en verschijnt nu en dan, in steeds warriger toestand, beneden. Mama scharrelt door het huis of zit in haar stoel met uitzicht op de voortuin. Ze volgt de bewegingen van de windmolentjes die papa voor haar in het bloemperk heeft gestoken. 'Kijk eens,' zegt ze, 'daar is het elke dag feest.'

Tot voor kort maakte ze regelmatig een ritje met de auto, nam brood mee voor de kippen van de boer in zijn vervallen woning verderop, reed naar haar jongste zus in Neerpelt, wipte binnen in een of ander kerkje. Maar papa durft haar niet meer te laten rijden en dus is haar wereld vernauwd tot dit huis. Volgens Wies denkt mama dat er in de belendende tuin een zwerver woont en loopt ze constant naar de buren met melk, frisdrank, koffie, bloedworst of wc-papier. Wies zag haar eens wegsluipen met een fles cola en riep haar terug. Mama stampvoette en maakte rechtsomkeert – om het later opnieuw te proberen.

In de linnenkast op de logeerkamer vind ik een aangebroken bakje rijstpudding dat mijn moeder op haar getrippel moet hebben achtergelaten. Tijdens het avondeten in de keuken graait ze vinnig een pistolet van Fonny's bord en geeft hem aan mij: 'Want Lieve is mijne gast.' Papa komt licht beschonken en schaapachtig lachend binnen. Het stoort me dat hij drinkt met een verslaafde zoon in huis, maar is hij uiteindelijk niet een deel van het probleem, zoals de psychiater zei?

Mama gaat vroeg naar bed, papa en Fonny strijken neer voor de tv, ik blijf in de keuken en doe de afwas. Steeds meer potjes, bordjes en glazen duikel ik op en gooi ik in het warme sop. Het knaagt aan me dat ik hier ben en zij tweeën daar, terwijl we misschien zouden moeten praten over wat er te gebeuren staat, over...

'Lieve, hou toch eens op met werken.' Fonny is achter me verschenen en legt zijn hand op mijn schouder.

'Wat moet ik anders?'

'Kom bij ons zitten.'

Ook als ik me bij hen voeg, blijven ze stug tv-kijken, zodat ik maar naar boven ga.

Polly is uit Antwerpen gekomen om met ons naar Munsterbilzen te rijden. Voor in de auto praat Fonny zichzelf moed in. In een ontwenningskliniek heeft hij alleen maar rechten. 'Als het me niet bevalt, trap ik het af.' Volgens het rapport dat zijn dokter heeft ontvangen, heeft hij zich in Diest voorbeeldig gedragen. Alsof hij op school zat en goede cijfers haalde! De psychiater heeft me verteld dat zo'n rapport niets voorstelt, vooral wanneer je weet dat de patiënt het kan inzien. Jouw probleem, bedenk ik, is niet dat je geen twee maanden in een instelling kunt overleven zonder drugs, maar dat je er niet langer in slaagt buiten een instelling te leven.

'Kunnen we een momentje stoppen?' vraagt Fonny als we een café passeren. Hij moet zogenaamd naar de wc, maar bij zijn terugkeer ruikt hij naar drank. Hij wil ook naar de bank; straks zal hij Polly en mij trakteren op een etentje in restaurant 't Pepermolentje. Er blijkt geen geld op zijn rekening te staan, waardoor ik in weerwil van mijn wreveligheid medelijden met hem krijg.

In Munsterbilzen worden we ontvangen door een sociaal assistente. Fonny informeert naar de faciliteiten van de instelling. 'Want ik hou van sporten.' Weer tracht hij zijn toestand te bagatelliseren en praat hij alleen over alcoholgebruik. Polly houdt zich op de vlakte, ik ga ertegen in en zeg dat mijn ouders de situatie niet langer aankunnen. Fonny begint te huilen. 'Jij wilt me thuis alleen weg vanwege hen. Van mij trek je je niks aan.'

Wanneer de assistente even weg is, sist hij me toe: 'Je moet zwijgen over drugs, daar houden ze in dit soort instellingen niet van.'

'Hoe kunnen ze je dan helpen?'

Hij negeert mijn vraag. 'En ik gebruik niet incidenteel drugs, maar accidenteel.'

Als ik tegen de assistente zeg dat Fonny drie jaar geleden onder invloed van drugs een ernstig auto-ongeluk heeft gehad, is hij opnieuw boos. Ook dat mag ze blijkbaar niet weten.

Op de terugweg zit hij voor in de auto misnoegd te zwijgen. Ik voel me onveilig opeens; wat als hij een ruk geeft aan het stuur? Thuis hoor ik hem in de gang tegen papa zeggen dat ik in Munsterbilzen kwaad over hem heb gesproken. Maar tegen de avond slaat Fonny's humeur om. 'Ik moet op zoek naar een vrouw,' zegt hij. 'Zullen we naar De Munt gaan?'

Ik wil er wel even uit, maar Polly, die vannacht blijft slapen, fluistert me toe dat ze geen zin heeft in Fonny's aanwezigheid bekenden te ontmoeten.

'Laten we dan mijn rapport uit Diest ophalen bij de dokter,' stelt Fonny voor, 'dat heb ik nodig als ik binnenga in Munsterbilzen.' Welja, dat is ook een uitje. We stappen in Polly's auto en draaien rondjes door de buurt, want Fonny weet niet precies waar de dokter woont.

'Hoe kan dat nu, Fonny,' zeg ik ongeduldig.

'Omdat ik nooit naar hem toe ga, hij komt altijd bij mij.' Daar hoeft hij vanwege zijn invaliditeitsuitkering niet extra voor te betalen.

De dokter heeft inloopspreekuur. Wanneer het onze beurt is, zijn we vergeten waarvoor we zijn gekomen en brengen we als drie sullen verslag uit van het opnamegesprek. De dokter luistert braaf.

'Ik zou willen dat Fonny zijn kleren voor Munsterbilzen bijeenzoekt in plaats van de hele dag te drinken,' zeg ik.

'Dat is precies zijn probleem,' antwoordt de dokter. Hij heeft gelijk, maar legitimeert hij Fonny's gedrag niet door dat te zeggen? Fonny strooit graag met medische termen, heb ik tijdens het opnamegesprek gemerkt. 'Suïcidegevoelig', 'toxicomaan' – hij is een vat vol interessante afwijkingen geworden. Zijn astma heet nu cara en zelfs het woord 'souffleren' waarmee hij uit Diest is gekomen, gebruikt hij voortdurend. Alsof het naaien van een lappenpop met de naam Kwibus een normale activiteit is voor een man van vierenveertig jaar.

'Breng mij dan tenminste naar De Munt,' zegt Fonny als we in de auto zitten. Zwijgend rijdt Polly die kant op. We kijken hem na als hij met opgetrokken schouders in het café verdwijnt. 'Pfff...' zucht Polly, 'eindelijk rust.'

Die nacht lig ik in bed te draaien. Was het wel verantwoord Fonny alleen te laten? In gedachten loop ik de drie kilometer lange weg van het café naar huis af. Wat als hij dronken onder een auto terechtkomt?

Mijn vader heeft op het prikbord in de keuken, waar doorgaans stichtende spreuken van de Bond zonder Naam hangen, een gedicht van Tagore geprikt, in Fonny's handschrift:

Als al je eigen mensen je verlaten
en je hoop dood in het stof ligt, zonder vrucht,
geef er niet om…
En blijf niet aarzelend staan op 't donkere pad;
probeer je lampje aan te steken, keer op keer.
Maar zelfs al wil de lamp niet branden,
geef er niet om..!

En als de beesten in de wildernis wél luisteren,
terwijl de harten in je eigen huis hard zijn als steen,
geef er niet om…
Keer niet wanhopig om, als je de deur gegrendeld vindt.
Als zij niet opengaat, al klop je keer op keer,
geef er niet om…!

Fonny heeft die tekst dus overgeschreven uit een boek en aan mijn vader gegeven, die het op A3-formaat heeft gekopieerd en opgehangen – voor ons, de goede verstaanders met hun hart van steen. Was Fonny drie jaar geleden maar verongelukt, denk ik, dan was mama en papa deze ellende bespaard gebleven. Of nam hij deze nacht maar een overdosis en kwam hij nooit meer thuis. Tegelijkertijd lig ik gespannen te luisteren naar geluiden die zijn behouden terugkeer aankondigen.

Om halfacht 's ochtends treft mama Fonny in de keuken boven de zuurkool met worst die hij in de ijskast heeft gevonden en opgewarmd. Wanneer wij opstaan is hij net naar bed. Rond tien uur wordt er voor hem gebeld. Papa sloft met de draadloze telefoon zijn kamer binnen, maar Fonny wil niet wakker worden. Als de man nog eens belt, roept Fonny vanuit zijn kamer dat hij niet met hem wil praten.

'Hij zegt dat hij je wil helpen,' dringt papa aan.

'Ach wat, allemaal drugs.'

Waar mijn vader zich op zijn drieënzeventigste mee bezig moet houden. Tijdverdrijf is het, maar wellicht ook een manier om zijn hoofd af te wenden van de toestand van zijn vrouw, want hij realiseert zich natuurlijk dat mama achteruitgaat, al slalomt hij behendig om het onderwerp heen en belandt hij telkens opnieuw bij Fonny. Hij gaat ermee akkoord dat we alle drank in Polly's auto laden en naar Wies brengen. Ik heb met hem te doen als ik zie waar hij de flessen vandaan haalt: achter de boeken in zijn bureau, tussen de lakens in zijn slaapkamerkast, tussen de schoonmaakmiddelen onder het aanrecht, achter stapels sinaasappelkistjes in de garage. 'En toch weet Fonny ze te vinden,' zegt hij niet zonder ontzag.

Hildeke is dit weekend bij Wies; zij hoeft het spektakel rond Fonny's opname niet mee te maken, hebben we besloten. Ze straalt als ze ons ziet. 'Ons Lieve en ons Polly zijn gekomen!' Wies heeft haar gisteravond verteld dat Fonny naar de kliniek moet. 'Wat heeft hij?' vroeg Hildeke. 'Hij drinkt te veel pintjes.' Even was het stil, toen vroeg Hildeke: 'Krijg ik ook een pintje? Dan kan ik goed slapen.' 'Ik zal u eens iets geven waar ge goed van kunt slapen,' zei Wies en ze maakte een tas melk met honing voor haar.

Polly en ik doen boodschappen. Bij onze thuiskomst ligt Fonny beneden op de bank. Hij heeft ruziegemaakt, fluistert papa me in de gang toe, hij zegt dat hij een overdosis pillen gaat nemen of zich onder een vrachtwagen zal gooien; hoe hij aan drank is gekomen weet hij niet, maar hij heeft alweer gedronken. Met een zwaar hart zie ik Polly naar Antwerpen vertrekken.

Als ik de woonkamer binnenkom, veert Fonny overeind en

roept: 'Ik heb genoeg van uw gekonkel!' Zijn glazige rechteroog fixeert me. 'Of dacht je dat ik dat niet merkte?' Hij lacht hard en vreugdeloos. 'Als je maar weet dat ik voor jou niet naar een instelling ga waar ze me elke ochtend een bord medicijnen voorzetten.'

Dan verdwijnt hij naar boven. Ik tril op mijn benen. Mama is in de keuken. In een impuls omhels ik haar. 'Nog even geduld. Binnenkort is hij weg.' Al ben ik daar niet meer zo zeker van. 'Wat zei jij vroeger ook alweer? "Je handen gebruiken verlicht de geest." Geef Fonny's kleren maar die je gisteren hebt gewassen, ik strijk ze wel.'

Na afloop wil ik Wies bellen om stoom af te blazen, maar Fonny is in gesprek op het andere toestel. Hij blijkt een vrijwilligster van Teleonthaal gebeld te hebben. Ik hou me stil en luister mee. Misschien kan zij mij ook verder helpen, want zelf weet ik allang niet meer hoe ik met Fonny moet spreken. Hij klinkt behoorlijk dronken en al pratend neemt hij gulzige teugen van een fles bier – of wijn? De vrouw aan de andere kant van de lijn hoort hem aan en geeft vriendelijk commentaar.

'Waarom bellen mensen Teleonthaal eigenlijk?' zegt Fonny nadat hij haar heeft geïnformeerd over zijn drankprobleem.

'Hoezo?' vraagt de vrijwilligster geduldig.

'Wel… ik heb hier geen echte voldoening van. Ik zeg u wat er met mij aan de hand is, dus ik geef u iets, maar ik krijg er niets voor terug, want het blijft anoniem.'

De mevrouw weifelt, dan antwoordt ze: 'Maar wat verwacht u dan? Is dat niet te veel?'

'Je zou wat meer afstand van Fonny moeten nemen,' zeg ik tegen mijn vader als ik 's avonds alleen met hem in de woonkamer ben, 'en niet proberen al zijn problemen op te lossen, want dat kan je nu eenmaal niet.'

'Gij zijt in Holland astrant geworden!' valt hij uit. 'Dat vindt ma ook. Moeten wij soms worden zoals Marek, die zijn ouders sinds zijn achttiende niet meer heeft gezien – vindt gij dat normaal?'

Hij is zo gesteld op Marek, uren hebben ze gepraat over de toestand in Polen, over de redenen waarom Marek zijn land ontvlucht is. 'Dat is anders, papa, dat weet je toch.'

'Nee, nee, dat zal ik nooit begrijpen. En ma ook niet.'

Mama is naar bed en Fonny komt niet naar beneden, zodat papa gaat kijken of alles in orde is. Plotseling hoor ik hem roepen. Hij staat boven aan de trap en heeft een verwilderde uitdrukking op het gezicht. Nu pas merk ik dat zijn haren te lang zijn – ze pieken alle kanten op. 'Komt gij maar eens kijken wat ge gedaan hebt.'

Ik ren de trap op en tref Fonny liggend op de grond in de badkamer. Muren, spiegel en vloer zitten onder de bloedspatten. Papa klemt een sigaret tussen zijn vingers, terwijl hij al jaren niet meer rookt. 'Ik bel de dokter,' zegt hij met onvaste stem.

Ook op Fonny's arm bespeur ik bloedsporen. Ik kniel bij hem neer, draai hem op zijn rug, probeer hem wakker te schudden. Tegen de tijd dat de dokter arriveert heb ik hem overeind geholpen en naar zijn kamer gebracht. Hij bloedt uit een minuscuul gaatje in zijn arm, daar waar hij met een injectienaald bloed heeft getrokken dat hij over de hele badkamer heeft uitgespoten.

'Ik wil dood,' huilt hij, 'als ik niet zo'n sterke band had met Jennifer, pleegde ik vanavond zelfmoord.' Hij zit op het bed, hetzelfde bed waarop Jennifer gedurende mijn vorige bezoek met hem worstelde om twee flesjes bier uit zijn broekzakken te wrikken. 'Ik heb Christiane nodig,' riep hij toen, maar zodra zij er was schold hij haar uit.

Papa ijsbeert door de gang, zenuwachtig trekkend aan zijn zoveelste sigaret.

'Wat nu?' vraagt de dokter kalm. Dit is duidelijk niet zijn eerste interventie in dit gekkenhuis.

'Zij daar,' roept Fonny, wijzend op mij, 'zij doet alsof ze een heilige is, maar ik ken haar heel goed, zij heeft geen scrupules. Op haar achttiende had ze een verhouding met een getrouwde vent met drie kinderen. Drie kinderen! Ze reist de hele wereld af en wat denkt ge dat die Pool van haar doet als ze weg is? En wat denkt ge dat zíj doet?' Hij is nog niet klaar. 'Gij!' schampert hij tegen mij. 'Gij voelt u zeker interessant als mijn bekende zuster. Want gij zijt toch bekend, niet? Gij verwacht zeker dat ik tijdens de therapie in Munsterbilzen ga zeggen dat ik dankzij u tot inkeer ben gekomen?'

Geschrokken en beschaamd laat ik zijn gescheld over me heen komen. Ik mag dan door de binnenlanden van Congo hebben gereisd en als vrouw alleen door de Golflanden hebben getrokken, tegen Fonny's gemeenheid kan ik niet op. Hij is nog steeds in staat me te kwetsen. Binnenkort, troost ik mezelf, stap ik op de trein naar Amsterdam, waar mijn eigen leven me wacht, terwijl hij als enige toeverlaat zijn ouders heeft: een dementerende moeder en een vader die zich, om hem te beschermen, van zijn andere kinderen heeft vervreemd.

'Zal ik je maar meenemen naar het ziekenhuis?' stelt de dokter voor. Ook dat is al eerder gebeurd en ik zie dat Fonny rustig wordt en papa eindelijk ophoudt met ijsberen. Volgens Wies hangen ze Fonny daar aan een baxter met tranquillizers en draaide hij laatst zelf aan de knop om de dosis te verhogen.

Ik wil wat kleren en toiletartikelen voor hem inpakken, maar hij zegt: 'Dat hoeft niet. Ze hebben daar alles.' We halen opgelucht adem nadat de dokter met hem is weggereden. Papa steekt nog een sigaret op en kijkt toe als ik de badkamer schoonmaak. 'Dat was het beste, niet?' zegt hij aarzelend. 'Want hij had suïcideneigingen.' Mijn vader ook al!

Terwijl ik schrob en boen, razen de gedachten door mijn hoofd. Medelijden, schaamte, woede, onverschilligheid – ik ben zelf verbaasd over de stemmingswisselingen waaraan ik ten prooi ben. Golven van emoties waar Fonny op zeilt.

‘Emoties zijn hier in de uitverkoop,’ zeg ik beneden tegen papa. Hij zit voor de tv en weet niet waar ik het over heb. ‘Sst… kijk eens.’ Een documentaire over drie Marokkaanse broers die zonder enige vorm van proces jarenlang doorbrachten in Tazmamart, de geheime gevangenis van koning Hassan II in het Atlasgebergte. Ze zaten in raamloze ruimtes zonder tafel of bed en vertelden elkaar verhalen over wandelingen door Parijs en heerlijke diners bij kaarslicht om er niet aan onderdoor te gaan. Ik raak ondanks alles geïnteresseerd.

Na afloop zegt papa dat zijn mening over ‘de instanties’ opnieuw bevestigd is en dat Fonny, vergeleken bij Hassan II, toch maar een kleine garnaal is.

’s Ochtends hangt Fonny aan de telefoon. Waarom hebben we nog niet gebeld om te vragen hoe het met hem is? Hij heeft geld noch schone kleren bij zich – of we dat willen brengen. Ik heb bericht gekregen dat hij opgenomen kan worden in Munsterbilzen en stel voor dat hij morgen rechtstreeks vanuit de kliniek naar de instelling gaat, maar hij wil langs thuis om zijn haren te wassen en zijn koffer te pakken.

En dus haalt papa hem maar op. Mama is stil, ze ziet grauw van ellende. Ik leg Fonny’s gestreken kleren in zijn kamer. Mijn hart zinkt als ik de spullen bekijk die hij heeft klaargezet: een zwarte aktetas van mijn vader, een stapel cd’s, een paar sportschoenen, aangebroken flessen shampoo en conditioner. Hij begint kaal te worden, daarom wil hij continu zijn haren wassen.

Bij zijn aankomst omhels ik hem en zeg: ‘Laten we geen ruzie meer maken. Ik doe dit voor mama en papa, maar ook voor jou. Omdat ik wil dat je beter wordt.’

Hij duwt me lichtjes van zich af. ‘Maar waarom moet het zo vlug?’

‘Omdat het er anders niet van komt, Fonny, dat weet je zelf ook.’

Samen pakken we zijn koffer in. De crisis van gisteravond heeft ons gekalmeerd, voor het eerst lijkt Fonny zich te schikken in de onvermijdelijkheid van zijn opname. Op zijn tafel ligt het dagboek dat hij bijhield in Diest; mama heeft me verteld dat hij er vorige week uit heeft voorgelezen.

'Wil je dit niet meenemen?'

Hij kijkt er onverschillig naar. 'Nee, nee, ik pak wel een nieuw schrift.'

Polly, die voor de tweede keer uit Antwerpen is gekomen, schrikt van de hoeveelheid bagage: twee koffers, twee aktetassen en een plastic tas. 'Moet dat allemaal mee?'

Ineens staat mama op de gang, loopt naar de kapstok en trekt haar jas aan. Polly fronst de wenkbrauwen. 'Is dat wel een goed idee?'

'Laat haar maar,' zeg ik, 'zij wil er even uit.'

Papa loopt nog rond in zijn roze peignoir en wuift ons een beetje schutterig na – alsof we een lange reis gaan maken.

Onderweg kijkt mama haar ogen uit. 'Wat is de wereld toch groot en schoon,' mijmert ze, 'en wat zijn er veel auto's bij gekomen en huizen bij gebouwd.' Als Polly de drukke autostrade op rijdt, zegt mama verbaasd: 'En wat een wonder dat de wegen niet kapotgaan van al die auto's.' Ze heft een zelfgemaakt liedje aan: *Hoep hoep floeperke, mijn lief klein tsjoeperke*. Thuis heeft ze het zo vaak gezongen dat papa moegetergd uitriep: 'Hou daar toch eens mee op.' Waarop algauw een ander liedje klonk. *Rommel maakt veel rommel in de Libische woestijn. Die rommelige Rommel rommelt alles kort en klein*. Het moet een deuntje uit haar jonge jaren zijn, toen de Duitse veldmaarschalk Rommel de geallieerden terugdrong in Libië, maar mama weet niet hoe ze eraan komt, noch wie Rommel was.

In Munsterbilzen wil ze niet uitstappen. 'Nee, nee,' zegt ze resoluut, 'ik blijf in de auto naar de mensen kijken.' Dat deed ze in Neerpelt ook altijd – liet ze ons boodschappen doen en vertelde achteraf honderduit over wie er was langsgelopen, hoe goed de een eruitzag en hoe oud de ander was geworden.

'Maar mama, er is op deze parkeerplaats niets te zien.'

'Ga maar. Ik wacht hier.'

De afdeling waar we Fonny naartoe brengen doet me denken aan de instellingen waar Hildeke door de jaren heen verbleef. Onder de neonlampen zijn de tafels voor het avondeten gedekt; de patiënten zitten voor de tv of dwalen versuft rond. 'Ha, nu ga ik tijd hebben voor mijn muziek,' zegt Fonny als we een ruimte ter grootte van mijn vroegere kostschoolkamer binnenlopen. Een wandkast, een eenpersoonsbed met een gele sprei, een lavabo met een spiegel bij het raam. Hij begint zijn bagage uit te pakken en neemt gehaast afscheid.

Het schemert op de parkeerplaats. Mama tuurt naar het gebouw, waar de lampen een voor een aangaan. Op de eerste verdieping leunt Fonny in het gelige licht van zijn kamer tegen de lavabo en verschikt zijn haren in de spiegel. Zo meteen ontmoet hij zijn groepsgenoten – ik kan me voorstellen dat hij gespannen is en een goede indruk wil maken.

Wanneer we thuiskomen heeft hij mijn vader al gebeld om te melden dat hij gegeten heeft, dat hij allergisch is voor een plant op de afdeling en dat hij straks tv gaat kijken. 'Hij is er graag,' zegt papa.

Zolang als het duurt, denk ik. Maar ik zeg niets.

Op mijn achttiende bracht ik een drietal weken met Fonny door in Antwerpen. Mijn kostschooljaren zaten erop, eindelijk was ik vrij. Fonny had een studio gehuurd en woonde samen met Josie, een in donkere kleren gehulde vrouw met lange benen en dramatisch omlijnde ogen. Josie droeg legerschoenen onder Indiase rokken, stak de ene sigaret aan met de andere, had een ietwat verongelijkte stem en dezelfde verende tred als Fonny.

Fonny's vriend Peter, de muzikant met de blonde warrige haren, is er ook. Hij en ik slapen samen op een matras op de grond. Tal van Neerpeltse levenslessen lossen op in het bijtende vrijheidszuur van die jaren, maar ik ken het verschil al tussen avontuur en liefde, en hou een zekere afstand. Peter van zijn kant is bedeesder dan de briefkaart waarin hij schreef dat hij me wilde bezitten, deed vermoeden.

Via een interimbureau maken we in de avonduren met z'n vieren bankgebouwen schoon. Stofzuigen, meubilair afstoffen, prullenbakken legen. We beklagen de mensen die hun dagen slijten in de zielloze ruimtes met stalen schrijftafels, nietmachines, gommetjes en paperclips. De kantoren zijn helemaal niet vuil, we brengen veel tijd door in het trappenhuis, rokend en pratend, af en aan lopend met bekers chocolademelk, koffie en oplossoep uit de automaat.

Het zijn de enige weken in mijn volwassen bestaan dat ik bijna onafgebroken bij Fonny ben. Het patroon van zijn latere leven tekent zich al aardig af. We slapen meestal uit, waarna de dag zich behaaglijk voor ons uitstrekt tot zeven uur 's avonds, als we naar de bank moeten. Wandelen in het park; langs artiestencafé De Muze, waar Ferre Grignard vroeger regelmatig optrad; winkelen in de Grand Bazar op de Groenplaats. Fonny laat met groot gemak een diepvrieskip in een binnenzak van zijn parka glijden, een fles wijn in de andere. 'O, ik ben nog iets vergeten,' fluistert hij bij de kassa, loopt naar het rayon met sigaretten en schuift een slof Belga-filters achter in zijn jeans.

Ik ben minder bedreven dan Fonny, al is een zekere steelvaardigheid mij niet vreemd. Als ik in mijn kostschooltijd boodschappen deed voor bomma, verstopte ik kaas en vleeswaren in de dubbele bodem van de tas, maar verrekende die wel met haar, zodat ik thuis op maandagochtend niet hoefde te bekvechten over mijn vaders ondeelbare briefje van duizend frank.

Wanneer ik terugdenk aan die weken in Antwerpen, kruipt de geur van hasj in mijn neusgaten. Fonny, Josie en Peter gebruiken ook andere middelen, maar daar word ik niet in gekend. Hoe ze eraan komen weet ik niet. Soms moet Fonny weg of wandelt Peter met dat lachje van hem binnen en zijn ze in de keuken aan het fluisteren. We roken joints, die Fonny met enig gevoel voor ritueel draait, luisteren urenlang naar *Atom Heart Mother* van Pink Floyd, proberen achter het geluid van de druppende kraan, het geknisper van cornflakes en het gesis van eieren met spek op het nummer 'Alan's Psychedelic Breakfast' de woorden te ontcijferen die roadie Alan mompelt. *Marmalade, I like marmalade... Breakfast in Los Angeles. Macrobiotic stuff.*

Het is die zomer alsof een reuzenhand me optilt; Neerpelt wordt een nietig stipje op de kaart. Eerder die vakantie ben ik met een langharige dorpsgenoot naar Italië gelift. Ik wilde de

Romereis overdoen die ik met mijn klasgenoten, gechaperonneerd door twee nonnen, had gemaakt. We bleven hangen in Venetië, waar onze wegen zich scheidden. Ik liftte terug met twee Amerikanen.

Wies, die een jaar jonger is dan ik en nog met ons nakomertje Polly naar *Pippi Langkous* lag te kijken toen ik al met Fonny naar de Matty's Club ging, voelt de vrijheidswind ook aan zich trekken en kondigt aan dat ze geen zin heeft de middelbare school af te maken. Vanuit Antwerpen schrijft Fonny haar een brief: 'Je bent volwassen genoeg om vrij te zijn, maar je geest is nog niet voldoende ontwikkeld om te leven volgens je eigen opvatting. Je voelt jezelf geen kind meer, maar na een tijd van gezagsloos leven zal je inzien dat je dat nog wel bent. Juist de vorming en richting van de school kunnen je iets bijbrengen.' Zo is hij in die tijd tegenover ons: vaderlijk. Al heeft hij zichzelf aan elke vorm van autoriteit onttrokken, hij weet hoe het hoort.

De ruziënde toon die Fonny thuis vaak aanslaat, weerklinkt ook in zijn relatie met Josie. Op een zaterdag gaan Fonny en ik naar Neerpelt en blijft Josie in de studio. We zijn haast de straat uit als we haar 'Fonny!!!' horen krijsen – hangt ze op de tweede verdieping uit het raam en roept dat hij alle drugs heeft meegenomen en niets voor haar heeft achtergelaten. Hun geschreeuw stijgt op tussen de deftige herenhuizen in die brede Antwerpse straat. Net als mama vroeger speur ik om me heen om te kijken of iemand hen heeft gehoord.

Na die vakantie ga ik psychologie studeren in Leuven. Op kot gaan, psychologie studeren – het lijkt zo eenvoudig, ze doen het allemaal, maar het blijft bij die woorden, ze krijgen geen inhoud. De aula's ademen dezelfde grauwheid als de kantoren die ik in Antwerpen heb schoongemaakt. In de diepte staat een man in een pak te praten; nu en dan schrijft hij iets op het bord. Zijn stem galmt als die van een badmeester, ik kan de betekenis van de dingen die hij zegt niet bevatten, noch hun belang. Nietig voel ik me. Statistiek, ontwikkelingspsychologie, methodologie – wat heeft het met mij te maken? Boven mijn syllabus droom ik weg.

Het studentenrestaurant Alma is wel vijf keer zo groot als de refter op kostschool. Onhandig laveer ik met mijn plateau tussen de tafels, op zoek naar een vrije plek. Iedereen lijkt naar me te kijken, het schaamrood stijgt me telkens weer naar de wangen. Het radde gepraat van mijn jaargenoten in het café kan ik niet bijhouden. Midden in een groep staan ze van alles te debiteren; waar halen ze de zelfverzekerdheid vandaan? Bomma heb ik de afgelopen maanden nauwelijks bezocht, ik drijf in een snel tempo van haar weg, maar ik heb iemand nodig voor wie ik even bijzonder ben.

In een studentencafé ontmoet ik een man met lange, stugge haren en felle groene ogen die allang geen student meer is. Sus is architect, tot voor kort woonde hij in een verbouwde molen dicht bij Gent. Hij ademt de aangename vertrouwdheid van het platteland, van boerderijen waar biologisch eten wordt verbouwd en waar kleinkunstzanger Willem Vermandere 'Blanche en zijn peird' zingt, over een man die elke dag op zijn dooie gemak met paard-en-wagen dezelfde route rijdt, terwijl voorbijgangers in stinkende auto's hun neus optrekken voor de geur van paardenstront.

Het liefst loopt Sus op blote voeten; schoenen maken je voetzolen week. Hij gelooft niet in meubels, maar in planken. In mijn kamer op de zolder van een studentenhuis bouwt hij een ingenieuze constructie: keuken en werktafel in één. We slapen in mijn smalle bed onder het tuimelraam. Daar vertelt hij me over de vrouw en drie kinderen die met hem naar Leuven zijn verhuisd. Ze zijn samen, maar ook apart. De gedachte dat je iemand toebehoort is verfoeilijk, daar is hij van overtuigd en zij ook. Zelfs kinderen zijn, zodra ze geboren zijn, niet langer van jou.

Sus neemt me mee naar het huis waar hij woont met zijn vrouw en kinderen. We slapen in het zwevende bed dat hij in de woonkamer heeft gebouwd. Later zal ik daar urenlang Jack Kerouacs *On the Road* liggen lezen. Mensen lopen in en uit, mijn broer Rik is er soms ook. Hij is een jaar eerder naar Leuven gekomen, doet Pol & Soc, Politieke en Sociale Wetenschappen, draait diensten achter de tap van café Politika en heeft zich ontpopt als een activist die stakende fabrieksarbeiders steunt en er 's nachts op uit trekt om affiches te plakken.

Tegen mijn ouders zeg ik dat we bevriend zijn geraakt met een sympathiek gezin met jonge kinderen. Als mijn moeder naar Leuven komt met haar groene Simca en ziet hoe weinig bezittingen Sus en zijn vrouw hebben, krijgt ze medelijden. De volgende keer heeft ze eten voor ze bij zich, en frisdrank voor de kinderen.

Fonny is ook in Leuven opgedoken. Hij zit vaak in Het Nest, een café waar bezoekers in het schemerdonker op lage banken luisteren naar muziek in plaats van rechtstaand bij de bar te discussiëren over de droomanalyse van Carl Jung, zoals mijn medestudenten in café 't Psychootje doen.

Ik raak helemaal ingesponnen in het leven van Sus en ga zelden naar college. Op een middag ben ik alleen met de kinderen als er wordt aangebeld. Mijn moeder stuift naar binnen, mijn vader achter haar aan. 'Mee naar huis gij, en rap.' Ze moet mijn vader in de auto hebben opgejut, want als ik zeg: 'Geen sprake van' en dat ik de kleintjes niet alleen kan laten, begint hij me te slaan. De kinderen huilen. Ik beloof mee te gaan als ik ze eerst naar Sus mag brengen.

Met de kinderen aan de hand wandel ik naar de studentenflat waar Sus werkt. Mijn ouders rijden stapvoets achter me aan. Zij wachten in de auto, ik verdwijn in het gebouw. Maar ik kom niet terug en hoe ze me ook zoeken, ze zullen me niet vinden. De hele weg van Leuven naar Neerpelt zit mijn moeder in de auto te huilen. Mijn vader kijkt voor zich uit en zwijgt.

Zijn handen gloeien nog na van de klappen die hij me heeft gegeven. Hij zint op een manier me te zeggen hoezeer het hem spijt.

Hoe Fonny er precies toe kwam me te verraden, weet ik niet, al kan ik me de scène moeiteloos voorstellen. Hij is weer eens in Neerpelt beland omdat hij geld nodig heeft. In afwachting van mijn vaders thuiskomst kibbelt hij met mijn moeder. 'In plaats van mij constant te bekritiseren,' roept hij, 'zou je beter letten op wat je dochter in Leuven bij die hippies uitspookt.'

'Wat dan?' zegt mijn moeder gealarmeerd.

'Pfff... het kan je blijkbaar niets schelen, waarom zou ik het je vertellen?'

Mijn moeder is nu een en al aandacht. De lange haren en baard van Sus bevielen haar niet, maar wat kan zij zeggen? Haar oudste zonen hebben ook lang haar – het is in de mode. Sus' kinderen liepen er armoedig bij en hun haren waren allang niet meer gekamd, maar zijn vrouw was zo aardig, ze werd zo gastvrij ontvangen... 'Jij bent er laatst nog geweest,' zegt ze. De ruzieachtige toon is uit haar stem verdwenen, bijna flemerig vraagt ze: 'Wat is er dan gebeurd?'

Fonny haalt zijn schouders op. 'Gebeurd, gebeurd... Ik zeg het je liever niet – je moet het zelf maar ontdekken. Jij denkt dat ons Lieve studeert, maar haar hoofd staat naar andere dingen sinds ze die Sus heeft ontmoet.'

Hij ziet een flits van paniek door haar ogen schieten – ze begrijpt wat hij bedoelt.

'En jij brengt nog eten naar die mensen toe,' schampert hij. 'Ze lachen je uit achter je rug.'

Mijn moeder klemt een keukenhanddoek tussen haar vingers. 'Ne getrouwde vent,' zegt ze vertwijfeld, "t Zal toch nie waar zijn.'

Vier jaar eerder bracht Aline een vrijer mee. Wij stonden ons buiten te vergapen aan zijn sportwagen, mijn moeder had het hele huis gepoetst en ervoor gezorgd dat Hildeke boven bleef, anders dacht hij misschien dat Aline ook een mongooltje zou krijgen. Maar toen ze vernamen dat hij gescheiden was en vader van een kind, wisten mijn ouders niet hoe vlug ze een einde moesten maken aan het bezoek. Het was de eerste keer in haar leven dat Aline mijn vader zag huilen.

De eer van haar dochters, die moet mijn moeder te allen tijde beschermen, en dus stevent ze na het gesprek met Fonny naar het salon, trekt de deur achter zich dicht en draait het nummer van mijn vaders kantoor.

Kort daarna ben ik op een zaterdag in Neerpelt. Komt bomma naar het boogvormige raam gesukkeld op haar steeds pijnlijker voeten? Stop ik om haar te groeten en te zeggen dat ik straks boodschappen voor haar zal doen en vanavond bij haar slapen – alsof er niets is gebeurd? Ze heeft al jarenlang een open wonde op haar enkel. Hoe vaak heb ik die niet ingesmeerd met Purol-zalf en er een gaasje over gelegd. Nadat ze was teruggekomen van de dokter met het bericht dat die wonde nooit meer zou genezen, heb ik in bed, de deur op een kier, liggen huilen terwijl bomma in de opkamer patience speelde. *Nooit meer genezen.* Ik durfde het niet hardop te zeggen, maar ik was ervan overtuigd dat de dood door dat gat in haar enkel naar binnen zou kruipen.

De wonde is er nog steeds, maar dat kan me niks meer schelen. Mijn hoofd zit bij Sus, met wie ik ben verhuisd naar een commune. Op zolder woont een Indiase student die macrobiotisch kookt en een exemplaar van de *Whole Earth Catalog* heeft, een lijvig boek waarin alternatieve producten worden aangeprezen die je per post kan bestellen. In de tuin staat een verroeste badkuip op vier gekrulde poten. Op warme dagen vullen we die en gaan 's avonds in het lauwe water liggen, beschut tegen de blikken van de buren door een laken dat Sus als een luifel boven de kuip heeft gespannen.

De voorkamer is gereserveerd voor een ex-gedetineerde. Het ruikt er naar de ether die hij gewend is te snuiven; daar wordt hij, volgens de rechtenstudent die hem in huis heeft genomen, stoned van. Ether snuiven is in de commune streng verboden, maar de ex-gedetineerde houdt vol dat hij van niets weet, dat de lucht uit de gevangenis met hem is meegereisd.

Ik ben samen met Rik naar Neerpelt gekomen. Misschien hebben mijn ouders hem gevraagd me mee te nemen in de hoop me tot rede te brengen. Maar we krijgen ruzie en ook Rik keert zich tegen me. Ik sta in de keuken bij het aanrecht, op precies dezelfde plek waarop ik, toen ik klein was, stiekem uit een bokaal met appelmoes at; ineens stond mijn mond in brand: een mee naar binnen gelepelde wesp had me in mijn verhemelte gestoken.

'Het moet afgelopen zijn met die Sus,' roept Rik, 'laat hem teruggaan naar zijn gezin.'

'Alsof hij dat wil.'

Hij is vlak bij me, zijn vuist schiet uit, treft me in het gezicht.

Ik hou een nat washandje tegen mijn linkeroog, maar het blijft zwellen. Ik kijk in de spiegel en schrik: hoe kan ik met een blauw oog naar Leuven? Fonny is er ook, hij geeft me een zonnebril. 'Hier, zet die maar op, dan zie je er niets meer van.'

Als we op de weg naar Overpelt staan te liften, haalt Fonny een aarden kruikje appeljenever uit zijn zak dat hij in een winkel heeft gejat. Het is een groen buikig kruikje, ik herinner het me precies, en ook hoe zacht het spul smaakt. Ik voel het naar mijn hoofd stijgen, de pijn in mijn oog neemt af evenals mijn bezorgdheid over wat er thuis is voorgevallen. Algauw zijn Fonny en ik aan het lachen. Dat hij me kort daarvoor bij mijn moeder heeft verraden, is te midden van alle ongerijmdheden van die dagen een te verwaarlozen feit.

Van je familie moet je je bevrijden, zegt Sus. Ouders proberen je klein te houden en je te modelleren naar hun kleinburgerlijke idealen. Als ze je niet willen laten gaan, kan je maar best radicaal met ze breken. Tegelijkertijd wil hij een kind van me. Ik denk aan de drie blonde wezentjes in dat andere huis, die soms ook bij ons zijn. Het gemak waarmee Sus afstand van ze neemt. En het mijne zou nummer vier zijn? Nee, dat lijkt me geen goed idee.

We maken lange wandelingen in de velden en bossen buiten de stad en brengen varens en brandnetels mee. De soep die we ervan koken is zwart als pek, net een heksenbrouwsel en lekker is het ook niet, maar volgens Sus is het gezond. Op een dag is de ex-gedetineerde verdwenen. Behalve de lucht van ether heeft hij een briefje achtergelaten. 'Jullie hebben me vertrouwd,' staat er, 'maar ik ben niet te vertrouwen.' Hij heeft het geld gestolen dat de Indiër voor zijn terugreis onder in een kist had verstopt en heeft in het voorbijgaan ook enkele slipjes van diens Duitse vriendin Ginger meegenomen.

Ik heb een studiebeurs, maar krijg geen geld meer van mijn ouders sinds ze weten dat ik bij Sus ben en dus ga ik aardbeien plukken. Dagenlang zit ik op mijn hurken in de kassen tot ik, net als vroeger, 's nachts in bed nog aan het plukken ben. Eindelijk kan ik een nieuwe Levi's-jeans kopen. 'O, mag ik die eens passen?' vraagt Fonny als hij langskomt. En dan: 'Kan ik ze even lenen?' Ik protesteer, waarop hij een scène maakt, roept dat ik een egoïst ben, altijd geweest, en ervandoor gaat met mijn broek. Die krijg ik nooit meer terug.

Mijn moeder heeft het adres van de commune achterhaald en staat op een middag voor de deur. Iedereen heeft instructies gekregen haar niet binnen te laten. Ze belt aan, ongeduldig, en dan opnieuw, steeds dwingender. Verstijfd wacht ik op het grote bed in mijn kamer tot het voorbij is. De motor van haar groene Simca slaat aan en dan klinkt keihard haar claxon. Ik kijk door een kier in het gordijn en zie haar verbeten claxonnerend de straat op en neer rijden. Tot ze ook dat opgeeft.

Bomma krijgt rond die tijd een beroerte. Mijn vader laat

haar opnemen in de kliniek in Herk-de-Stad, waar hij werkt, zodat hij haar 's avonds kan bezoeken. Ze is erg in de war, denkt dat ze in het belastingkantoor is, doolt door de gangen op zoek naar haar zoon, stapt kamers binnen en is boos als ze wordt weggestuurd.

Ik lift naar haar toe en tref haar in een tweepersoonskamer bij het raam in haar geblokte peignoir, afwezig naar buiten starend, haar haren piekerig, doorschijnend bijna. Op het nachtkastje tikt haar lawaaierige wekker met de oplichtende wijzers de uren weg. Ze herkent me. 'Lieve,' zegt ze. Ik omhels haar, ga bij haar zitten, strijk haar bezwete haren glad; haar schedel daaronder is lichtroze en teer.

Ze praat moeilijk, wijst naar haar verlamde linkerarm, fluistert dat ze naar huis wil. Ik streel haar dooraderde hand. 'Eerst moet je beter worden,' zeg ik.

'Nee, nee,' protesteert ze, 'tante Eugenie… komt binnenkort uit Mol – dan staat ze voor een gesloten deur.' Mijn vader werkt hiernaast, ze wil hem vragen haar mee te nemen, maar telkens wanneer ze naar hem toe gaat, jagen ze haar weg.

Vroeger heb ik bomma moeten beloven haar erop te wijzen als ze *erlangs* begon te praten. Nu het zover is, zeg ik niets.

De vrouw in het bed naast het hare heeft ons gesprek gevolgd. Ze brengt haar hand naar haar hoofd en maakt een draaiende beweging met haar wijsvinger.

Meer herinner ik me niet van dat bezoek, behalve dat bomma bij mijn vertrek met haar goede hand de paternoster pakte die in haar schoot lag. En dat ik enige moeite had de uitgang te vinden.

Hoe mijn moeder erin geslaagd is binnen te komen weet ik niet, maar ineens staat ze in mijn kamer in de commune in Leuven en zwaait met een telegram dat voor me uit Amerika is gekomen. 'Ge zijt het niet waard dit te lezen.' Voor ze verder kan gaan, heb ik het papier uit haar hand gegrist. 'Chère Lieve,' lees ik, 'accepteriez-vous...' Ik was enkele zomers au pair bij twee Franstalige kinderen die opgroeiden in Congo en hun vakanties doorbrachten bij hun grootouders in een kasteel; de familie François is verhuisd naar Washington DC en vraagt of ik wil overkomen om dit schooljaar voor de kinderen te zorgen.

Mijn moeder doet een halfslachtige poging me het telegram afhandig te maken, maar ze is vast blij met deze kans me te verlossen uit de tentakels van de goeroe die me al bijna een jaar in zijn macht heeft. De uitnodiging komt ook mij gelegen. Sinds enige tijd heb ik hevige maagkrampen – soms zo erg dat ik nauwelijks kan lopen. De homeopaat waar Sus me naartoe heeft gestuurd kon niets vinden en vroeg zich af of ik me ergens zorgen over maakte. Toen de kruidenthee niet hielp, heeft hij me een pijnstiller voorgeschreven die me een aangenaam wazig gevoel in het hoofd bezorgt.

Ik heb nauwelijks gestudeerd, ben gezakt voor al mijn examens en heb geen idee hoe nu verder. Weg van dit alles – het komt me voor als een verlossing. 'Het is maar voor negen maanden,' troost ik Sus, 'dat overleven we wel.'

Enkele dagen voor mijn vertrek zoek ik bomma op. Mijn vader is erin geslaagd haar in de kliniek te houden. Hij heeft een relax, een verstelbare fauteuil, voor haar laten bezorgen en ze heeft nu ook tv. Ik tref haar in dezelfde kamer, alleen haar kamergenote is veranderd. Wanneer was ik hier voor het laatst? Zeker langer dan een maand geleden. Al die tijd zat bomma voor het raam te turen naar de troosteloze parkeergarage en de rij wuivende populieren in de verte, met in haar hoofd de mist die nooit meer zal optrekken.

'Ik moet binnenkort naar huis,' zegt ze bezorgd, 'er is misschien een brief van tante Mia gekomen.'

Ik knik – blij dat ze vergeten is hoe bedroefd ze was toen haar oudere zus, op wie ze altijd heeft vertrouwd, acht jaar eerder een beroerte kreeg en niet meer wakker werd, nonk

Achiel achterlatend als een snotterend kind. Bomma's zeven broers en zussen zijn het voorbije decennium een voor een overleden; sinds haar beroerte houden ze haar opnieuw gezelschap.

Weet zij nog wat een schooljaar betekent? Haar gezicht betrekt als ik het haar vertel, maar bij het woord 'Amerika' klaart het op: daar woont haar zus Angèle, misschien kan ik haar bezoeken? Ze is aangekleed en als ik voorstel een wandeling te maken door het gebouw zoekt ze in de kast naar haar schoenen, maar haar knobbelige voeten passen er niet meer in. Aarzelend stapt ze naast me op haar geruite pantoffels, verlegen voor de bezoekers die we kruisen op de gang.

Voor ik wegga doet bomma de lade van haar nachtkastje open. Naast haar zakdoek ligt de relikwie die ze voor het slapengaan altijd kust: achter het glas is, op een rood velours kussentje, een draadje van een kledingstuk van de Heilige Theresa gespeld. Ze reikt me het blikken doosje aan met *zjiepkes* – besuikerde bruine dropjes. Vroeger kreeg ik er een na de zondagsmis, tegen de flauwte. Nu wil ze dat ik er twee neem. 'Voor onderweg,' zegt ze.

De onbezonnenheid van die jaren. Als een moeder heeft bomma voor me gezorgd en nu zij mij nodig heeft, laat ik haar in de steek. Te denken dat ze op me zal wachten. Alsof de wereld stil kan blijven staan tot ik uitgegroeid ben.

Vijf maanden na mijn aankomst in Washington DC zit ik met de brief van Wies in mijn handen. '*Bomma was moe, zelfs te moe om nog te slapen.*' Het is of ik me in een vrachtwagen bevind die met geweld tegen een muur is gebotst – dagen later pas zal ik ontwaken uit de verdoving.

Bellen naar België is duur, maar na bomma's begrafenis krijg ik iedereen aan de lijn. Wies heeft bij haar gewaakt. Bomma kon niet meer spreken, maar ze was bij bewustzijn en wees naar de lade van haar nachtkasje waarin de zjiepkes zaten –

daar moest Wies er een van nemen. Midden in de nacht trok bomma alle slangetjes los.

Ze waren allemaal bij haar in de uren voor haar dood. 'Ze bleef naar de deur kijken,' zegt Nicole, 'net of ze nog iemand verwachtte.' Ze wil me troosten, maar haar woorden drukken zich sissend als een brandmerk tegen mijn slaap. Ik zie bomma liggen in haar ziekenhuisbed, haar tere roze hoofd met de bezwete haren weggezakt in de opgeschudde kussens, en hoe haar ogen langs de anderen heen afdwalen naar de deur.

Mijn vader zal me vertellen dat hij iedereen wegstuurde toen haar einde nabij was; hij wilde een weesgegroetje en een onzevader bidden en schaamde zich dat te doen met zijn vrouw en kinderen erbij. Terwijl hij bad, zag hij haar ogen breken. Van Wies zal ik horen dat Fonny zich tijdens bomma's laatste uren in haar fauteuil liet vallen, op de leuning sloeg en zei: 'De relax, die is voor mij.'

In mijn hart nestelt zich een knoop van verdriet en spijt die ik nooit meer zal kunnen ontwarren, maar getuige mijn dagboek gaat het leven gewoon verder. Ik zorg voor de kinderen, help met poetsen en koken, draai 's avonds in mijn kamer in het souterrain platen van Leonard Cohen, The Moody Blues en J.J. Cale, lees Hermann Hesses *De steppewolf* en Colin Wilsons *The Outsider*.

Op mijn vrije dag lift ik naar Georgetown, een Europees aandoende buurt. Ik dool door de straten met winkeltjes en restaurants en heb blijkbaar zo'n vacante blik in de ogen dat ik word aangesproken, nu eens door een jongeman die me een folder in de hand drukt en vraagt of ik ook op zoek ben naar Jezus, dan weer door een scientologyaanhanger of door een verkoper van Indiase kralen en hasjpijpjes.

In een gezondheidswinkel schaf ik de *Whole Earth Catalog* aan, al zal ik nooit een product uit de catalogus bestellen. Het lijvige boek met zijn sombere omslag ademt zoveel buitenissige wijsheid – het is voldoende het op de lage tafel naast mijn bed te leggen, een herinnering aan de commune in Leuven en aan Sus, met wie ik correspondeer maar die ik langzaamaan aan het vergeten ben.

Ik denk aan de avonden waarop ik in mijn kostschoolkamer in Peer uit het raam keek en droomde over de wereld daar buiten. Is dit het dan? Alleen ben ik, onbeschermd – stuurloos. De verkoper van Indiase spulletjes nodigt me uit in de ruimte achter zijn winkel, waar we samen een pijpje hasj roken. Hij buigt zich naar me toe en begint me te kussen. Dit is de prijs, wat had ik dan gedacht?

Pas als ik via madame François op mijn vrije dag een baantje krijg op de Franse afdeling van Savile Book Shop in Georgetown, komt er beweging in mijn bestaan. De personeelsleden zijn als een familie, een van hen woont in een commune in Adams Morgan, een buurt vol Latijns-Amerikaanse bars en restaurants. Zodra er een kamer vrijkomt, verhuis ik daarnaartoe. Mijn tijd bij de familie François zit erop, ik heb geld gespaard en nu bomma er niet meer is, heb ik geen reden meteen terug te keren naar België.

Alles gaat ineens vanzelf. Ik werk als verkoopster in Johnson's Florist and Garden Center en ontmoet Jeanie, die na haar high school niet precies wist wat te doen en geld spaart om te reizen. Iedereen wil die dagen *out west*, naar Californië en naar Oregon, waar de bomen volgens Jeanie zo hoog zijn dat je de toppen niet kan zien en de stammen zo dik dat een vrachtwagen erdoorheen zou kunnen rijden.

We kopen rugzakken en vertrekken, liftend. Aan mijn correspondentie met Sus is een einde gekomen en gaandeweg is Fonny opnieuw mijn gedachten binnengeslopen. In de kerstvakantie ben ik met de familie François naar Montreal, de geboortestad van Leonard Cohen, geweest. Zij logeerden in een hotel, ik in een YWCA. In mijn eentje heb ik door de straten van het besneeuwde Montreal gelopen en me gewarmd in cafés met beslagen spiegels, op zoek naar een glimp van Leonard Cohen. Al die tijd was Fonny aan mijn zijde.

Jeanie en ik bezoeken de Grand Ole Opry in Nashville, waar Johnny Cash ooit optrad. Dit zou Fonny moeten zien! Op een nacht droom ik van hem. We zitten samen in een auto, hij rijdt heel roekeloos, zijn ogen zijn bloeddoorlopen, aan beide kanten van de weg vallen er slachtoffers. Ik kijk naar hem en voel, achter zijn wilde, nietsontziende blik, zijn machteloosheid.

Jeanie leert me andere muziek kennen. Van Morrison, John Martyn – zijn plaat *Solid Air* is eerder dat jaar verschenen en we neuriën flarden in de auto op de lange reis oostwaarts. Fluwelige liedjes zijn het. *I know you, I love you. And I can be your friend. I can follow you anywhere. Even through solid air.*

Eén keer realiseer ik me dat Jeanies instinct voor gevaar niet goed ontwikkeld is. We liften bij de oprit van een autostrade als een vrachtwagen stopt, en vlak daarna nog een. De gespierde bestuurders kennen elkaar en stellen voor dat Jeanie in de ene truck stapt en ik in de andere. Zij heeft haar rugzak al opgetild, in een impuls trek ik haar achteruit.

Zelf neem ik ook risico's die me achteraf onverantwoord lijken. In een dancing leunt een langharige man in zijn eentje tegen de bar. Hij neemt niet deel aan het gelach en gepraat. Dat trekt me aan: iemand die aan de kant staat en de boel observeert – een outsider. Aan het einde van de avond ben ik in zijn aftandse auto op weg naar wat een woonwagenkamp blijkt te zijn. Het plafond van zijn slaapkamer is bedekt met besneeuwvlokte spiegels. Ik zie mezelf liggen – naakt, weerloos. Wat als hij me niet had teruggebracht, hoe zou Jeanie hebben geweten waar ik was gebleven?

We rijden van New Mexico naar Arizona als onze bestuurder stopt voor een derde lifter. De blonde jongeman die naast me op de achterbank schuift, komt uit Sante Fe en woont in Cosanti, een ecologische leefgemeenschap van de Italiaanse architect Paolo Soleri. Ze gieten er bronzen bellen, die ze verkopen om de bouw van een stad in de woestijn verderop te bekostigen. De koepelvormige betonnen ruimtes waarin ze slapen hebben ze zelf helpen bouwen; ze liggen deels onder de grond, beschut tegen de hete zomers en de koude winternachten.

Bruce vertelt en vertelt, op een zachte, serene toon die past bij de plaats waar hij is neergestreken. De bellen hangen in een halfopen gewelf – 's nachts hoort hij de woestijnwind erdoorheen waaien. Hij nodigt ons uit in Cosanti te overnachten. Al pratend zijn we naar elkaar toe geschoven. Ik kijk naar zijn gelijkmatige gezicht, zijn stroblonde haren, voel de warmte van zijn arm en dan zijn hand die de mijne zoekt.

Het is eind november en koud in zijn kamer; de boogvormige raamopening is glasloos. In de auto was Bruce spraakzaam, nu we alleen zijn is hij stil, bijna verlegen. Dicht liggen we tegen elkaar aan in zijn eenpersoonsbed. Met elke beweging die we maken waait de woestijnkou onder zijn opengeritste slaapzak door naar binnen.

Ik ontwaak in een Tolkienachtig paradijs van met gekleurd glas ingelegde koepels en gewelven, omgeven door olijfbomen, cactussen, pijnbomen en bergen in de verte. De lucht is helblauw, de droge woestijnwind suist tussen de grillige gebouwen, die met wentelende paadjes met elkaar verbonden zijn. Ik denk aan Sus, die niet in meubels maar in planken gelooft. Nee, dan dit. Soleri is een leerling van Frank Lloyd Wright, vertelt Bruce, en is ook beïnvloed door de Spaanse architect Gaudí.

Die nacht kruip ik opnieuw tegen zijn koele lichaam aan. Hij ruikt naar het houtvuur waar we na het eten met z'n allen omheen zaten. Zodra ik mijn ogen sluit dwaal ik door tunnels, over wenteltrappen, onder koepels en gewelven, zie ik gekleurd glas dat glinstert in de zon. De volgende ochtend zullen we vertrekken en Bruce is nog stiller dan daarvoor. Ik heb hem een boek van Leonard Cohen gegeven en hij heeft een bronzen bel voor me gegoten die ik gewikkeld in een T-shirt onder in mijn rugzak heb gestopt. Ik zou hier willen blijven, maar de woorden van Cohen houden me tegen. *And why are you so quiet now. Standing there in the doorway? You chose your journey long before. You came upon this highway.* We zullen elkaar schrijven, beloven we.

Bedwelmd zit ik in de auto. Het is alsof ik een engel heb aangeraakt.

Oregon, Mexico, Texas – drie maanden zijn Jeanie en ik onderweg. Op een nacht droom ik dat ik in Neerpelt ben. Ik zwem rond de bunker in het Kempisch kanaal met het hoofd van Bruce in mijn armen. Zijn bleke naakte lichaam gaat nu eens onder en drijft dan weer voor me uit. Hij is dood, Fonny heeft hem verdronken. Ongelovig hou ik hem tegen me aan. Dan loop ik langs het kanaal. Fonny beraamt een tweede moord; ik ren de andere kant uit om hem niet te verraden.

Soms verdwijnt Jeanie enkele dagen of beland ik in de armen van een of andere man. Als we ergens langer blijven, schrijf ik brieven naar het thuisfront en naar Kamal, een elf jaar oudere Palestijnse kunstenaar die ik net voor mijn vertrek in Washington DC heb ontmoet. Hij volgt me vanuit de verte.

Ik hou tijdens die reis een dagboek bij. De ontmoeting met Bruce hangt als een ijle sluier over de pagina's. Hij schrijft me een brief. *There was magic in our meeting. It frightened me. Your body so strong – catlike. I could have run away with you.* Maar hij schrijft ook dat hij gelukkig is in Cosanti en dat hij daar nog lang zal blijven. In de envelop zit een zwart-witfoto waarop hij in een dikke coltrui tegen een betonnen muur leunt, handen in de zakken, wegkijkend van de camera. Ik laat hem weten dat ik besloten heb in het voorjaar terug te keren naar België. Mijn stuurloosheid zit me dwars; ik wil weer naar school. Bruce gaat in de zomer misschien naar het Edinburgh Arts Festival, antwoordt hij, en zal me na afloop bezoeken. *And let you take me down through the gardens of your childhood.*

Een brief, een foto, een kaart – ik heb ze zorgvuldig bewaard. Maar ik zal Bruce nooit meer zien en ben zijn familienaam vergeten. De bel die ik meenam uit Cosanti hangt in Amsterdam jarenlang op mijn balkon, tot de buren klagen over het geklingel en ik de koperen windvanger van de klepel verwijder, en vervolgens de hele bel. De kaart van Bruce moet ik in mijn studietijd in Utrecht hebben laten slingeren, want een of andere onverlaat heeft er met hanenpoten achterop geschreven: *hello bruce I want to love with you come to utrecht if you like and take the beatles with you.*

Anderhalf jaar ben ik weg geweest en op het station in Luxemburg kijk ik mijn ogen uit: leien daken glimmend van de regen, huizen met geelverlichte raampjes – het lijkt wel een miniatuurwereld.

De maanden daarvoor heb ik in Washington DC gelogeerd in de van wierook en oriëntaalse kruiden doortrokken studio van Kamal, die voor zes maanden naar Beirut is vertrokken. Naarmate mijn vertrek dichterbij kwam, droomde ik steeds vaker over thuis. Onrustige dromen, waarvan ik me achteraf alleen flarden herinnerde: een kijvende non op kostschool in Peer, mama die boos op me was. Ook droomde ik dat bomma's opkamer bij mijn thuiskomst verlicht was; ze dronk een glaasje Elixir d'Anvers met haar zuster uit Mol, een blos op de wangen van het vrolijke gebabbel, de blikken doos met koekjes open op tafel.

Mijn ouders weten niet dat ik onderweg ben. Toch is de verrassing minder groot dan ik had gehoopt: Kamal heeft een telegram naar Neerpelt gestuurd om me welkom te heten en er ligt ook een dikke brief van hem.

Die eerste weken zijn verwarrend. De anderen zijn allang uitgerouwd om bomma, mijn rouw begint pas. Van kinds af aan ben ik langs haar huis gelopen, wetend dat zij op me wachtte. Ik kan er niet aan wennen dat daar niets meer beweegt, dat het er bij het vallen van de avond donker blijft. Nog steeds heb ik de neiging naar het slaapkamerraam te gaan, de sleutel stilletjes van de vensterbank te nemen en achterom te lopen.

Fonny is in mijn afwezigheid getrouwd met Josie, de vrouw met de grote zwarte ogen en de enkellange Indiase rokken, en is met haar in het oud huis getrokken. Hij heeft de binnenmuren naar de voorkamers en naar bomma's woning gesloopt en is begonnen meubels te verplaatsen. Mijn bed is weg, bomma's hoge bed staat nu midden in haar slaapkamer, klaar om versleept te worden. De geur van fris beddengoed hangt niet langer in de kamer, noch de flauwe lucht van eau de cologne die bomma in de *kakkedo*, de houten nachtstoel, sprenkelde. De lichtgevende grot, de wekker met de groene wijzers, zelfs de fluorescerende lichtknop aan het einde van het touw is verdwenen.

Waarom ik op een avond in dat ontheiligde huis besluit te slapen, begrijp ik zoveel jaar later niet goed. Stil lig ik tussen de klamme lakens. Midden in de nacht word ik wakker met een drukkend gevoel op de borst. De enge man in bomma's boomgaard is er weer. De gedachte door het donker terug naar de overkant te lopen, jaagt me een buitensporige angst aan.

In het vuile ochtendlicht kijk ik met mijn armen onder mijn hoofd om me heen. Het portret van Onze-Lieve-Vrouw van Averbode, die een boze slang vertrappelt met haar satijnen pantoffel, hangt scheef; verder herinner ik me weinig van die kamer. Is het kaduke weermannetje er nog? En mijn boekenkastje? Hangen bomma's kleren nog in de kast? En waar is mijn spaarpot gebleven, waar ze tien frank in stopte telkens wanneer ze bij de post haar oorlogsweduwepensioen had opgehaald?

Ik was me aan de kaptafel met koud water, kleed me aan en staar door het boogvormige raam van de benedenkamer naar buiten als Fonny het graspad langs het chalet, de kortste weg van en naar het oud huis, afwandelt. Hij stopt, kijkt naar zichzelf in de ruit en schikt zijn haar. Hij heeft me niet gezien en trippelt met korte, haast dansende pasjes weg – tevreden met zichzelf. Of heeft hij zo vroeg op de dag al een pilletje gepakt?

Kamal heeft me uitgenodigd de laatste maand van zijn verblijf in Libanon naar hem toe te komen. Mijn moeder vindt het maar niks dat ik zo snel wegga, maar ik laat me het ritme dat ik in de Verenigde Staten had, niet afpakken.

Het appartement van Kamal in Beirut ligt in de wijk Hamra en algauw ben ik omringd door zijn vrienden: schrijvers, dichters, muzikanten, schilders en journalisten die elkaar treffen in restaurant Fayçal's tegenover de Amerikaanse universiteit of bij zonsondergang de waterpijp roken in Raouché, waar de golven van de Middellandse Zee met geweld tegen de rotsen slaan.

We brengen veel tijd door op het terras van Kamals beste vriendin Mona, een Jordaanse beeldhouwster. Hun kabbelende stemmen, de geur van kardamon als Mona koffie uitschenkt, de schaaltjes met mezze op tafel, het getingel van ijsblokjes in glaasjes arak – de klanken, aroma's en smaken zetten zich vast in mijn geheugen en zullen me vertrouwd blijven.

Ik ben net eenentwintig geworden en Kamal doet zijn best me in te wijden in de complexiteit van deze regio. In een Palestijns vluchtelingenkamp toont een bewoner ons de kogelinslagen van de recente gevechten tussen Palestijnse strijders en het Libanese regeringsleger.

'Dus Arabieren schieten op Arabieren?' vraag ik, verbaasd dat Israël niet de enige vijand van de Palestijnen is.

De man antwoordt niet, kijkt Kamal aan en zegt in het Arabisch: 'Wie heb jij hier mee naartoe gebracht?'

We reizen de bergen in, bezoeken het geboortedorp van Khalil Gibran, wonen een concert bij van Georges Moustaki in Byblos, gaan naar het ballet van Maurice Béjart in Baalbek en dan naar Damascus, waar geen hotel bereid is ons een kamer te geven omdat we niet getrouwd zijn en een receptionist Kamal voorstelt op een mat voor mijn kamerdeur te slapen.

Kamal is geboren in Jeruzalem. Hij studeerde aan de kunstacademie in Rome en was in Beirut toen in 1967 de Zesdaagse Oorlog uitbrak en Oost-Jeruzalem in Israëlische handen viel. Zijn familie waaierde daarna uit over de hele wereld. Met Kerstmis ontmoeten ze elkaar in het kleine appartement van zijn moeder in de vs. Die zomer hebben ze afgesproken in een Parijs' hotel en blijven we enkele dagen bij hen. Dan nemen Kamal en ik de trein naar Amsterdam en belanden ten slotte in Neerpelt.

Het kostte me enige moeite mijn moeder over te halen Kamal te ontvangen, maar uiteindelijk is ze gezwicht. Ze schrikt van zijn uitheemse uiterlijk en zijn wilde bos krullen. 'Mikis Theodorakis,' hoor ik iemand in de keuken fluisteren. Mama neemt me apart en zegt dat Kamal welkom is, maar ik moet het niet in mijn hoofd halen met hem te gaan wandelen, zodat heel Neerpelt ziet waar ik mee thuisgekomen ben.

Mijn vader is verrukt. Kamal is een oosterse christen, geboren in de stad waar drie wereldgodsdiensten samenkomen – dat interesseert hem bovenmate. Eindelijk kan hij de boeken tevoorschijn halen die hij over die religies heeft verzameld en waar wij geen van allen belangstelling voor hebben. Ze installeren zich met z'n tweeën in de woonkamer en vergeten de tijd.

Dan troont papa Kamal mee naar de bijkeuken. Sinds kort houdt hij daar twee jonge ganzen. Ze drinken water uit een kapotte rode emmer en eten de restjes die mijn moeder hun toewerpt. Hagelwit waren ze toen papa ze meebracht, inmiddels zijn ze enigszins vergeeld. Ze moeten wennen aan de omgeving, zegt hij, want ze kunnen een beetje vliegen en voor je het weet zijn ze weg.

Mijn moeder is in de deuropening verschenen. Ze probeert Kamal in haar beste Frans uit te leggen hoeveel last ze heeft van de beesten, die luidruchtig slurpen uit de emmer en poepen op de vloer. Kamal lacht, noemt mijn vader een filosoof en citeert William Blake: '*To see a World in a Grain of Sand. And a Heaven in a Wild Flower. Hold Infinity in the palm of your hand. And Eternity in an hour.*'

We rijden naar een residentiële buitenwijk van Hasselt, waar mijn vader bezig is een woning te bouwen met de vereende krachten van een bevriende aannemer, een elektricien en een chauffageman – vaklui die hij als ontvanger van de belastingen heeft ontmoet en met wie hij gewikkeld is in een spel van geven en nemen dat het huis niet altijd ten goede komt. De tegels voor de woonkamer zijn net gearriveerd, misschien kan Kamal hem als beeldend kunstenaar advies geven over het patroon waarin die precies te leggen? Zelf had hij gedacht...

Kamal kijkt om zich heen, niets ontgaat hem. Hij is op zijn hoede voor Fonny, over wie ik hem heb verteld. Fonny op zijn beurt mijdt het ouderlijk huis en hun ontmoeting blijft bij een handdruk. Hildeke is er ook; mijn moeder ziet zo weinig in mijn relatie met Kamal dat ze haar niet probeert te verbergen. Hildeke heeft Kamal bij zijn aankomst meteen omhelsd. Zeventien is ze, die zachte leeftijd waarop ze haar eigen pakje Belga-filtersigaretten in haar tas heeft, graag een pintje drinkt en soms met ons uitgaat. Onlangs hebben we haar meegenomen naar het openluchtmuseum in Bokrijk en kroop ze in het gras almaar tegen een vriend van ons aan, tot wij zeiden dat het genoeg was. Toen we haar er 's avonds mee plaagden, huilde ze.

Kamal – zelf een nakomertje – trekt naar onze twaalfjarige benjamin Polly, die urenlang lusteloos voor de tv hangt en voor wie niemand aandacht heeft. 'Die wordt hier helemaal platgewalst,' zegt hij. Als papa op maandagochtend naar zijn werk is, besluit Kamal een tekensessie met Polly te houden.

'Hebben jullie kleurpotloden?' vraagt hij.

Mijn moeder veegt haar handen af aan haar schort en rept

zich naar de speelgoedkast. 'Vlug-vlug, Kamal heeft inspiratie!'

Een tiental dagen na Kamals vertrek fietst een politieagent in de richting van het Kempisch kanaal. Hij parkeert zijn fiets bij het poortje van de witte villa, loopt het aangestampte zandpad af naar de voordeur en belt aan. Mijn moeder ontvangt hem in het salon en roept mij. De agent weet niet goed hoe te beginnen. De man die hier onlangs was, heeft hij het land intussen verlaten? Waar woont hij? Hoelang ken ik hem al? Waar heb ik hem ontmoet?

De politie blijkt getipt te zijn door Interpol. Er zijn de jaren daarvoor verschillende aanslagen gepleegd door Palestijnen. Kamal heeft me verteld dat hij in de gaten wordt gehouden, maar ik geloofde hem niet.

Mijn moeder zit handenwringend op de bank. Al is ze opgelucht dat Kamal in het verre Amerika is en haar dochter thuis, ze is van hem gecharmeerd geraakt en popelt om te getuigen dat hij *ne goeie mens* is.

De agent is op de hoogte van ons verblijf in Libanon en vraagt wat we daar precies deden. Ben ik lid van een politieke organisatie? Is meneer Boullata politiek actief? Wat doet hij eigenlijk voor de kost?

'Het is een artiest!' roept mijn moeder, rent naar boven om het interview te zoeken dat de Libanese krant *L'Orient-Le Jour* tijdens Kamals verblijf in Beirut met hem hield en haalt uit de lade van de speelgoedkast de tekeningen van het paard, de eenhoorn en Jonas-in-de-buik-van-de-walvis die Kamal voor Polly heeft gemaakt. Waarna de agent op zijn fiets springt en naar het politiebureau peddelt om verslag uit te brengen.

Pas wanneer mijn doos met boeken en platen uit de Verenigde Staten arriveert, heb ik het gevoel weer thuis te zijn. De *Whole Earth Catalog*, Joseph Hellers *Catch-22*, Kurt Vonneguts

Slaughterhouse-Five, albums van Leonard Cohen, John Fahey en John Martin – omringd door mijn trofeeën installeer ik me in de kamer waar Fonny zijn examens voor de middenjury voorbereidde. Ik schuif het bed naar het raam en slaap 's nachts in bij het gelijkmatige gestamp van de passerende aken op het kanaal.

De formules en spreuken die Fonny op de muren schreef en later overschilderde, lijken te pulseren onder de zwarte verf. Het besef van mijn eigen gebrek aan kennis knaagt aan me sinds ik Kamal heb ontmoet. Ik wil niet naar een universiteit waar een professor in de diepte staat te oreren, maar naar een praktische *creative writing*-opleiding zoals in de vs.

De daaropvolgende maanden reis ik van Brussel en Parijs naar Amsterdam op zoek naar een geschikte school. Tussendoor keer ik telkens terug naar Neerpelt, leer op mijn kamer blind typen en tracht de boeken te lezen die Kamal me heeft aangeraden. Het is een eclectische lijst, van André Gides *Les Nourritures terrestres* tot Rilkes *Die Aufzeichnungen des Malte Laurids Brigge* en *The Autobiography of Malcolm X*. Ik begrijp niet alles, maar lees stug door en maak notities in mijn dagboek, ook van Jan Foudraines *Wie is van hout*... en Harry Mulisch' *Voer voor psychologen* – boeken die ikzelf onderweg oppik.

Soms steek ik het gazon over en loop achterom naar het oud huis. Fonny heeft een open haard gebouwd en is bezig met de aanleg van een badkamer. In een kast in de woonkamer heeft hij zijn boeken per onderwerp gerangschikt: occultisme, yoga, meditatie, filosofie, natuurgeneeskunde. Hij citeert er regelmatig uit, al betwijfel ik of hij ze echt leest; ze zijn er voor de show, net als destijds de formules en spreuken op de muren van zijn jongenskamer. Zijn gitaar staat in een hoes tegen de muur – daar heeft hij nu geen tijd voor. In de koude keuken en ook in de andere kamers heerst wanorde. Josie loopt kettingrokend op en neer. Fonny grommelt op haar, klaagt dat ze lui is en slordig.

Telkens wanneer Fonny geld nodig heeft, verkoopt hij meubels aan vrienden en passanten. Voor driehonderd frank – ook toen al een luttel bedrag – doet hij de hoge voorraadkast uit bomma's achterkeuken van de hand. Ik zie haar nog voor me: de plasticfolie waarmee het glas in de bovendeuren is beplakt, heeft gele bloemetjes. Ik hecht nog niet aan dingen van vroeger en help Fonny zelfs de kast naar buiten te dragen. Nadat bomma in mijn afwezigheid is gestorven, laat ik ook toe dat haar bezittingen verdwijnen.

Op een avond zitten we bij het haardvuur, roken hasj uit een waterpijp en zet Fonny 'Alan's Psychedelic Breakfast' van Pink Floyd op. *Breakfast in Los Angeles. Macrobiotic stuff* – ik luister naar het gemummel en denk aan het Los Angeles waar ik met Jeanie was. Fonny gooit hout op het vuur, Josie tuurt in de vlammen. De naald van de pick-up loopt krassend naar het einde van de plaat. We waren even weg, flitst het door me heen, maar als de muziek stopt zijn we nog steeds in Neerpelt.

Ik laat hun het album *The Water Wheel* van de Nubische zanger Hamza El Din horen, dat Kamal me heeft gestuurd. Meditatieve muziek met een bluesy ondertoon, waar ik overdag op mijn kamer urenlang naar luister en die past bij de muziek waar Fonny van houdt.

Thuis heb ik alle dozen met mijn spullen nagekeken die op zolder stonden. Ik heb mijn schoolschriften en rapporten, brieven en paperassen in een sinaasappelkist meegebracht. Met Hamza El Dins hypnotiserende stem op de achtergrond gooi ik ze in de open haard en kijk toe hoe ze opgaan in de vlammen.

Mama en ik zetten, ter voorbereiding van de verhuizing naar Hasselt, papa's rapporten, opstellen, gedichten en zelfs de gedichten van nonk Gerard zaliger in kistjes op het terras, voor de vuilnisman. Bij zijn thuiskomst is mijn vader woedend en draagt alles onder protest van mama weer naar binnen. Ik vind het later allemaal terug in zijn bureau in Hasselt, tot zijn nieuwjaarsbrieven met goud bestrooide engeltjes en besneeuwde arrensleeën aan toe.

Het liefst loop ik die dagen rond in de oude bedoeïenenjurk die ik met Kamal in de soek in Damascus heb gekocht, een wijd nachtblauw gewaad bewerkt met rood borduursel. Wanneer ik tegen de verwarming bij het raam zit te lezen, kruip ik er helemaal in weg. Op een ochtend belt de postbode aan en ren ik de trap af om een pakje van Kamal in ontvangst te nemen. Mijn moeder loopt net de gang in en ziet mij in die malle jurk met hem praten.

'Schaam je je niet,' vliegt ze uit zodra de voordeur is dichtgevallen en de man niet langer binnen gehoorsafstand is, 'om voor het hele dorp te kijk te staan in zo'n...' – haar blik reist van de door de zon verschoten voorkant van de jurk naar de verstelde mottengaatjes op de mouwen – 'hoerenkleed.'

'Pfff...' blaas ik, til de panden van de jurk op, loop naar mijn kamer met Kamals pakje en doe mijn deur op slot.

Ik heb me tussen mijn boeken, platen, schriften en cursus blind typen ingesponnen in een cocon van door wierook bedwelmde herinneringen en mijmeringen over de toekomst. 'Your eyes are fresh now,' schreef Kamal in de dikke brief die ik vond bij mijn aankomst, 'absorbe and celebrate life. You are so rich inside. Don't let others take that away from you.' Maar soms voel ik hoe alles om me heen me naar beneden trekt en ben ik bang hier te verstenen.

Mijn moeders protesten klinken steeds luider. Vroeger zat bomma als een scherm tussen ons in, voor het eerst staan wij recht tegenover elkaar. Elk gesprek dat we voeren eindigt in onenigheid. 'Ik heb je laten begaan,' zegt ze, 'maar mijn geduld is op.' Nicole, Aline, Fonny en Rik zijn alle vier getrouwd, wanneer ga ik met mijn leven beginnen? Is er in Neerpelt niemand die goed genoeg voor me is – waarom moet ik het zo ver zoeken? En waarom ben ik boven op mijn kamer aan het niksen terwijl het huis geschuurd en gedweild moet worden, het stof afgenomen? Denk ik dat er één man op de wereld rondloopt die zo'n vrouw wil?

Woedend bonkt ze op mijn gesloten deur en sluit de verwarming af als ik weiger open te doen. Ik zit bibberend in het grauwe winterlicht bij mijn bureaulamp te lezen onder een stapel dekens, totdat zij ook de elektriciteit afsluit en ik koppig verder lees bij kaarslicht. Ik begrijp ineens waarom ze zo vaak ruzie had met Fonny – ongemerkt heb ik zijn plaats ingenomen.

'Ik zit daar boven niet niks te doen,' protesteer ik, 'ik wil opnieuw naar school, ik schrijf brieven om...'

'Ach wat, jij hebt al lang genoeg getreuzeld. In Leuven ging je ook studeren en kijk eens wat daar gebeurde – bijna had je je toekomst vergooid aan een getrouwde vent.'

Zelf wou mijn moeder verpleegster worden, is ze dat vergeten? Ze was slim, had talent voor talen, maar haar vader hield haar vanaf haar veertiende thuis. Verpleegster worden was niets voor haar, zei hij: wisselende werkuren en dan dat nachtwerk – nee, dat kon ze maar beter uit het hoofd laten.

Als een wraakengel stuift mijn moeder rond en lamenteert over haar kroost. Wies is haar oudste zus Nicole nagereisd naar Spanje en werkt daar in een toeristenwinkel, Filip weigerde naar het katholieke college in Neerpelt te gaan en moet nu fietsen naar het atheneum in Overpelt, Polly doet haar best niet op school – nee, het enige kind waar ze iets aan heeft is Hildeke, die is altijd lief en helpt haar spontaan met aardappelen schillen en afwassen. Wie had ooit gedacht dat haar zorgenkindje nog eens haar enige troost zou worden?

's Avonds stookt ze mijn vader tegen me op – klopt die op mijn deur en probeert me zonder veel overtuiging over te halen naar beneden te komen, om mama een plezier te doen. Maar vaak zijn we al naar bed als papa thuiskomt en worden we wakker omdat hij beneden aan de trap met een onvaste stem roept dat hij wil eten en mijn moeder weigert op te staan.

De volgende ochtend heeft mijn vader een kater en zegt hij – zonder dat iemand ernaar vraagt – dat hij nooit meer zal drinken. Tot het weer zover is. Het begint al op zijn werk, bekent hij, waar iemand aan het einde van de middag steevast roept: 'Waar is het fleske?' en ze een witteke, Hasseltse jenever, achteroverslaan. Ze drinken vanwege het defilé van doortrapte wanbetalers en meelijwekkende armoezaaiers dat aan hen voorbijtrekt, een knarsende mengeling van stervelingen waar hun gemoed niet tegen bestand is.

Mama zegt dat papa drinkt omdat hij te hard moet werken en te goedhartig is. Mensen profiteren van hem, daar lijdt hij onder. 'En,' vergeet ze er nooit achteraan te zeggen, 'hij heeft geen steun van zijn kinderen.' Papa voegt eraan toe dat hij drinkt omdat mama niet lief voor hem is. Hij werkt zich kapot en als dank wordt hij slecht behandeld.

Om Fonny maken ze zich in die periode weinig zorgen; zijn leven in het oud huis onttrekt zich enigszins aan het zicht. Maar het rad van problemen blijft ook in beweging zonder hem.

Al zijn er ook die wonderlijke dagen waarop papa vroeg thuiskomt, mama berust in mijn zoektocht naar een school, Filip op zijn kamer naar King Crimson ligt te luisteren, Polly haar huiswerk maakt aan de eettafel en het beneden zo gezellig is dat ik me met mijn typemachine in de woonkamer installeer om bij hen te zijn.

Op zo'n avond neemt mijn vader me mee naar de bijkeuken, waar zijn twee vermaledijde ganzen hun rommelige bestaan leiden achter een geïmproviseerd schot. In het weekend laat hij ze uit op het gazon. Als ze eenmaal gewend zijn, heeft de boer van wie hij ze kreeg hem verzekerd, verliezen ze de impuls om weg te vliegen.

Het blijft een twistpunt tussen hem en mama: zij associeert dieren met het leven op de Grote Hei dat ze ontstegen is, hij probeert de schade in te halen die hij opliep omdat hij als kind nooit een huisdier mocht hebben.

'Kijk eens,' hij wijst naar het zwarte plekje naast de snavel van het mannetje, 'zo ken ik ze uit elkaar.' Hij heeft al een bovenmaats ei onder het vrouwtje vandaan gehaald; iedereen was er vies van en mama weigerde het te bakken. Zoveel weerstand, denk ik, waarom doet hij zichzelf dit aan? Maar mijn vader zegt: 'Kijk toch eens naar die snavels en die pootjes, hoe schoon die gemaakt zijn.' Soms, bekent hij, heeft hij het gevoel dat zijn leven geen betekenis heeft. 'Dankzij mijn ganzen weet ik dat er nog iets anders bestaat dan werken bij de belastingen.'

Mijn eerste bezoek aan de School voor de Journalistiek in Utrecht is me bevallen en dus ga ik een tweede keer. Het is weliswaar geen schrijfopleiding, maar ze komt aardig in de buurt. In de koffiekamer staat een blonde vrouw achter de bar die Janny heet, op lage banken tegen de muur zit een groepje studenten in een wolk van sigarettenrook te discussiëren. Op de trap tref ik een jongeman in een mouwloos hesje. Hij heeft blond pluizig haar, een baardje en een rond brilletje op de neus. Ik heb een afspraak met de schoolleiding en vraag: 'Ehm... bent u een docent of een student?'

Hij neemt me vrijmoedig op en zegt: 'Een beetje van allebei.'

Er zijn veel aanmeldingen voor de school, krijg ik te horen, studenten worden ingeloot, maar omdat een soortgelijke opleiding in België niet bestaat, is er een kans dat ik automatisch word toegelaten. Misschien kan ik alvast iets schrijven voor een of ander blad? In afwachting van het nieuwe studiejaar zou ik kunnen meedraaien als vrije student. Ik hoef niet lang na te denken, zoek een kamer en meld me aan bij een huis-aan-huisblad dat me ter plaatse aanneemt als stagiaire.

In Neerpelt zijn de ganzen er in mijn afwezigheid vandoor gegaan. Papa denkt dat mama ze expres heeft laten ontsnappen, mama protesteert: ze had ze op een middag uitgelaten en kon ze daarna nergens meer vinden. Ze heeft zelf ook spijt, zegt ze, ze was aan ze gehecht geraakt.

Ik trek eropuit om ze te zoeken en vraag aan een jochie dat op straat rondhangt of hij misschien twee witte ganzen heeft gezien. Hij denkt na. Ja, zegt hij uiteindelijk, hij zag ganzen vliegen. 'Maar dat waren er zeven en ze waren zwart.'

'Vergeet die ganzen maar,' zegt Rik, 'die eindigen als hoofdschotel op een kerstdiner.'

Wanneer ik op een avond in mijn kamer bij het raam zit te lezen, lijkt het wel alsof ik ergens daar buiten ganzen hoor gakken. 's Ochtends loop ik naar het kanaal en ontwaar in de verte twee witte stipjes, verscholen in het riet. Dichterbij komend herken ik het mannetje aan het zwarte vlekje waar papa me op wees. Een vroege visser bij de waterkant volgt mijn blik en zegt: 'Die komen wellicht uit Noorwegen. Ze rusten uit.'

Ik knik. 'Hoelang zijn ze hier al?'

'O, een week of zo. Ze wachten tot een grote groep overvliegt en trekken daarmee verder.' De hemel is strakblauw en als de ganzen zich losmaken uit het riet en van ons weg peddelen met hun oranje pootjes, kabbelt hun spiegelbeeld vredig met hen mee in het water.

Ik vertel aan niemand wat ik heb gezien en bereid me voor op mijn vertrek naar Utrecht. De ganzen zal ik niet meer bespeuren, al zijn ze er nog steeds. Soms hoor ik ze buiten in de koude winternacht gakken. Ook dat hou ik voor me.

Zodra ik in Utrecht woon, klaart de lucht tussen mijn moeder en mij op en schrijft ze me verzoenende brieven waarin ze mijn durf en moed prijst. 'Je mag je nooit alleen voelen. Wij houden van je.' Zo is ze ook: als ze op iets onwrikbaars stuit, doet ze haar best zich te schikken. En misschien beginnen we, twee jaar na bomma's dood, ook wel stilaan moeder en dochter te worden.

Ik stuur de artikelen op die met mijn naam in dikke letters op de voorpagina van het Utrechtse huis-aan-huisblad verschijnen, waarop mama meldt dat ze *Het Belang van Limburg* heeft gebeld over een lezersbrief en in het voorbijgaan heeft verteld dat ze een schrijvende dochter heeft. Ze is al jarenlang abonnee en heeft maar liefst twee stickers van de krant op haar auto – wordt het geen tijd voor *'t Belangske* iets terug te doen? De man aan de andere kant van de lijn zei dat ik maar eens iets op moest sturen.

Telkens wanneer ik zo'n brief openmaak, dwarrelt de chaos van het ouderlijk huis mijn Utrechtse studentenkamer binnen: eerst schrijft mijn moeder van boven naar beneden, dan kribbelt ze korte berichtjes in een krans eromheen. Vaak stopt ze er een briefje van Hildeke bij, of een papiertje met inderhaast toegevoegde praktische wenken: dat ik ijzerpillen moet nemen, mijn voeten masseren met Nivea-crème en mijn gezicht reinigen met Vichy-melk en daarna deppen met Vichy-lotion – dat doet zij ook.

Na een halfjaar als vrije leerling krijg ik te horen dat ik in het najaar automatisch word toegelaten op de School voor de Journalistiek. Ik breng de zomermaanden door bij Kamal in de VS. Is mijn moeder bang dat hij me zal overhalen daar te blijven? Vier dichtbeschreven luchtpostbrieven krijg ik, met aan het einde onveranderlijk de groeten aan Kamal, die zo goed en intelligent is en gerust nog eens mag afkomen in de toekomst. De vierde brief eindigt met: 'Lieve toch, hoe komt het dat ik zo van u hou en soms zo verdrietig om u ben?' Want dat ik met Kamal verder zou gaan, schrijft ze als ik terug ben in Utrecht, daar zal zij nooit aan meewerken. 'Maar ja, daar luistert gij niet naar, hè Lieve.'

Mijn vader schrijft nooit. Eén keer moet ze hem hebben gezegd: 'Allè Gerard, schrijft gij ook eens iets' en staat er, na 'Mama, die zoveel van u houdt' in zijn handschrift 'papa idem'.

Kamal ziet een dichter of een schrijver in mij en is kritisch over de weg die ik naar het schrijverschap heb gekozen. 'Wie Bach wil spelen,' zegt hij, 'moet in zijn vrije tijd niet optreden in een jazzcafé.' Hij koopt bundels van zijn lievelingsdichters Yánnis Rítsos en Kaváfis voor me en urenlang zitten we gebogen over de vertaling van de gedichten die ikzelf achter in mijn dagboek heb geschreven.

Op school teken ik het eerste trimester fulltime in op de redactie van de schoolkrant en open een dubbele pagina met ingezonden poëzie, waarop ik ook een gedicht van mezelf publiceer. De docenten Lezen en Schrijven reageren met een schotschrift van zeven vel dat op het prikbord terechtkomt en grinnikend gelezen en becommentarieerd wordt door passerende studenten. De opmerking *geliteratureluur* in het pamflet wordt een gevleugelde uitdrukking in het redactielokaal.

'Weet je wat jij moet doen in plaats van de muizenissen in je hoofd te beschrijven?' suggereert mijn begeleider als hij me ziet lijden. 'De straat op gaan en luisteren naar wat andere mensen te zeggen hebben.'

Ik zal zijn raad opvolgen.

In het weekend ben ik alleen. Mijn jaargenoten gaan naar hun ouders, ik zit op mijn kamer. Mijn moeder – net zesenvijftig – schrijft in haar brieven al over de dood en haar angst ons allemaal achter te laten. Ik moet maar vaak naar Neerpelt komen. Maar de rituelen van het ouderlijk huis halen me onderuit, ik verkies de eenzaamheid van Utrecht.

De verhuis naar Hasselt is uitgesteld. De aannemer is sloom en misschien is het wel moeilijk voor mijn ouders weg te gaan nu zich in het oud huis onverwacht een drama heeft afgespeeld: Josie heeft Fonny verlaten. 'Fonny's probleem is dat hij middelen heeft gebruikt en er rap van af moet,' meldt mama optimistisch. 'We praten met hem, goed en streng. Hij is lief. We moeten hem helpen.'

Ook van Fonny krijg ik een brief. Hij schrijft over de angstaanvallen waaraan hij ten prooi is sinds Josies vertrek, over de troost die hij vindt in de muziek van David Bowie. En dat hij graag eens naar Utrecht zou komen. 'Ik verlang ernaar.'

Zijn tweede brief is warriger. Is hij onder invloed? Het is net of het schip is losgeslagen van de wal en stuurloos ronddobbert. 'Nog nooit was ik als nu,' schrijft hij, 'er is pijn waar eerst iets anders was.' Hij smeekt me hem te helpen maar zegt verderop dat ik me geen zorgen hoef te maken, hij heeft alles wat hij nodig heeft. 'Ik ben tevreden nu ik aan jou kan denken. Jij hoort bij mijn wereld. Jij bent middel tot kracht en liefde, je moest eens weten hoezeer.' Die vrijdagavond zal hij naar me toe komen.

Het is de enige keer dat Fonny me in Nederland opzoekt. Hij is met de auto en heeft een sinaasappelkistje met fruit, sokken en vitamines bij zich van mijn moeder. 'Geef Fonny maar goede raad,' schrijft ze in een bijgevoegde brief, 'ge moet hem niet sparen als 't voor zijn goed is. Wat is hij toch overgevoelig. Maar ik denk wel dat hij het halen zal en gelukkiger zal worden.'

Vijfentwintig is hij, een aantrekkelijke man – het type waar mensen naar omkijken als hij ergens binnenstapt. Maar niets heeft me voorbereid op hoe hij eraan toe is; vanbinnen is hij aan flarden. Het verhaal over Josies vertrek gutst eruit. Een halfjaar eerder kwam een dorpsgenoot bij hen aangewaaid die wist waar hij heroïne kon krijgen. Ze gebruikten met z'n drieën en ergens onderweg werd Josie verliefd op de man.

Fonny ging naar veilingen om spullen te kopen die hij op zondagsmarkten verkocht – de affaire was al enige tijd gaande toen hij erachter kwam. 'In mijn eigen huis!' Hij huilt. We slapen die nacht samen in mijn bed. Jankend klampt hij zich aan me vast. Nachtenlang heeft hij zo tegen Josie aan gelegen, bekent hij, haar smekend van hem te houden, hem asjeblieft, asjeblieft niet te verlaten.

Gij zijt stom – een vrouw van niks. Ik zie Josie voor het raam in de keuken van het oud huis staan met een sigaret in de hand, haar lange silhouet uitgesneden in het licht, haar rug naar ons toe, onverschillig voor Fonny's gescheld.

Klaarwakker is hij en hij blijft maar praten. Ik denk aan de imposante boekenkast in zijn woonkamer; geen van de wijsheden in die boeken kan zijn laaiende paniek dempen. Mijn knappe broer, naar wie ik in mijn jonge jaren opkeek, die ik bewonderde en vreesde, liefhad en haatte – de leegte die door zijn binnenste waait, schrikt me af. Hij transpireert, trekt met zijn benen en allengs schokt zijn lichaam zo hevig dat ik begrijp: hij heeft ontwenningsverschijnselen. 'Ik heb pijn,' zegt hij. Dat is de enige reden waarom hij nog gebruikt, om geen pijn te hebben. Ik klem hem in mijn armen, steeds machtelozer.

Om halfvijf 's ochtends houdt hij het in bed niet langer uit en wil hij weg. 'Nu toch niet, Fonny – niet in deze toestand.' Maar hij wrikt zich los en zit al rechtop. 'Ik ga.' Zoals ik eerder zijn zwakte voelde, voel ik nu zijn onverzettelijkheid.

Het is koud in mijn studentenkamer. Ik zoek *The Water Wheel* van Hamza El Din. Misschien kan de stem van de Nubiër hem kalmeren? Maar als Fonny zijn jas heeft aangetrokken en met het album onder de arm de trap af loopt, realiseer ik me hoe futiel mijn poging hem te helpen is.

Nooit was ik dichter bij Fonny en bij het besef dat iets groots en angstaanjagends het stuur van zijn leven had overgenomen. Ik begreep waarom je bij zo iemand wegliep.

De daaropvolgende maanden wordt Fonny vaak in Hasselt gesignaleerd. 'Agressie is geen oplossing,' schreef hij me, maar Wies – net terug uit Spanje – ziet hem een café binnenkomen met een zak kleren van Josie die hij wil verkopen. Wat er overblijft, vertelt hij haar, gaat hij verscheuren.

Hij heeft blijkbaar veel geld nodig, want behalve een schuldbekentenis voor een geldbedrag en een jaar achterstallige huur laat mijn vader Fonny een verklaring tekenen waarin hij afstand doet van zijn erfenis – het begin van een lange reeks getikte en met de hand geschreven attesten waarmee de belastingontvanger die mijn vader is gestalte probeert te geven aan de financiële schade die zijn zoon hem toebrengt.

Van een van zijn uitstapjes komt Fonny thuis met Claire, een vrouw met korte blonde haren die een boetiekje heeft in Hasselt. Haar hardwerkende ouders hebben een meubelwinkel en stoppen hun dochter geld toe om haar zaak op te bouwen – zich niet realiserend dat ze indirect haar drugsgebruik financieren.

Eén keer zal ik Claire in het oud huis ontmoeten. Ze staat bij de gootsteen in de koude, rommelige keuken. Als ze zich naar me toe draait, schrik ik zo van de holle ogen in haar bleke gezicht dat ik stamel: 'Je ziet er goed uit.' Ze lacht ongelovig.

Op een zaterdag slaapt Wies thuis en wordt midden in de

nacht wakker van ijzingwekkend gegil in de duisternis buiten. Claire hangt uit het raam van het oud huis en roept om hulp. Op haar blote voeten rent Wies ernaartoe. Fonny ligt blauw aangelopen in een fauteuil, een spuit en een prop watten naast zich. Claire bijt op de zakdoek in haar hand en jammert: 'Ik krijg hem niet wakker.'

Wies loopt terug naar de overkant en belt een ambulance. Als die arriveert, is Fonny weer bij zijn positieven en hij stuurt de mannen enigszins bars weg. De volgende ochtend heeft Claire een blauw oog en zit haar hand in het verband.

Tegen Wies zegt Fonny dat hij de heroïne de baas is; tegen mama dat hij vitamines inspuit om harder te kunnen werken. Papa is boos op Wies: waarom moest ze zo nodig een ambulance bellen? Nu die onverrichter zake kwam, weigert de ziekenkas tussen te komen in de kosten.

Op een dag is het zo stil rond het oud huis dat mama ongerust wordt en achteromloopt om te kijken wat er aan de hand is. Eigenaardig – de groene houten luiken zijn dicht. Als ze er een opendoet, haar ogen afschermt met haar hand en haar neus tegen de ruit drukt, ontdekt ze dat de zitkamer, op een paar kartonnen dozen na, leeg is.

Kort daarvoor zag ze Fonny nog. Hij was opgewekt, bedrijvig, droeg nieuwe kleren en had veel aanloop. Ze hoort in het dorp dat Fonny en Claire naar het buitenland zijn vertrokken en vóór hun vertrek hun hele inboedel te koop hebben aangeboden. Bezoekers reden af en aan met stoelen, tafels en kasten.

'Ga maar eens kijken,' zegt mama als ik een weekend in Neerpelt ben, en reikt me de sleutel van het oud huis aan. De elektriciteit is afgesloten, binnen is het koud en vochtig. Overal staan kartonnen dozen, hier en daar liggen kleren op de grond. De boekenkast is uitgedund, op de schoorsteen vind ik, naast twee in plastic verpakte spuiten, een exemplaar van de *I Tjing* en Rilkes *Brieven over Cézanne*. Dat laatste is van mijn vader – ik leg het apart.

De hele bovenverdieping ruikt naar Fonny, naar zijn zweet, naar zijn zaad. Kale bedden, verscheurde stripalbums in een hoek. Er hangt nog een andere geur in huis, die ik herken van mijn tijd in de commune in Leuven. Ether – volgens Wies snoof hij die als hij niets anders had.

Beneden open ik de ene na de andere kartonnen doos en ga routineus door de inhoud heen. Een onuitgepakt servies van Claire; opeengestapelde schilderijen van antiekveilingen, sommige met gebroken lijst. Alles wat ik van bomma vind – in kranten gewikkelde kristallen glaasjes, onderzetters, keukengerei, een lampenkapje – leg ik opzij.

Ik loop terug met mijn spulletjes, groet het Mariabeeld op het zandpad en zie dat de groene poort weg is. Ook die heeft Fonny voor zijn vertrek verpatst.

Mijn ouders krijgen een kaart van Fonny. Hij en Claire zijn met de auto naar Griekenland vertrokken omdat ze de vaste wil hebben van de drugs af te geraken en een gezond leven te leiden. Het spijt hem dat hij het oud huis door zijn overhaaste vertrek in wanorde achterliet. 'Mama weet dat ik van oorsprong net en proper ben.'

Zodra ze in Griekenland arriveren en een poste-restanteadres hebben, volgt een kaart met de mededeling dat ze hun paspoorten en identiteitskaarten vergeten zijn in een hotel in Joegoslavië. Hoe ze de grens met Griekenland zijn gepasseerd zonder papieren, vertelt Fonny niet. Zijn hun documenten aangekomen in Neerpelt? Zou Filip – die intussen achttien is – anders nieuwe kunnen aanvragen en die per expresse willen opsturen naar Samos? Ze hebben ze nodig om werk te kunnen vinden.

Ze stellen het heel goed, schrijft hij in een volgende kaart, alleen is hun geld op. Hij en Claire maken tapijten die ze hopen te verkopen aan toeristen. Kan mama de cheque van zijn invaliditeitsuitkering innen en het geld per postwissel verzenden? Zo niet, zou Filip dan de stereo-installatie uit het oud huis willen verkopen? En waarom heeft Filip de regenlaarzen nog niet opgestuurd waar hij eerder om vroeg? Hij heeft ze nodig om te vissen.

Fonny's laatste brief telt acht kantjes. Mama moet hem per poste restante de les hebben gelezen, want hij antwoordt: 'Je hoeft me de waarheid niet meer te zeggen want zover reikt enkel jouw waarheid en die heeft niet veel te maken met de mijne, temeer daar ik de waarheid nog niet gevonden heb.'

Hij en Claire zijn in een onbewoond dorpje op het eiland Fourní. Alleen in de zomer, gedurende de druivenpluk, zijn hier mensen. Als ze zich eenzaam voelen, wandelen ze naar een naburig dorpje en drinken daar enkele glaasjes wijn. Ze zijn tevreden en maken zich geen zorgen om voorbijgaande dingen. Hun poste-restanteadres blijft op Samos, waar ze in het weekend naartoe gaan – drie uur met een vissersboot, die ze niet hoeven te betalen omdat ze bevriend zijn geraakt met de kapitein.

Fourní is een droomparadijs zonder auto's, schrijft Fonny, de lucht is er schoon en het is begroeid met kruiden tegen allerlei kwalen. Daar maken ze dankbaar gebruik van en ze voelen zich steeds beter: ze ademen vrijer, hebben geen maagkrampen meer. 'We hebben ingezien dat de natuur en zijn Schepper ons meer goeddoen dan drugs.' Dagelijks trekken hij en Claire de bergen in. Herders die ze onderweg ontmoeten nodigen hen uit om mee te eten en brengen hun regelmatig kaas; ook kregen ze een schapenvacht cadeau. Er is een kerkje in het dorp waar hij kaarsjes voor mama en papa brandt, opdat ze gelukkig zijn en hun kruis dragen zonder bitterheid en zonder te klagen.

En nu moet mama hem toch eens uitleggen: waarom neemt niemand de moeite hem de dingen te sturen waar hij om gevraagd heeft? Is het vanwege het geld? De een heeft meer geld dan de ander, daarom dient het verdeeld te worden. Of is het ieder voor zich en de rest kan stikken, zelfs binnen de familie? Nee, dan Griekenland – ze zou eens moeten zien hoe sterk de familiebanden hier zijn, alles heeft men voor elkaar over, tot de laatste cent. 'Laat je verwijten maar achterwege. Ben je niet vrijgevig, OK, maar verwijt een ander a.u.b. niet dat hij niet werkt.'

Dus somt hij zijn eerdere verzoeken nog maar eens op: kan mama een nieuw rijbewijs voor hem aanvragen, want ook dat is hij in Joegoslavië kwijtgeraakt – had hij dat niet geschreven? Hij heeft het op de eilanden weliswaar niet nodig, maar over een maand of zes wil hij terug naar België rijden. Wat Claire en hij daarna zullen doen, weet hij nog niet.

In de haast om Neerpelt te verlaten zijn ze een aantal boeken vergeten die erg belangrijk voor hen zijn. *De mens, meester van zijn lot* en *Verruiming van bewustzijn* van de Indiase soefischrijver Inayat Khan, plus *Sport en yoga* en *Meditatie*, twee boeken met oefeningen die het verlangen naar drugs doen afnemen en het lichaam gezond en sterk maken. 'Want een ziek lichaam heeft een storende invloed op geest en gedachten.' Zou mama die boeken per luchtpost kunnen verzenden en er enkele exemplaren van *Het Belang van Limburg* bijvoegen? Dan hebben ze wat te lezen.

Verder zou hij foto's willen maken van het eiland en de mensen die hij tegenkomt. Kan papa hem een toestel sturen met een flitslamp en een aantal filmrolletjes? Per expresse, anders duurt het te lang. Graag een goed toestel, want die zijn in Griekenland niet te koop. 'Dit is het laatste wat ik jullie vraag, voor de rest ga ik zelf zorgen. Jullie hebben dat zeker over voor mij. Daardoor zal ik ook weten dat jullie aan me denken.' Als het te duur is, kunnen ze het betalen met het geld van zijn uitkering, of anders de meubels verkopen die hij in het oud huis heeft achtergelaten. De kleerkast in zijn slaapkamer, bijvoorbeeld.

Hij schrijft dit alles in een knus restaurantje, in gezelschap van een beroemde schilder uit New York die een groot huis heeft op Samos; hij en zijn vrouw zien Fonny en Claire graag komen.

Tegen het einde loopt Fonny's idyllische brief van de rails: terwijl hij in het restaurant zat, maakte Claire een wandeling in de bergen en is ze gevallen. Ze moeten naar Athene want haar neus is gebroken en geen dokter op het eiland is in staat die recht te zetten. Wellicht heeft ze ook een gebroken rib. Hij sluit inderhaast af met: 'We hebben geen geld maar desondanks goede moed, Fonny.'

Claire moet zo haar eigen brieven naar huis hebben gestuurd, want kort daarna spoedt haar moeder zich naar Griekenland om hen op te halen. Claire is niet gevallen, maar tijdens een hoogoplopende ruzie door Fonny in elkaar geslagen.

Amper een maand na zijn brief is Fonny weer in Neerpelt – alleen. Ik hoor het van mama. Fonny verkeert in hoge nood, hij kan zijn weg maar niet vinden; het zou beter zijn, meldt ze gelaten, als hij dood zou gaan. 'Dan zouden we hem heel schoon begraven onder een boom op hetzelfde kerkhof waar bomma ligt en waren we van alle ellende af.'

In de Antwerpse club Cinderella's Ballroom kijkt Wies op een nacht gefascineerd naar een vrouw die in haar eentje danst, jonglerend met zilveren discoballen. Haar lichaam beweegt als in trance op de muziek die uit de boxen dendert. Haar ogen zijn zwaar opgemaakt, haar wenkbrauwen twee halve cirkels, haar lippen vuurrood. Een dunne zwarte sjaal valt losjes om haar met zilver bestikte doorzichtige kleren. Wies kan haar ogen niet van haar afhouden: ze staat daar helemaal alleen, niemand waagt het haar eenzame performance te verstoren.

Wanneer Wies kort daarna op bezoek is in Neerpelt en papa haar vraagt iets bij Fonny op te halen, treft ze niemand op de benedenverdieping van het oud huis en loopt de trap op. 'Fonny?' Voorzichtig doet ze de slaapkamerdeur open en kijkt recht in de ogen van de vrouw die ze in de Cinderella zag dansen: ze ligt in Fonny's armen, de dekens tot haar kin opgetrokken tegen de kou.

Zo tuimelt Christiane onze familie binnen, gevolgd door een serie wilde verhalen. 'Ze praat heel raar en bedelt voor de kost,' zegt mama aan de telefoon. Papa is ervan overtuigd dat zij Fonny van de drugs af gaat helpen.

Ik woon intussen in Amsterdam en werk halftime voor de *Haagse Post*, waar ik eerder stage liep. Aan mijn verhouding met Kamal is, na een verblijf in Washington DC, een einde gekomen: Kamal zou vijfendertig worden en wilde trouwen, ik voelde me verstikt. In het vliegtuig terug naar Schiphol wist ik: het is voorbij.

Een jaar na onze breuk heb ik Marek ontmoet, een jongeman met krullen en een grappig Frans accent die het communistische Polen ontvlucht is. In afwachting van een beslissing over zijn asielverzoek woont hij in het Zeemanshuis in Amsterdam. Mijn hart springt op als ik zijn fietsketting onder mijn raam hoor. Soms komt hij dagenlang niet opdagen en ga ik naar hem op zoek – tref ik hem in de kleurloze tv-zaal van zijn onderkomen te midden van Russische zeelui, kijkend naar een voetbalmatch.

Maar de wereld die Kamal voor me heeft geopend trekt aan me en ik begin te reizen in het Midden-Oosten. Het nieuws van het thuisfront klinkt steeds verder weg. Mama en papa verhuizen eindelijk naar Hasselt, verhuren de witte villa in Neerpelt en laten Fonny en Christiane achter in het oud huis. Het duurt niet lang vooraleer Fonny opduikt in Hasselt en samen met Christiane de bergplaats inpalmt. Mama schrijft me dat ze niet ophoudt te bidden en rekent op hulp van boven. Gelukkig is de redding nabij: Nicole heeft gezegd dat Fonny en Christiane welkom zijn in Spanje; ze zal goed voor hen zorgen. 'Dat deed me iets en maakte me moedig.' Ze heeft Fonny's koffer al gepakt.

Nicole en haar man hebben een boekhandel in Andalusië en op een middag staat de eigenaresse van hun appartement in de winkel: wie logeert er in godsnaam bij hen? Er wordt daar binnen voortdurend geruzied. De buren klagen over overlast, zodat de eigenaresse heeft aangebeld – deed een vrouw de deur open, spiernaakt. Wanneer Nicole poolshoogte neemt, zijn Fonny en Christiane weg en vindt ze een lege fles gin in de zitkamer.

De buren blijven klagen over het kabaal in het appartement en Nicole besluit dat Fonny en Christiane moeten vertrekken. Ze is beducht voor hun reactie, maar tot haar verbazing laten ze zich de volgende ochtend gedwee naar de luchthaven rijden. Alsof ook zij blij zijn dat het voorbij is.

Fonny en Christiane gaan zelfstandig wonen in een boerderij buiten Hasselt, waarna een periode van relatieve rust aanbreekt. Op een polaroid zijn ze op de citadel van Dinant: ze komen net uit een nagebouwde loopgraaf van de Eerste Wereldoorlog gekropen waarvan het laatste deel na een bombardement is weggezakt, zodat de vloer scheef is; een ietwat desoriënterende ervaring. Lachend legt Fonny een hand op Christianes schouder. Twee jonge, mooie mensen – de toeristen die achter hen aanschuiven voor de foto hebben vast geen idee hoe ingewikkeld hun leven is, hoeveel hindernissen ze elke dag opnieuw moeten nemen.

Christiane is deel van een eeneiige tweeling. Haar zus werd als eerste geboren, haar moeder wist niet dat ze een tweede kind verwachtte. Verlostang, zuurstoftekort, hersenbeschadiging – rond Christianes geboorte circuleren evenveel verhalen als rond die van Fonny. Ze zag blauw toen ze eindelijk tevoorschijn kwam. Vanaf haar achtste ging ze naar een speciale school, waar zowel gehoor- en spraakgestoorde als autistische kinderen zaten. Later kreeg ze psychoses en werd ze meermaals opgenomen. Ze weigerde medicijnen te slikken omdat ze zich dan een robot voelde.

Maar Christiane is ook slim, en zelfverzekerd. Ze heeft Fonny gezworen hem van de drugs af te helpen en de eerste jaren van hun relatie vecht ze keihard voor hem. Op een foto zijn ze in de keuken van hun boerderij, kort na de geboorte van Jennifer. De drieëntwintigjarige Christiane straalt terwijl ze de kleine de borst geeft; Fonny hurkt naast haar, zijn armen om haar heen geslagen, zijn hoofd op haar schouder. Het gasstel achter hen glimt, op de keukentafel staat een schaal met fruit.

Christiane verdient geld door met bokalen met karamellen te leuren, en met poppetjes die eruitzien of ze ze zelf heeft gemaakt. Ze toont haar invalidenkaart en een geplastificeerd bord met in drie talen de tekst: IK BEN GEHANDICAPT EN KAN NIET PRATEN. IK ZAMEL GELD IN OM EEN DURE OPERATIE TE BEKOSTIGEN IN AMERIKA. WAT IK U AANBIED HEB IK ZELF GEMAAKT. U MAG OOK GELD GEVEN. Nu Fonny haar rondrijdt met de auto, wordt haar werkgebied groter. Het geld stroomt binnen, de kleine Jennifer gaat gekleed in Armani-pakjes. Fonny maakt een foto van Christiane en Jennifer in de tuin en zet die in een lijstje, samen met een foto van hemzelf als jongetje op zijn uitkijkpost bij de groene poort naar het ouderlijk domein in Neerpelt. Met Kerstmis sturen ze kaartjes.

Jennifer is een jaar of vier als ze naar Griekenland gaan. Fonny rijdt in een rode open jeep door de bergen, luisterend naar zijn lievelingsmuziek via de koptelefoon; aan het witte sjaaltje dat Jennifer om het hoofd heeft geknoopt, bungelen gouden muntjes. Hier poseert Christiane lachend met Jennifer op een pleintje waar een geit aan een boom is vastgebonden; daar zijn ze alle drie aan de kant van de weg, zongebruind, de haren in de wind, zee en bergen op de achtergrond.

Maar Fonny knaagt aan de fundamenten van hun leven. Als je beter naar de vakantiekiekjes kijkt, kan je het zien: zijn blik is onthecht, verstrooid; alsof hij er niet helemaal is, alsof hij aan iets anders denkt. Ze overnachten in hotels en gaan er 's ochtends vroeg vandoor zonder te betalen – als Bonnie en Clyde racen ze door het land. Is dat Fonny's dank voor de gastvrijheid die de Grieken hem zes jaar eerder hebben betoond?

In het begin van hun relatie zat Christiane dagenlang bij zijn bed, verzorgde en voedde ze hem tijdens het afkicken. Nu ontvlucht hij haar en probeert dingen voor haar te verbergen. Van kinds af aan bezoekt hij dokters vanwege zijn astma; intussen zijn daar allergieën, rugklachten en allerlei andere ongemakken bij gekomen. Zoals anderen hun diploma's en sportbrevetten verzamelen, koestert Fonny zijn ziektegeschiedenis en legt een dossier aan van de rapporten die artsen en specialisten elkaar toesturen. Hij weet welke huisartsen moeiteloos kalmeer- en slaapmiddelen voorschrijven, staat almaar bij hen op de stoep en raakt bedreven in het maken van cocktails die hem, in combinatie met alcohol, in een roes brengen.

De keukentafel, de schaal met het fruit, het kind met de Armani-kleertjes, de kerstkaarten, de vakantie in Griekenland – allengs blijkt alles gemaakt van bordkarton.

Na het Midden-Oosten heb ik door Noord-Afrika gereisd. Ik heb een cursus Arabisch gevolgd in Cairo en heb vier maanden door de Golflanden getrokken, van Saudi-Arabië tot Koeweit via Qatar, de Verenigde Arabische Emiraten en Bahrein. Een tijdlang wilde ik specialist van de Arabische wereld worden, maar na die reis door de Golf is het of ik aan het einde van mijn traject ben gekomen. Ik verlang naar iets wat dichterbij is, intiemer.

Het domein aan het Kempisch kanaal in Neerpelt ligt als een arcadia in mijn herinnering. De blos op bomma's wangen als heeroom van Congo, heeroom van Brazilië of nonk Phiel kwamen logeren; de geur van koffie en sigarenrook die dan van kamer naar kamer trok; nonk Gerard zaliger die vanaf zijn lijst in de opkamer welwillend toekeek; het boogvormige raam dat vanuit dat geordende universum uitzag op het woelige leven aan de overkant.

Omdat ik bomma's lieveling was, mocht ik naast heeroom van Congo oplopen als hij tijdens zijn driejaarlijks verlof ging brevieren langs het kanaal. Hij schreed naast me in zijn ruisende soutane terwijl zijn ogen over de pagina's van zijn gebedenboek gleden. Bij de Scoutsrally kreeg ik een frisco en rustten we uit op een bankje. Heerooms baard werd steeds grijzer en rafeliger, zijn ledematen werden strammer, maar zijn ogen lichtten op als hij over zijn belevenissen in de brousse vertelde, zijn lach schalde dan door bomma's huis.

Ik besluit heeroom achterna te reizen. In Antwerpen neem ik de Congoboot naar Matadi en trek in zijn voetsporen door Beneden-Congo, waar hij zesenveertig jaren leefde. Met boten, vrachtwagens en jeeps ga ik dieper het binnenland in. Ik reis de geschiedenis binnen van een land tachtig keer groter dan België en tegelijkertijd mijn eigen geschiedenis. Het is alsof ik thuiskom.

Zes maanden later installeer ik me in het huis van een vroegere kostschoolvriendin in Antwerpen om te schrijven. Mijn familie is ineens veel dichterbij. Het overlijden van een oom of tante – in Amsterdam zou ik er hooguit een bericht over krijgen, nu vinden ze dat ik mee moet naar de begrafenis.

In die periode ga ik met Fonny en Christiane naar een openluchtfeest: Fonny aan het stuur, Christiane naast hem, mijn vriendin en ik achterin. Fonny zegt dat hij niet meer gebruikt, geen druppel meer drinkt en heel gezond eet. Toch hangt er – zoals altijd wanneer het niet goed met hem gaat – een dreigende, ruzieachtige sfeer om hem heen.

Op het feest verdwijnt Christiane algauw op de danspiste. Wanneer de muziek hard dreunt, heeft ze me verteld, kan ze die *voelen*. Het is voor het eerst dat ik haar zie dansen. Ze heeft ritme en flair – ik kijk er ontroerd naar. Maar Fonny is ontstemd en als ze bezweet naast hem neervalt, scheldt hij haar uit: ze heeft haar tas onbewaakt achtergelaten, weet ze niet dat er op dit soort feesten gepikt wordt? En waarom danst ze zo dwaas, heeft ze soms te veel gedronken? Zo ken ik hem: als hij zich niet vermaakt, mogen de anderen dat ook niet.

Dan wandelt een bekende uit Neerpelt met een mysterieus lachje naar hem toe en fluistert hem iets in het oor. Fonny volgt hem naar de duisternis achter het feestgewoel. Met een huppelpasje komt hij terug. Maar hij blijft wrevelig en doet er alles aan Christianes onschuldige dansplezier te vergallen. Op weg naar huis krijgt ze de volle laag.

De bekende uit Neerpelt zal op een ochtend terugkeren van een 'boodschapje' in Holland en zich – terwijl het hele dorp nog slaapt – doodrijden tegen een stilstaande vrachtwagen.

Ik zit in Antwerpen te schrijven als Jennifer haar eerste communie doet. Mama, papa, Hildeke en ik gaan er samen naartoe. Kort daarvoor is Jennifer gedoopt; Fonny heeft Wies gevraagd of ze meter wilde worden, maar ze heeft nee gezegd: ze wil niet betrokken raken bij de chaos om Fonny heen, de conflicten die hij en Christiane met iedereen hebben, de achteloosheid waarmee ze Jennifer achterlaten bij onthaalmoeders.

Laatst was Jennifer een middag bij Wies – Fonny en Christiane deden boodschappen in de stad. Wies was aan het naaien. Jennifer prikte haar met een kopspeld in de arm en bleef dat doen, ook toen Wies zei dat ze ermee op moest houden. Bij hun terugkeer maakte Wies er een opmerking over. 'O,' zei Christiane, 'dat doet Jennifer niet zomaar. Dan zal jij wel iets fout hebben gedaan.'

Er zijn een twintigtal genodigden op het communiefeest. Jennifer is een beeldschoon meisje: heldergroene ogen, een bloemenkrans in haar glanzende krulharen. Ietsje scheel, maar daar wordt aan gewerkt. ''t Is een vinnige,' zegt mijn moeder, die haar kinderen en kleinkinderen doorgaans met één woord weet te typeren.

Even dreigt er iets mis te lopen met de catering. In de keuken hoor ik Fonny uitvliegen tegen Christiane en vervolgens op ruziënde toon telefoneren. Verder loopt alles normaal – al verlies ik in Fonny's buurt nooit mijn waakzaamheid.

Als dessert is er een lelieblank lammetje van crème-glace, net als op mijn eerste-communiefeest. Ik wist niet dat ze die nog maakten. Jennifer moet het ijslam de keel oversnijden. *Lam Gods, dat wegneemt de zonden der wereld, ontferm u over ons.* Het bloed gutst uit de nek en laat vlekken achter op het tafelkleed, als rozenbladeren zo groot. Het ijs smaakt minder romig dan destijds, de grenadine is vervangen door frambozencoulis.

Na het dessert klimt Jennifer op de tafel in haar witte designjurkje en leest een brief voor waarin ze eeuwige trouw zweert aan het kindje Jezus dat vandaag in haar hart is gekomen. Dan lopen we de tuin in en maken foto's, hangend en liggend in het gras bij de gedempte waterput.

Maar de neergang is ingezet en ook Christiane neemt haar toevlucht tot de middelen die Fonny's bestaan beheersen – om de onrust in haar eigen hoofd te temperen, om te begrijpen waarnaar hij op zoek is, om te voelen wat hij voelt. Ze verhuizen voortdurend, op de vlucht voor boze buren en huiseigenaren.

Christiane ontdekt dat Fonny andere vrouwen heeft en raakt van slag. Een van de vrouwen is getrouwd. Op een dag ziet Christiane Fonny's auto voor haar huis staan, belt aan en scheldt de vrouw uit met die verkrampte stem van haar, een dolle buiteling van woorden, extra moeilijk te verstaan omdat ze zo kwaad is.

Tegen die tijd is het oorlog en Fonny – immer in de weer met recorders – neemt een van hun gesprekken op. Wil hij van Christiane af en verzamelt hij bewijs tegen haar voor zijn advocaat? 'Ruzie Chris-Fonny, Molenbeersel' schrijft hij op de cassette. Al verloopt hun communicatie niet probleemloos, door de jaren heen hebben ze samen zo te horen toch een zekere verbale behendigheid ontwikkeld.

Christiane verwijt Fonny dat hij een 'vreemde' vrouw heeft, hij protesteert dat ze hem moet vrijlaten.

'Maar er klopt iets nie, elke keer dat gij dat doet voel ik...'

'Gij voelt niks. En waag het niet mij te verraden, hè? Ik verwittig u. Probeer niet dat gezin kapot te maken, want dan leeft ge niet meer. Wat, gij hebt al gebeld? Pas op, hè, als dat waar is. Als ik dat te weten kom...' Na een korte stilte zegt hij: 'Het gaat niet meer tussen ons, Christiane, zijt maar eerlijk. Ga dan weg. Betaal uw schulden en ga.'

'Allemaal verdelen,' roept Christiane, 'ik heb hard gewerkt.'

'Gewerkt?' Fonny lacht gemeen. 'Komedie spelen en geld afpakken van mensen, dat kunt gij. Ik heb mijn tijd verspild door met u rond te rijden. Ik verdeel niks.'

'Maar ik heb negen jaar lang...'

'*Ik* heb negen jaar miserie gehad met u. Gij zijt psychisch gestoord, ik heb u altijd verzorgd. Trap het maar af, vandaag. Maar maak geen ruzie met mij, hè, want dan zit het ertegen en ge weet: ik ben gevaarlijker dan gij. Een souvenir op uw lichaam, dat krijgt ge cadeau van mij, voor de rest van uw leven.'

Zijn toon is dreigend, maar Christiane is niet bang en gaat dapper verder: 'De boeken moeten ook...'

'Boeken verdelen? Gij zijt toch slim genoeg van uzelf, gij weet toch alles?'

'Dat is nie waar, wie zegt da?'

'Gij zegt toch dat ik stom ben? Awel, ik wacht tot gij weg zijt om boeken te lezen, om mij te ont-wik-ke-len, dan weet ik ook veel, hahaha.'

Dit is de Fonny die ik ken van de ruzies thuis. Ze moeten gewend zijn zo met elkaar om te gaan, want ondertussen föhnt Christiane haar haren, repareert Fonny iets met een hamer, vraagt haar of het zo goed is en heft soms een liedje aan. Ze maken zich klaar voor een bezoek aan de bank, waar hij dringend iets moet regelen – hij zegt dat ze zich moet haasten.

'Nee, nee, ge hoeft niet naar de kapper, uw haar zit goed. Allez, vooruit. En begin in de auto niet weer over die vrouw te praten en mijn dag naar de kloten...' Hun stemmen verwijderen zich, in de verte slaat een automotor aan. Het bandje draait geluidloos verder.

Wat dacht Fonny, dat Christiane hem nooit zou verlaten? Dat ze zijn drugsgebruik, zijn vreemdgaan, zijn gescheld zou blijven verdragen? Ze is de laatste sterke persoon in zijn buurt, de laatste die hem een spiegel voorhoudt, maar hij schopt haar telkens onderuit. Tot hij haar, twee jaar na het telefoongesprek, het huis uit zet en een pan achter haar aan keilt.

Meteen daarna barst de strijd los om de tienjarige Jennifer. Een maatschappelijk werkster probeert Wies ertoe te bewegen Jennifer in huis te nemen, maar Wies denkt aan haar kleine kinderen en zegt nee.

Fonny en Christiane kunnen geen van beiden voor Jennifer zorgen, toch willen ze allebei het hoederecht over haar. Christiane vertoont zware fysieke en psychische handicaps, betoogt Fonny voor de rechter, ze is autistisch en agressief, een gevaar voor zichzelf en haar omgeving. Helpt mijn vader hem die zaak te winnen? Want Fonny wint hem, kindergeld incluis. Jennifer is intussen in een internaat beland.

In de nadagen van hun relatie zijn Fonny en Christiane aangespoeld bij de pastoor van Alken, die zich ontfermt over verslaafden. Daar heeft Fonny Annie ontmoet, die haar alcoholverslaafde man en vier kinderen voor hem verlaat en na Christianes aftocht bij hem intrekt. Annie heeft een afkeer van drugs, maar is te zwak om Fonny te bevechten. Hij legt beslag op haar uitkering – dat geld heeft hij nodig om spullen te kopen op veilingen, zegt hij. Ze ziet er niets van terug.

'Ik zou heel graag naar de kapper gaan,' schrijft Annie in een kattebelletje dat ik tussen Fonny's papieren vind, 'ik heb al zo lang gewacht. Mag ik nu eindelijk eens gaan? Je hebt het me tenslotte beloofd. Ik zou me dan goed voelen en ik zou gelukkig zijn. Wat je beloofd hebt moet je doen. Bij voorbaat dank, Annie.'

Het geld van Annie volstaat niet en Fonny duikt steeds vaker op in Hasselt, waar mijn inmiddels gepensioneerde vader aan het redderen slaat. 'De verloren zoon' van Anton van Duinkerken speelt door mijn vaders hoofd. Hij heeft het bijbelse gedicht tijdens een declamatiewedstrijd van het Davidsfonds in Neerpelt voorgedragen, één jaar voor Fonny's geboorte – als een prelude. Waar is het toch gebleven?

Hij zoekt ernaar, maar vindt het nergens en moet het doen met de flarden in zijn hoofd: '*Jonge man, jonge man, jouw armen zijn te kort om te boksen met God.* [...] *en 's nachts was hij in speellokalen waar hij met satan dobbelde om zijn ziel.*' Maar vooral de zin '*Ik wil opstaan en naar het huis van mijn vader gaan*' is hem bijgebleven.

In de tijd van Christiane leende Fonny thuis soms grote bedragen, nu krijgt hij maandelijks 'onderhoudsgeld', zoals mijn vader het in door Fonny ondertekende schuldbekentenissen noemt. 'Schiet deze rekening ook maar voor,' heeft Fonny geschreven achter op een envelop van de Regie van Telegrafie en Telefonie, 'want telefoon is onmisbaar voor mij.'

Hij reist weer door het land om veilingen en zondagsmarkten te bezoeken en mama stuurt een geruststellende brief naar Damascus, waar ik een halfjaar verblijf bij mijn vriendin Hala en haar dochter Asma: 'Denk maar niet dat Fonny ons nog doet afzien. Hij is veel beter en ik hou echt van hem, ik kan er niets aan doen. Hij is fel veranderd, werkzaam, lief en bijna genezen. Jij gelooft dat niet, hè?'

Dat de werkelijkheid minder fraai is, blijkt uit een brief van Fonny die ik later vind. Hij is gekreukeld, iemand moet hem tot een prop hebben verfrommeld, daarna is hij gladgestreken en heeft mijn vader er met een perforator twee gaatjes in gemaakt en hem opgeborgen in de map waarin ook memorabilia van nonk Gerard zaliger zitten.

Fonny slaapt in die periode regelmatig thuis. Op een ochtend muist hij ervanonder met mijn vaders auto, waarvoor hij zich in de brief excuseert: hij moet op de markt enkele zaken verkopen want hij zit financieel krap en anders dreigt hij 'op de centrale computer' terecht te komen als wanbetaler; als mijn vader hier begrip voor kan opbrengen, zal hem dat veel plezier doen en het gevoel compenseren dat hij door andere familieleden achtergesteld wordt.

Hij had natuurlijk kunnen vragen of mijn vader hem de auto zou lenen, schrijft hij, 'maar misschien had ik hem dan niet meegekregen en ik heb al mijn energie nodig om mijn zaken op punt te stellen, niet om te kweddelen.' Enkele passages heeft Fonny met een turquoise stift gemarkeerd: 'Onder geen enkele voorwaarde wil ik dat ge ongerust of kwaad zijt! Ik zal iets terugdoen!! Ik ben per slot van rekening toch uw kind. Wees niet boos of ongerust!!! Dat kwetst mij.'

Kort daarop spreekt hij in een briefje de hoop uit dat mijn vader zijn dankbaarheid voor wat hij gedaan heeft niet onderschat. 'In dit leven wil ik dat nog allemaal rechttrekken.'

Nu en dan reikt Fonny terug naar Christiane – zijn betere zelf. Dan schrijft hij haar een brief waarin hij zegt dat alles een misverstand is, dat hij Annie niet durfde te laten vallen omdat ze dreigde zelfmoord te plegen, dat hij het goed wil maken met haar, voor Jennifer, voor hun gezin.

Als hij na zijn dramatische aanrijding met 'een vaste hindernis', zoals de Amerikaanse eik op de weg van Hasselt naar Tongeren in het proces-verbaal wordt genoemd, weer in Vliermaalroot is en Christiane al een kind heeft met haar nieuwe vriend, belt hij haar midden in de nacht op. Ze zijn op dat moment in een juridische procedure gewikkeld over het hoederecht van Jennifer, dat Christiane heeft aangevochten. Ook dat gesprek is opgenomen – deze keer door Christiane. Haar vriend heeft nachtdienst, zegt ze, zij is alleen met de baby. Zelf is Fonny ook alleen, Annie is vermoedelijk in haar appartement in Hasselt.

Waarover hij het met Christiane ook wilde hebben, algauw wordt Fonny's toon vijandig en is hij haar aan het kleineren. 'Gij zijt zwak geworden,' roept hij, 'dat komt door die man van u, die gevaarlijke psychopaat – weet ge wat dat is, een psychopaat? – die speelt de baas over u.'

Zij heeft nog spullen van hem, hij dreigt de rijkswacht op haar af te sturen. Waar zijn de dure Japanse messen gebleven, bijvoorbeeld, en zijn jeans en schilderijen? Die moet ze teruggeven. Al twee jaar betaalt hij geen huur meer in Vliermaalroot, terwijl het huurcontract mede op haar naam staat, vervolgt hij treiterig. 'Op een dag zult gij dat allemaal moeten betalen. Ge kent mij toch, ge weet waartoe ik in staat ben: in vechten en oorlog voeren ben ik sterker dan gij. Ik heb altijd medelijden met u gehad, maar nu begin ik, en ik heb er plezier in. Zó. Gij gaat de berg af, tot ge nooit meer omhoog kunt komen. Gij zijt in een kloof gesprongen – kent ge dat, een kloof, weet ge wat dat is?'

Hij schept op over Annie, die beter en sterker is dan Christiane en meer mensenkennis heeft. Zij heeft hem van de drugs afgeholpen. En waarom gebruikte hij destijds drugs en nu niet meer? 'Omdat gij ne valse goeroe zijt. Ik moest drugs gebruiken om mijn leven met u vol te houden.'

Gelooft hij het zelf? Christiane in ieder geval niet. Ze hoort hem een tijdje aan en zegt dan: 'Laatst vertelt gij mij: ik ben veranderd. Ik vind niet dat gij veranderd zijt, gij zijt nog erger dan vroeger.' Toch doet ze geen poging het gesprek te verbreken. Soms huilt de baby of kan ze Fonny niet verstaan, verzoekt ze hem harder en trager te spreken.

'Waarom zijt gij eigenlijk klaarwakker,' vraagt hij ineens achterdochtig, 'terwijl het zo laat is?'

'Omdat ik de kleine eten geef. Hij moet sterk worden.'

'Dat zullen we zien, of hij sterk wordt. Laat hem maar eens naar hier komen, dan schop ik hem tegen zijn kont en vliegt hij terug naar Antwerpen. En waarom hebt ge hem zo'n onnozele naam gegeven – kunt ge niks beters bedenken? Hebt gij geen verstand in uw bolleke?'

Zijn toon wordt steeds driester, maar hij draait al scheldend uiteindelijk om zijn eigen as. Ik word er treurig van naar hem te luisteren, wetend dat hij alleen is in dat kale huis in Vliermaalroot met die stallen vol oude rommel, zo te horen niet nuchter, fulminerend tegen de vrouw die hij zelf aan de deur heeft gezet en die erin geslaagd is een leven te leiden zonder hem. Christiane voelt ook dat er iets niet klopt. 'Ik weet wat het is met u,' zegt ze ten slotte, 'waarom gij mij midden in de nacht belt: gij zijt niet gelukkig met Annie.'

De roze wolk waarop wij na Fonny's ongeluk even dreven, is verdampt; de een na de ander heeft het teleurgesteld laten afweten. Na de zoveelste ruzie maakt Annie een einde aan hun relatie. Zodra Fonny haar nieuwe adres achterhaalt, staat hij voor de deur en maakt een hoop kabaal: ze is hem geld schuldig. Annie belt de politie, geeft een signalement van zijn auto. Wat er daarna precies gebeurt weet ze niet, maar ze zal hem niet meer zien.

Die winter komt Nicole over uit Spanje en vergezelt ze mama, na een warrig telefoontje van Fonny, naar Vliermaalroot. Ze herinnert zich de besneeuwde velden en hoe aan het einde daarvan het nauwelijks verlichte huis opdoemt. Alle ramen van de benedenverdieping staan open en op de sofa ligt Fonny, in zijn onderbroek.

'Ik ga zelfmoord plegen,' dreigt hij als mama weer eens toesnelt, waarop zij hem meeneemt naar Hasselt. In zijn kielzog verschijnen hulpverleners, straathoekwerkers en verslaafde vrienden. Mama is nog helder, maar gaat snel achteruit; papa is evenmin opgewassen tegen de situatie, maar wanneer zijn kinderen kritiek hebben op zijn bemoeienis met Fonny slaat hij hen om de oren met de parabel van de verloren zoon.

Een halfjaar na onze gemankeerde collocatiepoging dreigt Fonny opnieuw zelfmoord te plegen en weten Aline en Wies hem ervan te overtuigen zich te laten opnemen. Zijn odyssee langs instellingen en ontwenningscentra is begonnen. Kort nadat ik hem met mama en Polly naar Munsterbilzen heb gebracht, is hij weer thuis. Ik ben in Parijs en sta op het punt het vliegtuig naar Mali te nemen. Marek is zo tactvol het me pas bij mijn terugkeer te vertellen. Via kennissen hoor ik dat Fonny bij een boekhandel in Hasselt vijf esoterische boeken heeft besteld en mijn naam heeft gebruikt om spoed achter de levering te zetten. Hij haalt de boeken nooit op.

Hij heeft nog kortstondige, heftige relaties, maar slaagt er niet meer in iemand aan zich te binden. Hij luistert naar muziek, is voortdurend in gesprek met zichzelf en noteert zijn gedachten in telkens nieuwe, grote schriften. Zweverige teksten zijn het, vermoedelijk onder invloed opgetekend. Zijn ze van hemzelf, pikt hij ze op in het café, pent hij ze over uit een boek? *When I die I go to heaven. Because I've spent my time in hell* heeft hij ergens geschreven. Als ik zoek naar de herkomst van die tekst, ontdek ik dat Vietnamveteranen hem met een zakmes achter op hun aanstekers kerfden.

Jennifer loopt alsmaar weg uit de internaten waar ze wordt geplaatst. Christiane klaagt dat ze agressief is als ze op weekend komt; laatst heeft ze een strijkijzer naar haar halfbroertje gegooid. Vanuit een ontwenningscentrum spreekt Fonny zijn dochter in haar nieuwste onderkomen moed in: 'Jenniferke, mijn allerliefste kindje, iedere tocht is een tekening van onze levensweg. Het is weggaan van de plek waar we staan en vastzitten aan alles wat ons dierbaar is. Op tocht gaan is vermoeid raken en de aandrang bevechten om langs de weg neer te zitten. Op tocht gaan is echter ook de vreugde beleven dat iedere bocht een ander landschap opent en elke bergtop een weids gezicht openbaart. Op tocht gaan... onderweg zijn... het is en blijft boeiend... Je liefhebbende papa.'

Wanneer Jennifer drugs begint te gebruiken, belandt ze in de kinderpsychiatrie. Het getouwtrek om hun dochter heeft Fonny's contact met Christiane zo verziekt dat hij haar aangeeft bij het OCMW, het Openbaar Centrum voor Maatschappelijk Welzijn, omdat zij een uitkering heeft, maar volgens hem nog steeds bedelt en zelfs huizen verkoopt. 'Ik handel niet uit rancune,' schrijft hij, 'maar vind deze praktijken ten opzichte van uw dienst onrechtvaardig en ongeoorloofd.' Als het OCMW geen 'gepaste maatregelen' treft, ziet hij zich genoodzaakt een familielid in te schakelen dat adviseur – hij maakt er voor de gelegenheid 'juridisch adviseur' van – is van de Belgische premier.

Drie jaar na zijn ongeluk krijgt Fonny een sociale woning toegewezen in een drooggelegd moerasgebied aan de rand van Hasselt, een nieuwbouwwijk zonder winkels, met iele bomen en bermsloten die het overtollige water opvangen. Gelukkig is er een sportcentrum in de buurt, zegt hij tegen Wies, want hij is van plan te gaan sporten.

Maar sporten zal hij niet. Wel schrijft hij zich in bij het dagcentrum van het CAD, waar hij met andere verslaafden tijdens de kooktherapie romige wortelsoep, groentesoep en spaghettisaus voor vier personen leert maken – recepten die hij noteert en opbergt in zijn map met lopende zaken, samen met aanwijzingen over het schrijven van een sollicitatiebrief.

Zijn dagboeknotities worden steeds warriger, soms draait hij in de rondte als een dolgedraaide bout. 'Het is mijn doel nieuwe doelstellingen te maken,' schrijft hij. Als hij het in zijn eentje niet meer uithoudt, gaat hij op zoek naar een instelling. Hij vraagt een informatiefolder aan van het Psychiatrisch Centrum Broeders Alexianen, belt hen en stopt de folder na afloop van het gesprek in zijn map met de notitie GEKLASSEERD en de toelichting: 'Zien me niet als iemand voor wie ze de ideale omstandigheden tot genezing kunnen creëren.'

Zoekt hij gezelschap, heeft hij behoefte aan aandacht, wil hij verzorgd worden, zoals sommige delinquenten zich in de winter laten opsluiten omdat ze in de gevangenis eten krijgen, omdat het daar warm is? Zodra hij is opgenomen weet hij niet meer waarom hij is gekomen, is hij boos omdat hij niet mag telefoneren, ziet hij op tegen de inspanning die hij in de groep moet leveren, wil hij het weekend naar huis en trapt het af als hij zijn zin niet krijgt.

Er is weinig overgebleven van de knappe man die Fonny ooit was. Een tijdlang heeft hij zijn haar gepermanent om zijn beginnende kaalheid te verbergen, inmiddels draagt hij het heel kort. Eén keer maakt iemand nog een interessante foto van hem. Als je alleen naar de linkerhelft van zijn gezicht kijkt – de zelfverzekerde blik, de welgevormde lippen, de stevige wenkbrauw – is de aantrekkelijke man van vroeger er weer. Aan zijn rechterkant – het gat in zijn hoofd, de ingeklapte kaak, het opengesperde oog – is hij het type geblutste junk waar ik in Amsterdam schichtig aan voorbijloop. 'Dit heb ik niet gewild,' schrijft hij in zijn dagboek, 'en toch is bijna alles gebeurd waar ik bang voor was.'

Op een foto zit hij op de bank in zijn appartement naast een somber, ietwat bangig kijkend meisje. Op een tweede foto klemt het meisje een beer in de handen. Wie is zij, wat doet zij aan zijn zijde?

Later zal ik begrijpen dat ze elkaar in het dagcentrum van het CAD ontmoet hebben. Iris lijkt erg jong maar ze is tweeëntwintig, zij en haar man zijn heroïneverslaafd. Ze was een nakomertje, voelde zich niet geliefd en begon al jong drugs te gebruiken om haar ouders de duvel aan te doen. Op haar zeventiende was ze het huis uit. Ze maakte haar middelbare school niet af, woonde in kraakpanden en heeft, om het heroïnegebruik van haar man en haarzelf te bekostigen, twee jaar als straatprostituee gewerkt. Ze had haar vaste plek in het overdekte winkelcentrum van Genk. Haar klanten waren voornamelijk Turks; ze haatte hen, maar was hun tevens dankbaar.

Tijdens de bezigheidstherapie op het CAD maken Fonny en Iris uitstapjes en koken ze samen. Overdag mogen ze niet gebruiken en in principe willen ze allemaal afkicken, maar als je een stel verslaafden bijeenzet, is dat moeilijk: de een heeft zin, de ander ook en als er geld is... 's Avonds wachten de dealers hen buiten op.

Fonny is hoffelijk en charmant en algauw gebruiken hij, Iris en haar man samen. Overdag werkt de man van Iris, zodat zij vaak met Fonny alleen is. Nu en dan maakt Fonny zijn ogen op met kohl, dat vindt ze zo speciaal. Dan weer draagt hij een hoofdband, net als Rambo. Voor ze het weet is ze verliefd, denkt ze erover haar man te verlaten en schrijft ze Fonny een hartstochtelijke brief waarin ze hem vraagt geduld te hebben. 'Er is een toekomst voor ons en die zal prachtig zijn, zonder drugs of wat dan ook, zodat we van de pure dingen van het leven kunnen genieten.'

Uit een tweede brief blijkt dat ze een verhouding hebben, maar haar man weet het nog niet. 'Wie had dat gedacht, dat er nog mensen zoals jij bestaan? Ik verlang naar je zoals ik nog nooit naar iemand heb verlangd.' Ze heeft al kennisgemaakt met Fonny's schaduwkant. 'Zonder jou heeft mijn leven niet veel zin. Dat is me laatst pas echt duidelijk geworden toen we ruzie hadden. Amai, ik wist niet dat zoiets zoveel pijn kon doen. Ik kon mijn tranen niet bedwingen, heel mijn lichaam deed pijn.'

Kort daarna trekt Iris bij Fonny in en brengen ze een aantal weken door met wandelen in de natuur, samen naar de methadonverstrekking gaan en pikken in winkels. Fonny neemt haar mee naar het ouderlijk huis, om geld te halen. Mijn vader vraagt hun iets terug te doen. Veel kracht hebben ze niet, maar ineens staan ze met een heggenschaar in de hand de klimop te snoeien die hardnekkig tegen een buitenmuur van het huis op groeit.

Als ze rohypnol hebben genomen, zijn ze nergens bang voor. In hypermarkt Bigg's, waar de sigaretten los in de schappen liggen, schuift Iris de ene na de andere slof onder haar kleren. Ze is heel mager, in haar elastische broek kan ze makkelijk zeven sloffen kwijt – als een bomgordel. Ze verkopen ze voor de helft van de prijs in de nachtwinkel van de Pakistaan bij het station.

'Genoeg,' zegt Iris nadat ze in verschillende winkels merkkleding hebben gestolen. Fonny is overmoedig, hij heeft nog een zaak op het oog. Daar lopen ze tegen de lamp. De politie wordt erbij gehaald, ze moeten hun hele buit afgeven.

Tussendoor gaan ze naar Maastricht om cocaïne of heroïne te scoren. Rond de taxistandplaats aan het station kopen ze slecht spul; thuis worden ze allebei wakker met de spuit in hun arm. Gewoonlijk wachten ze tot ze in Hasselt zijn om te gebruiken, maar Fonny's nood is eens zo hoog dat hij al spuit zodra hij in de auto zit. Hij wordt onpasselijk en moet stoppen langs de snelweg. Iris kan niet autorijden. Gelukkig is het een automaat: ze kruipt achter het stuur en rijdt naar huis.

Gaandeweg merkt ze dat Fonny angstig wordt als hij heeft gebruikt. Er liggen grote messen onder zijn bed. Is hij bang voor een politie-inval, voor dealers, voor andere gebruikers? Op een dag krijgen ze onenigheid. Zegt ze iets wat hem niet bevalt, gaat ze niet mee in zijn redenering? Hij slaat haar, biedt achteraf zijn verontschuldigingen aan en is dan zo lief dat ze het hem vergeeft. Tot het een tweede keer gebeurt, en een derde – dan weet ze: dit blijft zo. Ze verschijnt met een blauw oog bij de methadonverstrekking en zegt dat ze tegen een deur is gebotst. De anderen lachen veelbetekenend: 'Dat zal wel.'

Iris wil terug naar haar man, maar Fonny laat haar niet vertrekken. Aan een medewerker van het CAD vertelt ze over haar angst, niet zozeer voor de messen onder zijn bed als wel voor de klappen die ze krijgt. Soms mag ze de deur zelfs niet uit. De man vergezelt haar naar Fonny's woning om haar spullen op te halen. Van de dingen die ze samen hebben gepikt, krijgt ze niets.

Op een nacht belt Fonny bij haar aan en blijft maar bellen. Ook nu moet de politie eraan te pas komen. Iris vertrekt naar een andere stad en ziet hem nooit terug.

In Congo heeft een spectaculaire machtswisseling plaatsgevonden: na tweeëndertig jaar is aan het schrikbewind van president Mobutu een einde gekomen en heeft Kabila, een tot voor kort nauwelijks bekende rebel, zijn plaats ingenomen. In zeven maanden tijd zijn de rebellen van het oosten van het land naar de hoofdstad Kinshasa in het westen gemarcheerd, het vluchtende regeringsleger voor zich uit drijvend.

Ik maak de machtsovername in Kinshasa mee, observeer de rebellen die neerstrijken in luxehotels en de villa's van de voormalige elite confisqueren, en trek daarna het berooide binnenland in. Weg is de onschuld van mijn eerste Congoreis, het aanstekelijke savoir-vivre van de Congolezen – deze keer zit ik midden in de gevolgen van een venijnige oorlog. De dorpelingen zijn beroofd door het regeringsleger, beschimpt door de rebellen omdat ze met Mobutu gecollaboreerd zouden hebben, waarna die ervandoor zijn gegaan met hun laatste geit of kip.

Een leger hulporganisaties heeft zich op Congo gestort. Westerlingen in jeeps strijken neer in de betere huizen, installeren aggregaten in de tuin omdat de elektriciteit het niet doet en zorgen voor hun eigen watervoorziening. Iedereen wil voor ze werken en veel Congolezen denken dat ze gekomen zijn om al hun problemen op te lossen.

Ik dineer in een restaurant met een hoge functionaris van het nieuwe regime. Wanneer we wegrijden worden we belaagd door straatkinderen. Ze scanderen zijn naam, bonken met hun knuistjes op zijn dure auto. Hij draait zijn raam op een kier, stopt hun een stapeltje biljetten toe en verzucht: 'Wat moeten we met die kinderen, zou Unicef daar geen oplossing voor weten?'

Als ik na zes maanden in Zaventem arriveer, waarschuwt Filip me aan de telefoon: 'Bel maar niet naar huis als je je reis naar Amsterdam niet wilt verpesten, want het is daar weer mis.'

In Amsterdam vind ik op mijn antwoordapparaat veertien boodschappen van mama, die vergeten was dat ik in Congo zat. Op een avond belde ze Marek om vergiffenis te vragen voor al de keren dat ze hem onheus had bejegend.

'Maar u bent nooit onaardig voor me geweest.'

'Dan vraag ik vergiffenis voor de slechte gedachten die ik misschien over je heb gehad.' Ze wilde vrede sluiten met al haar schoonkinderen, zei ze. Marek was ontroerd, maar had ook de indruk dat ze niet helemaal nuchter was.

Ik bel de anderen om te horen wat er in Hasselt aan de hand is. Fonny heeft een aanrijding gehad met papa's auto, weet Filip. Hij was met vier junks op weg naar Maastricht toen de auto net voorbij de grens een lichtmast ramde. Fonny zou niet zelf achter het stuur hebben gezeten. In een attest heeft zijn huisdokter verklaard dat hij in shocktoestand de auto verliet en onder psychiatrische behandeling is.

Fonny is aan de haal gegaan met mijn vaders pensioen, zegt Aline. Tegen de postbode die de cheque langsbracht, zei hij dat zijn vader ziek was. Hij vroeg papa's paspoort met de smoes dat de rijkswacht het nodig had vanwege het ongeluk in Maastricht en inde de cheque in het postkantoor. 'Maar dat is niets vergeleken bij wat hij verder nog allemaal gestolen heeft,' bekende papa. 'Hij ruïneert me.'

Aline begint te huilen als ze vervolgt dat papa haar op een avond vijf keer achtereen belde. Tot twee uur 's nachts haalde hij haar uit haar bed. Hij had gedronken en mama was volgens hem ook dronken. Toen Aline vroeg of ze mama aan de lijn kon krijgen, hoorde ze haar met onvaste stem roepen: 'Laat me met rust!'

Het komt allemaal door Fonny, zegt Wies. Hij woont weliswaar op zichzelf, maar belt voortdurend en is om de haverklap thuis. Hij voert mama dronken, dan heeft hij minder last van haar. Papa is zijn bril kwijt – daar zit Fonny zeker ook achter. Wies heeft een verpleegster ingeschakeld die mama zou helpen met wassen en aankleden. Toen die op een ochtend aanklopte, stonden mama en papa allebei in de deuropening. Ze hadden hun jas aan en zeiden uit één mond dat ze op het punt stonden te vertrekken en niemand nodig hadden. Ze kibbelen constant, maar plotseling waren ze verrassend solidair.

Hildeke komt in het weekend nog steeds naar huis. Ze helpt met koken en afwassen, zet tasjes kalmerende thee als papa zenuwachtig is, gaat boven kijken als mama 's middags te lang in bed ligt. Het is eigenlijk niet langer verantwoord dat zij alleen met hen is, maar papa slaat op tilt als Wies er iets over durft te zeggen en uiteindelijk berust iedereen erin, omdat het isolement van mijn ouders en de greep die Fonny op hen heeft anders nog groter zouden worden.

Wies heeft Hildeke geleerd hoe ze moet bellen als er iets gebeurt. Laatst hing ze ineens aan de lijn. 'Is er iets?' vroeg Wies gealarmeerd. Hildeke lachte onderdrukt. 'Nee, nee.' 'Waarom bel je dan?' Weer lachte ze. 'Zomaar.' Ze had blijkbaar behoefte met iemand te praten.

Christiane heeft Fonny aangeklaagd bij de rechter: hij en Jennifer hebben samen heroïne gespoten – dat heeft Jennifer haar bekend. De zaak is voorgekomen, *Het Belang van Limburg* heeft er zelfs over geschreven. Onder de kop 'Heroïneverslaafde laat dochter drugs gebruiken' stonden de ietwat opgepoetste feiten die Fonny's advocaat in de rechtszaal te berde had gebracht. Fonny zou bij een auto-ongeval hersenletsel hebben opgelopen. 'Om zijn hoofdpijn te verminderen, begon de Hasselaar te drinken. Zonder uitzicht op een job ging het van kwaad tot erger. Na de drank kwam de hasjiesj en vervolgens de heroïne. De man, die gescheiden leeft van zijn vrouw, liet ook zijn 17-jarige dochter meegenieten van de drugs.'

Als ik na al die ontijberichten naar huis bel, begint mijn vader meteen over Congo te praten. Hij heeft de situatie goed gevolgd en wantrouwt de rebellen, die op plastic slippers Kinshasa zijn binnengewandeld.

'Hoe is het daar?' vraag ik.

Even is het stil. Dan zegt hij: 'Fonny heeft een rare blik in de ogen, alsof hij toch iets heeft overgehouden aan zijn ongeluk.' Hij gaat tekeer tegen het CAD, dat zijn zoon volgens hem niet goed begeleidt.

Ik denk aan de hulporganisaties die Congo hebben overspoeld. Als zonnebloemen draaien de Congolezen zich in hun richting en worden naar mijn gevoel steeds zwakker en hulpbehoevender.

'Niemand kan Fonny helpen als hij zelf niet beter wil worden,' zeg ik.

'Fonny heeft geen vrije wil,' antwoordt mijn vader, 'net zomin als Hildeke.'

De vrouwen in Fonny's leven volgen elkaar intussen even snel op als de instellingen. 'Hij zoekt en hij zoekt, zowel bij de een als bij de ander,' schrijft hij ergens, 'naar de bevestiging van zijn persoonlijke waarde, omdat hij die in zichzelf niet vinden kan.' En ook: 'In een drukke straat word ik volledig overweldigd. Al die mensen die ergens heen gaan, die weten waar ze heen gaan.'

Eén keer nog zal hij een vrouw ontmoeten die verliefd op hem wordt. Geëxalteerd schrijft ze hem: 'Mijn lieve, zachte, beminde, gevoelige man, mijn Fonny. Jij bent het allerbeste dat me ooit is overkomen, ik aanvaard deze nieuwe wending in mijn leven vol geluk en dankbaarheid. Nooit had ik gedacht nog eens zo'n geweldige man te ontmoeten. Met al mijn fouten en gebreken wil ik je gelukkig maken.'

Ook die vlam is gauw opgebrand. In zijn dagboek noteert Fonny: 'Vandaag fijne dag en intiem met Vivi. Lang geleden dat een vrouw me zoveel genot gaf. Maar de overnachting verliep desastreus. Ze kreeg ontwenningsverschijnselen en bond haar benen af wegens kramp. Dat had ze in de gevangenis in Turkije geleerd. Ze eiste van alles van me terwijl ik wilde slapen. Het was bizar en ze begon te roepen en me zonder reden uit te schelden. Ze riep dingen die in het milieu gevaarlijk zijn en ik moest haar wel bedreigen en in elkaar slaan om haar duidelijk te maken dat ze moest zwijgen. Ik heb haar weggejaagd. Met zo iemand valt niet te leven. Ik besef dat Vivi een slechte zaak is en geen relatie kan hebben met me. Gelukkig heb ik geleerd niet meer door een vrouw gekwetst te worden. Ik heb iemand nodig, maar niet Vivi.'

In zijn wanhoop volgt hij een schriftelijke Bijbelcursus. Op alle vragen die hem worden gesteld, antwoordt hij met een wedervraag: 'Ga ik naar de hemel omdat ik mijn leven doorbracht in de hel? Wordt mijn lijden beloond?' En: 'Er zijn zoveel godsdiensten. Hoe kan ik weten dat mijn keuze klopt?' Hij bevindt zich momenteel in een situatie, schrijft hij, 'waarin de vragen het verreweg winnen van de antwoorden'. In zijn dagboek duiken zinnen op over God en Jezus, en Bond Zonder Naam-achtige spreuken als 'Het hart van de mens en de bodem van de zee zijn onpeilbaar', waar hij vroeger om gelachen zou hebben. Maar dan staat er ineens weer een gedachte van hemzelf: 'Een foetus ben ik, een foetus van zevenenveertig jaar.'

Na een kort verblijf in Europa vertrek ik opnieuw naar Congo. Voor het eerst sinds lange tijd heb ik enkele relatief rustige dagen doorgebracht in Hasselt. Fonny zag ik niet, die had zich laten opnemen. Hij had een goede hospitalisatieverzekering, zei papa, waardoor hij tijdens zijn opname meer geld binnenkreeg dan hij uitgaf en hopelijk een deel van het pensioen kon terugbetalen dat hij onlangs had verdonkeremaand.

Mama lag vaker dan anders op bed. Telkens wanneer ik haar kamer binnenkwam, zei ze dat ik moest rondkijken in het huis en haar zeggen wat ik mooi vond, dan zou ze op de achterkant mijn naam schrijven. 'Want op een dag zijn we dood en we kunnen het niet meenemen.' Toen ik afscheid nam, zat ze op bed met haar tas, die ze helemaal binnenstebuiten had gekeerd. Wilde ze me geld geven, was ze daarnaar op zoek geweest? Haar portemonnee was leeg. Ze zei niets, maar keek me aan met een verwezen blik in de ogen. Het beeld van dat verloren figuurtje op het grote bed achtervolgde me tot in het vliegtuig.

Maar nu ben ik in Congo en ik word meteen naar binnen geslingerd. In de zuidelijke provinciehoofdstad Lubumbashi volg ik een militair showproces tegen een van de mannen met wie Kabila minder dan een jaar eerder naar de hoofdstad is gemarcheerd. Samen met tweehonderd rechtenstudenten sta ik elke ochtend voor de smalle deuren van het theater waar het proces wordt gehouden en probeer naar binnen te komen. De studenten moedigen me aan, vertellen me hoe ik moet rennen: recht op het doel af, zonder op of om te kijken. Als buffels stormen we vooruit, de foyer door en dan de zaal in; het glas van de toegangsdeuren is al gesneuveld, onderweg verliezen we schoenen, tassen, pennen. Eenmaal binnen schieten we links en rechts de rijen in.

De sfeer op het proces is grimmig. Ogenschijnlijk is de situatie in Congo tot rust gekomen, maar ondergronds borrelt het. Kabila keert zich af van de mannen die hem in het zadel hebben geholpen. Hij wil alleen heersen, net als Mobutu. Regelmatig proberen militairen me uit de rij te halen. Een buitenlandse observator – daar hebben ze geen behoefte aan. De studenten beschermen me, geven de militairen een grote bek en noemen me *communauté internationale*, internationale gemeenschap.

De revolutie eet haar kinderen op. Ik wil er geen moment van missen.

Zevenduizend kilometer verderop is Fonny allang terug uit het ziekenhuis. Op een dag is hij zo manisch en voelt hij zich zo bedreigd dat Geert, de psycholoog van het CAD, hem voorstelt zich te laten opnemen. Op woensdagmiddag gaat Fonny naar het Psychiatrisch Centrum in Heusden-Zolder, op maandag is hij, tegen het advies van de kliniek, weer thuis en belt Jennifer naar het CAD omdat ze zich zorgen maakt over haar vader.

Die avond brengt Geert hem een bezoek; hij is pas dertig, maar hij kent Fonny al tweeënhalf jaar en heeft heel wat tijd met hem doorgebracht. Veel zware heroïnegebruikers zijn alleen bezig met het hier-en-nu, maar Fonny heeft een spirituele kant die hem aanspreekt. Hij blijft op zoek naar de zin van het leven dat hij leidt, leest boeken en schrijft dingen die hij hem soms laat lezen.

Een halfuur is Geert bij hem. Fonny is vrij helder; ze spreken af dat hij de volgende middag contact zal opnemen om te vertellen hoe het met hem gaat. Maar hij belt niet en als Geert zijn nummer draait, krijgt hij geen gehoor, ook de daaropvolgende dag niet. Tegen die tijd begint Geert zich zorgen te maken. Fonny zoekt regelmatig de grens op van wat zijn lichaam aan middelen kan verdragen en vraagt zich vaak af wat de dood voor hem in petto houdt. Hij zal toch niet...?

Geert wordt gebeld door een ongeruste Jennifer en door mijn vader, die Fonny herhaaldelijk heeft geprobeerd te bereiken. Zou hij niet eens kunnen gaan kijken?

Twee dagen nadat hij hem heeft gesproken, staat Geert andermaal voor Fonny's woning. Het is een zachte meiavond, het wordt al donker, maar er brandt op de eerste etage geen licht, in de keuken noch in de slaapkamer. Geert belt aan. Geen reactie. De benedenbuurman opent de voordeur voor hem. Ze lopen de smalle trap op, kloppen aan. Geert schrijft een briefje en schuift dat naar binnen.

Fonny zou nog zoveel moeten doen. Zijn pink moet rechtgezet worden, zijn ingeklapte kaak geopereerd. Hij moet zich inschrijven bij het sportcentrum dicht bij zijn huis en in zijn agenda heeft hij een afspraak genoteerd met de charismatische beweging van de Heilig Hartkerk. 'Ingang langs de toren,' heeft hij erbij geschreven.

En dan is er Jennifer, voor wie hij moet zorgen. Jennifer, die jarenlang heeft gezworven langs instellingen en die hij een thuis moet geven. Dat heeft hij haar beloofd in alle brieven die hij haar heeft gestuurd terwijl zij van instelling naar instelling trok. Haar slaapkamer ligt tegenover de zijne, hij gebruikt die nu nog als bergruimte, maar eens zal hij die inrichten, voor haar.

Stoppen roken, drugs, alcohol heeft hij op de laatste pagina van zijn dagboek geschreven. Al die voornemens, als hij ze maakt lijken ze zo echt, zo haalbaar. Tot voor kort nam hij ze serieus, net zoals hij dacht dat hij ooit weer zou optreden, samen met Jennifer misschien – die heeft zo'n mooie stem. Maar het wordt steeds moeilijker erin te geloven. Het komt door de pijn die zijn leven beheerst en waarvoor hij telkens op de vlucht slaat. Om haar terug te vinden, tot in zijn slaap – erger dan voorheen.

Beschadigd is hij. Zijn probleem heeft een naam, maar dat verzacht zijn lijden niet. Niets kan hem nog genezen, zelfs in God geloven brengt geen verlichting. De dood kan niet zo erg zijn als deze eenzaamheid, dit verdriet, deze pijn. Tussen wat hij droomt en doet gaapt een ijzingwekkende afgrond en hij voelt zich vallen, vallen – vallen.

De volgende middag belt Jennifer Geert opnieuw en besluiten ze samen naar Fonny's appartement te rijden. Als niemand opendoet gaan ze naar de achterkant, waar Geerts blik valt op het openstaande balkonraam. Jennifer, inmiddels negentien, helpt hem omhoog te klimmen. Zelf durft ze niet naar binnen.

Geert loopt via de woonkamer naar de slaapkamer aan de voorkant van het appartement. Fonny ligt in zijn onderbroek op zijn buik, zijn benen op het bed, zijn bovenlichaam deels ernaast – alsof hij een poging heeft gedaan zich op te richten en in de lucht is blijven hangen. Geert blijft even staan. Hoe dit te vertellen aan het meisje dat beneden op hem wacht? En aan Fonny's vader, die hij vanochtend aan de lijn had? Dan draait hij zich om en gaat naar de deur. Tot zijn verbazing is die niet op slot. Beneden slaat hij een arm om Jennifer heen en begeleidt haar naar de auto.

Het is Geerts eerste drugsdode. Koortsachtig probeert hij zich te herinneren wat hij allemaal moet doen. Hij rijdt Jennifer naar een familielid, gaat naar kantoor en belt een dokter. 'Weet je zeker dat hij overleden is?' vraagt een collega. Toen hij Fonny's slaapkamer binnenliep was Geert daarvan overtuigd; nu zijn collega het hem vraagt, twijfelt hij even.

Terug in Fonny's appartement wacht hij op de dokter en belt de politie. Er branden twee lampen. Vreemd dat hij dat niet heeft opgemerkt toen hij de avond tevoren voor het huis stond.

Fonny's lichaam is helemaal stijf en de eerste lijkvlekken zijn al zichtbaar. Er zijn geen sporen van geweld, maar op beide armen ziet de schouwarts priksporen. Gedurende de verkenning van zijn woning treft de politie geen tekenen van braak aan. Wel vinden ze bloeddruppels op de keukenvloer, injectiespuiten, een zwartgeblakerde soeplepel, een aangebroken strip Antabuse, een lege strip Lexotan en een halve strip Floxyfral.

Is de man op het bed overleden aan een overdosis of is er sprake van zelfmoord? Geroutineerd zoeken ze verder. In de bergruimte tegenover de slaapkamer ligt een van Fonny's notoire aktetassen – het type dat hij graag bij zich had als hij werd opgenomen. Op de eerste pagina van een nieuw schrift dat in de tas zit, heeft hij met onvaste hand geschreven: 'Jennifer, I go to heaven because I spent my' – de zin eindigt abrupt, eronder staat: 'Not in this world, only in heaven I can take care of you. Love, Fonny'. De agenten klappen het schrift dicht en nemen het mee. In het proces-verbaal wordt de tekst 'Afscheidsbrief, gericht aan zijn dochter Jennifer' genoemd.

Drie kwartier nadat de politie ter plaatse is gekomen, krijgen ze te horen dat ze het lichaam mogen vrijgeven en verwittigen ze de begrafenisondernemer. Onder 'Kwalificatie van feit(en)' noteert de opsteller van het proces-verbaal: 'Zelfmoord'.

Iedereen is nog op zijn werk als de vrouw van Rik mijn vader aan de lijn krijgt. Zijn geschreeuw is bijna dierlijk, ze kan niet begrijpen wat hij haar tracht te zeggen. 'Wat is er?' vraagt ze. 'Ik versta u niet.' *'Onze Fonny is dood!'* Achter hem hoort ze mama jammeren. Als ze de hoorn neerlegt, kijkt ze op de klok. Zo meteen stapt Rik in zijn auto. Ze durft hem niet te verwittigen, bang dat hem onderweg iets overkomt, en besluit te wachten tot hij thuis is om het hem te vertellen.

Wies wordt gebeld op haar werk en spoedt zich naar het ouderlijk huis, waar Rik al gearriveerd is. Aline, Filip en Polly zijn in aantocht en Nicole zal het eerstvolgende vliegtuig uit Spanje nemen. Hildeke weet het nog niet – ze besluiten haar voorlopig in de instelling te laten.

Telkens wanneer een van de kinderen binnenkomt en hem omhelst, begint mijn vader opnieuw te huilen. Verder doet hij wat hij altijd doet als zich iets onomkeerbaars heeft voorgedaan: hij verzet zich. Dat zijn oudste zoon zo aan zijn einde moest komen – godgeklaagd is het. Fonny verkeerde in hoge nood, maar zijn broers en zussen hebben niets voor hem gedaan, ze hebben hem allemaal laten stikken. 'Moordenaars,' zegt hij.

De instanties hebben Fonny ook niet geholpen. Hoeveel dokters heeft hij niet bezocht, in hoeveel instellingen heeft hij niet gezeten. Zodra de psychiaters merkten dat hij niet in de pas liep, moest hij weg. Terwijl dat juist Fonny's probleem was: hij kon niet in de pas lopen. Een paria hebben ze van hem gemaakt. 'Je vraagt je af wat die dokters jarenlang gestudeerd hebben,' zegt hij bitter, 'want een zieke beter maken kunnen ze niet.'

Voor één keer spreekt niemand hem tegen. Ze zijn verdrietig, omdat het zo gelopen is, omdat ze Fonny na zijn ongeluk zes jaar eerder niet hebben kunnen helpen. Maar ze zijn ook opgelucht, al zouden ze dat niet durven toegeven – niet tegenover papa, maar ook niet tegenover elkaar. Nog niet.

Misschien is papa heimelijk ook wel opgelucht. Hij had de laatste tijd geen rust meer, Fonny sukkelde van het ene probleem in het andere. Pasgeleden heeft hij in dronken toestand nog de omheining van een privéwoning omvergereden. Maar dat mijn vader opgelucht is zou hij niet eens tegenover zichzelf kunnen toegeven.

Wanneer de telefoon overgaat, betrapt Filip zichzelf erop dat hij die zonder bedenkingen opneemt. Dat deed hij in Hasselt nooit meer, omdat hij Fonny niet aan de lijn wilde krijgen.

Mama scharrelt door het huis, blij met al het bezoek. Nu en dan valt ze neer in haar stoel met uitzicht op de windmolentjes in de tuin. 'Laat papa maar klagen,' zegt ze, 'daar ontspant hij van.'

Geert van het CAD, die heeft een hart, vervolgt papa – die was aangedaan toen hij hem vanmiddag belde om te zeggen dat hij Fonny had gevonden. Maar hoe is het mogelijk dat hij eerder voor Fonny's deur heeft gestaan en niet geprobeerd heeft die open te maken? Misschien leefde Fonny toen nog en had hij hem kunnen redden. En hoe kwam het eigenlijk dat Fonny's deur niet op slot was? Wie is er bij hem geweest en heeft zich als een dief in de nacht uit de voeten gemaakt? Fonny had vijanden in het milieu, dat heeft hij hem vaak genoeg verteld. Heeft een van hen hem opzettelijk slecht spul verkocht?

'Als je er zo over denkt,' zegt Wies, 'moeten we om een autopsie vragen.' Maar daar wil mijn vader niet van horen.

Eindelijk is hij uitgeraasd en zit hij zo verdwaasd en uitgeblust voor zich uit te staren dat zijn kinderen medelijden met hem krijgen en hopen dat hij weer aan het schelden slaat. Vanuit zijn fauteuil observeert hij de bedrijvigheid om zich heen, zijn dochters die – net of er niets is gebeurd – het avondeten klaarmaken in de keuken, Rik en Filip die voortdurend aan de telefoon hangen en al spreken over de datum van de begrafenis. Het gaat hem allemaal te vlug, veel te vlug. Hij verdwijnt in zijn bureau en slaat zijn bijbel open, op zoek naar een psalm.

'Je broer Filip heeft gebeld,' meldt de Belgische consul in Lubumbashi, bij wie ik logeer. Filip – waarom wil die me spreken? Zou mama…? Ik heb hier geen telefoon. Marek weet weliswaar dat ik in het zuiden van Congo ben, maar hoe hebben ze het nummer van de consul achterhaald?

Tegen de tijd dat ik Filip aan de lijn krijg, ben ik voorbereid op het ergste. 'Hier is papa,' zegt hij, nadat hij me op de hoogte heeft gebracht. Mijn vader huilt. Zijn kinderen staan om hem heen, ik hoor ze praten, sussen. 'Ik heb zo mijn best gedaan,' fluistert hij haast onverstaanbaar, 'ik heb hem niet kunnen redden.'

'Je moet je niet schuldig voelen,' zeg ik, 'je hebt alles gedaan wat je kon. Geen vader heeft meer voor zijn zoon gedaan dan jij. Dit was groter dan wij, hier waren wij niet tegen opgewassen.' Terwijl ik hem probeer te troosten, realiseer ik me dat dit een moment is in de familiegeschiedenis waar ik bij zou moeten zijn. Tegelijkertijd weet ik dat ik hier niet zomaar weg kan. Niet nu.

Elke avond rijdt de consul naar een hotel met eten voor een Belg die in het proces verwikkeld is geraakt en die overdag te midden van de andere beklaagden, in een geblokt vest van de consul dat hem veel te wijd is, zijn trieste lot afwacht. 'Kom maar mee,' zegt hij als ik de verbinding heb verbroken, 'alles beter dan nu alleen te zijn.'

Onderweg vraagt hij of ik iets voor hem zou kunnen doen.

'Wat dan?'

'De assistent van de rechtbankpresident op een afstand houden, zodat ik alleen kan zijn met de Belgische gevangene.'

Bij onze aankomst stuift een jeep de parkeerplaats van het hotel op. In de passagiersstoel zit de Belg, aan het stuur de assistent. Al doet hij in de rechtszaal zijn best onzichtbaar te zijn, hij is me opgevallen. Lang en smal is hij – een Tutsi-rebel uit het oosten van het land, een van de mannen waar de studenten tegen blazen en sissen omdat het gerucht gaat dat de Tutsi het niet langer eens zijn met Kabila. Je kan maar beter uit hun buurt blijven, zeggen de studenten, want ze zijn sluw en onbetrouwbaar.

'Jij rijdt alsof je nog in de brousse bent,' zeg ik impulsief als hij uit de jeep springt.

Hij kijkt me meewarig aan. 'Dat is ook zo. Jij volgt het proces, dus je weet evengoed als ik dat we in Congo nog steeds in de brousse leven.'

De consul stelt ons aan elkaar voor. Assani heet hij. 'Ik ken haar,' zegt hij kortaf, 'zij is een journalist.'

'Nee, nee,' corrigeert de consul hem, 'zij is een schrijver.'

Assani haalt zijn schouders op. Zodra hij en ik alleen aan een tafeltje zitten, gaat hij in de aanval. 'Jullie journalisten...'

'Ik ben geen journalist,' protesteer ik. 'Ik heb hier sinds de omwenteling al bijna negen maanden doorgebracht; de meeste journalisten waren na enkele dagen weg.'

'Wat doe je dan in de rechtszaal met je opschrijfboekje? Ik heb je in de gaten.'

'Ik hoor hier helemaal niet te zijn!' Ik schrik van mijn eigen felheid. 'In België is mijn oudste broer net overleden. Iedereen heeft alles uit zijn handen laten vallen en zich naar het ouderlijk huis gespoed. Ik zou daarnaartoe moeten, om bij mijn familie te zijn, om mijn ouders te troosten.'

De agressieve toon is uit Assani's stem verdwenen als hij verder praat. Hij komt uit de hoogvlaktes van Oost-Congo, is nog geen dertig en heeft zeven jaar van zijn leven doorgebracht als rebel in de brousse. 'Zeven jaren van ontberingen, om vervolgens getuige te moeten zijn' – hij maakt een misprijzend gebaar – 'van dít.'

Hij is de twee Belgen aan de tafel verderop geen seconde uit het oog verloren en nu maakt hij aanstalten om te vertrekken; tijd om de gevangene naar de bewaakte villa te brengen waar hij verblijft. Maar plotseling bedenkt hij zich en vraagt: 'Wat is er eigenlijk met je broer gebeurd?'

Ik vertel hem over Fonny, over de fascinatie die ik als jong meisje voor hem voelde en hoe hij steeds meer begon te lijken op een krachteloze, verdoofde spin die in een web van dokters en hulpverleners hing. ‘De enige van ons die nog bereid was hem te helpen, was mijn vijfenzeventigjarige vader. Je kan je zijn verdriet voorstellen. Terwijl zijn kinderen opgelucht zijn dat het voorbij is.’

Assani is opgestaan. ‘Een man die in een donkere put zit,’ zegt hij, ‘moet zich oprichten en zijn armen naar je uitsteken. Als hij blijft liggen is hij loodzwaar en kan je hem er onmogelijk uit halen.’

Denk ik er geen moment aan naar huis te gaan? Ik geloof het niet. België is ver weg. Met enig geluk zou ik over een dag of vier thuis kunnen zijn. Om wat te doen? De begrafenis van Fonny bij te wonen en terug te keren naar Congo – waar het proces inmiddels is afgelopen?

‘Nee, nee,’ zegt Marek aan de telefoon, ‘iedereen begrijpt dat jij er niet bij kan zijn. Congo is Spanje niet.’ Hij heeft met mijn ouders gesproken en belt regelmatig met Filip. Zodra de dag van de begrafenis bekend is, maakt hij zich klaar om af te reizen naar Hasselt.

Heel Lubumbashi is intussen in de ban van het proces. Mensen willen getuige zijn van de manier waarop Kabila zich van zijn tegenstanders ontdoet. Elke ochtend stroomt de zaal vol en gaan de ijzeren vouwdeuren achter het podium van het theater open. Nieuwsgierigen drommen samen op het plein en staan in de kou te wachten tot het spektakel begint.

Terwijl de beschuldigden binnensloffen, golft religieuze muziek de zaal in. Ik heb er tot dan toe enigszins geamuseerd naar geluisterd, maar de ochtend na Filips telefoontje springen de tranen me in de ogen. Gelukkig let niemand op mij, want de rechtbankpresident doet zijn intrede met zijn gevolg. Als hij later die ochtend iets zegt waar de studenten het niet mee eens zijn, roffelen ze met hun voeten op de vloer en ruik ik het stof dat opsteeg als de vendelzwaaiers in parochiezaal Tijl in Neerpelt met hun vlaggen over het houten podium zwiepten.

De daaropvolgende avonden vergezel ik de consul naar het hotel en praten Assani en ik apart aan een tafeltje. Op een keer zegt hij tegen de consul: 'Ik breng haar wel thuis.' Als hij de Belgische gevangene heeft afgeleverd vraag ik, met een gebaar naar zijn collega's van het militaire hof die met hem uit de hoofdstad zijn gekomen: 'Kunnen we niet ergens anders iets gaan drinken?'

Op de achterbank van zijn jeep liggen twee kindsoldaten. Een kort bevel in het Swahili en ze zijn weg. In de cabine ruikt het naar slaap, gras en zweet – de geur van Fonny's trui toen hij terugkwam uit Amsterdam, in de onschuldige periode dat hij alleen nog maar joints rookte.

Al rijdend speurt Assani de straat af, een reflex uit zijn broussetijd. 'Waarom ben jij eigenlijk niet bang voor me zoals de anderen?' vraagt hij plotseling.

Ik denk aan de avond waarop Fonny zogenaamd clean was en ik met hem en Christiane naar een openluchtfeest ging. Hoe hij met een bekende uit Neerpelt in de duisternis verdween en huppelend terugkwam. Hij had verschillende levens – net als Assani. Ik weet niet wat die in de brousse heeft uitgespookt, noch wat zijn precieze rol is in deze omwenteling of wat hij momenteel bekokstooft, toch is hij me vertrouwd. 'Ik ken jou,' zeg ik. 'Jij doet me denken aan mijn broer Fonny.'

Die dagen ben ik gevangen in een complexe golfslag van emoties: overdag het proces, 's avonds de gesprekken met Assani, op de achtergrond mijn gedachten aan Fonny en aan mijn familie die zich zonder mij voorbereidt op zijn begrafenis. Ik ken het appartement niet waar Fonny gestorven is. Hij woonde er al drie jaar, maar ik ben er nooit geweest en er zullen bijna twintig jaar voorbijgaan voordat ik er met Wies naartoe rijd, uitstap en opkijk naar zijn slaapkamerraam.

Ook het verdriet van mijn vader zal pas ten volle tot me doordringen als ik evenveel jaren later naar de begrafenisfoto's kijk. Zijn grote, in zichzelf gekeerde, bedroefde hoofd op die afhangende schouders – het knijpt me de keel dicht. Net als de aanblik van Jennifer, die ondanks het warme weer in het zwart is gehuld, haar tranen verbergend achter een zonnebril.

Wanneer Filip hoort dat een collega van hem naar Lubumbashi afreist, geeft hij een brief voor me mee en voegt er een doodsprentje en een exemplaar van de uitvaartliturgie bij. Zijn brief is getikt op papier van de universiteit; hij heeft niet veel tijd, hij moet nog twee lessen voorbereiden. Het was een eenvoudige begrafenis, schrijft hij. Papa weende soms, maar Rik en hij hebben hem gesteund. 'Tijdens de mis dacht ik meermaals wat een schurk Fonny was en wat hij allemaal kapot heeft gemaakt.' Hij is zijn ouders aan het terugvinden, Fonny's dood is volgens hem een keerpunt voor de familie. 'Er wordt veel gepraat en zelfs gelachen. Ja, de recente gebeurtenissen brengen heel wat teweeg.'

Ik trek me met Filips brief terug op mijn kamer, lees hem verschillende keren, bestudeer het doodsprentje. 'Ontslapen in de Vrede van Christus' staat er onder de foto van een jonge, lachende Fonny met beatlehaar – uit de tijd dat hij nog goed was. Mijn vaders keuze is gevallen op psalm 139. *Heer, Gij doorgrondt en Gij kent mij. Gij weet van mijn zitten, mijn opstaan.* Een ietwat duistere tekst waarvan de betekenis zich ook bij herlezing niet prijsgeeft.

'In de hoogvlaktes,' zei Assani voor zijn vertrek naar Kinshasa, 'steken we de velden in brand vooraleer we gaan zaaien. Doorgaans is één keer niet genoeg: de aarde onder het savannegras is nog nat. Zo is het met deze omwenteling ook: ze heeft alleen de oppervlakte geraakt, de wortels zijn onaangetast. Wacht maar, er komt nog een tweede oorlog.'

Ik moet aan zijn woorden denken als drie maanden later in het oosten van Congo een nieuwe rebellie uitbreekt, waarna de jacht op de Tutsi in het westen van het land geopend is. In

Kinshasa vlucht een colonne Tutsi-militairen naar Beneden-Congo, achternagezeten door militairen van Kabila. Assani verdwijnt uit de mobieletelefoonzone. Maakt hij deel uit van de gevluchte colonne? Ik denk aan Beneden-Congo, waar mijn heeroom zesenveertig jaar gelukkig was, reis in gedachten de route na die ik dertien jaar eerder in zijn voetsporen maakte. Hoelang kan een colonne Tutsi-militairen overleven in een vijandelijke omgeving?

Bij mijn aankomst in Kinshasa draait de geruchtenmachine op volle toeren. De rebellen in Beneden-Congo zouden rechtsomkeert hebben gemaakt en op weg zijn naar de hoofdstad. Verdachte elementen worden gelyncht, van bruggen gegooid, in brand gestoken. Op de staatsradio roept een hysterische stem de Congolezen op de rebellen uit te roken. 'Schud hen uit de bomen als mango's! Raap hen op als koekjes!' Ik kan me niet voorstellen dat Assani aan die blinde volkshaat weet te ontsnappen. Staat hij, uitgemergeld na weken ontberingen in de brousse, aan de poorten van de stad en wordt hij doodgeknuppeld als een rat?

Buitenlanders beginnen Kinshasa te verlaten. Ambassades zetten speciale vliegtuigen in, mensen stromen naar de luchthaven. Ik vergezel een Belgische kennis wiens Congolese vrouw naar Zaventem vliegt. De elektriciteit is uitgevallen en op de terugweg stopt hij bij een winkel om water te kopen. Hij heeft zijn telefoon achtergelaten in de auto en in een impuls pak ik die om naar Hasselt te bellen.

Tot mijn verbazing scheldt mijn vader me de huid vol. Net is het laatste vliegtuig uit Kinshasa naar Zaventem vertrokken – de Belgische minister van Buitenlandse Zaken heeft gezegd dat hierna niemand meer geëvacueerd zal worden. 'Iedereen is weg en jij bent daar nog!'

Ik kijk naar de mensen die met flessen water de winkel uit lopen. 'Maar papa, er wonen hier zes miljoen Congolezen die…'

Hij laat me niet uitpraten. 'Ik ben mijn zoon verloren,' roept hij met overslaande stem, 'moet ik jou ook nog verliezen?'

Zodra de rust in Kinshasa is teruggekeerd en het internationale luchtverkeer op gang komt, vlieg ik naar huis. Marek arriveerde op de vooravond van Fonny's begrafenis in Hasselt en trof mijn moeder buiten aan: ze was de auto aan het wassen en leek zich niet echt bewust van wat er gebeurd was. De volgende ochtend wilde ze niet uit bed komen; ze was ziek, zei ze. Een vriendin van Nicole bleef bij haar en vertelde later dat, zodra iedereen weg was, mijn moeder opstond en in de bergplaats aan het wassen sloeg.

Tijdens de schuldbelijdenis werd 'Guilty' van Randy Newman gedraaid – een voorstel van Rik. *Yes baby I been drinkin'. And I shouldn't come by I know. But I found myself in trouble. And I had nowhere else to go. Got some whiskey from the barman. Got some cocaine…* Bij het laatste woord gebaarde de priester dat het genoeg was; hij wilde de rest kennelijk niet horen.

Fonny werd begraven in Herk-de-Stad, op hetzelfde kerkhof als bomma. Toen ze mama gingen halen voor de koffietafel, wilde ze wel mee. Omdat Fonny niet toonbaar was had de begrafenisondernemer hem niet opgebaard, waardoor Hildeke niet echt besefte dat hij gestorven was. 'Fonny is naar de hemel,' zeiden ze tegen haar. Ze was in haar schik met al het volk om zich heen, met de sandwiches en vlaai op de feestelijk gedekte tafels, en dat ze zoveel koffie kon drinken als ze wilde omdat mama niet op haar lette.

Filip had aan de begrafenisondernemer gevraagd of hij Fonny mocht zien. Dat vond die geen goed idee. Zijn broer zag er erg slecht uit, zei hij, en bovendien zat zijn lichaam vol toxische stoffen – het was verstandiger niet in zijn buurt te komen. Filip drong aan en maakte, toen hij eenmaal in het kamertje bij Fonny's open kist stond, een aantal foto's. Ook die zou ik pas vele jaren later bekijken. Fonny's handen waren gezwollen, zijn haren ongekamd; zijn mond stond open en hij had een gekwelde uitdrukking op het roodgevlekte gezicht.

Mijn vader hield zich goed, zegt Marek, al vond hij hem een beetje apathisch. Had hij misschien een pilletje gepakt? Na de koffietafel gingen ze nog eens naar het kerkhof en namen mama mee. Het was heel warm en het enige wat Marek zich van dat tweede bezoek herinnert is dat mama bij de ingang van het kerkhof neerstreek onder een boom en welgemutst een verhaal vertelde.

Wies is me komen halen bij het station in Hasselt.

'Alles goed?'

Ze knikt.

'Weet jij nog wanneer je Fonny voor het laatst hebt gezien?' vraag ik als we in de auto zitten.

Ze denkt na, maar kan er niet opkomen. Wel herinnert ze zich dat Fonny haar belde voordat hij naar de instelling in Heusden-Zolder ging. Hij moest naar de wasserette, maar had een paar merktruien die delicaat waren – kon zij die voor hem op de hand wassen? 'Ik heb vlakaf nee gezegd.'

'Voel je je daar niet schuldig over?'

'Nee, nee.' Ze zei steeds vaker nee tegen hem. Omdat ze haar kinderen wilde beschermen; omdat papa haar telkens belde over een of ander probleem met Fonny en ze ook zonder Fonny's verzoeken nooit rust had.

'Net voor zijn dood is hij nog door iemand gesignaleerd op de parking van de Bigg's.'

'O? Wat deed hij daar?'

'Weet ik niet. Hij liep te waggelen tussen de auto's – zeker dronken.'

Zeven maanden ben ik weg geweest. Mama is nog magerder, kleiner en grijzer geworden. 'Je moet wat meer eten,' zeg ik als ik haar tegen me aan druk. Tranen wellen in me op, maar mama weet niet wat ik heb en geeft me een speels tikje op de wang.

Ook papa lijkt zich niet te realiseren dat ik voor het eerst sinds Fonny's dood thuis ben. Hij volgt de oorlog in Congo op de voet en verwijt me opnieuw dat ik daar ben gebleven terwijl alle Belgen het land hadden verlaten – dat heeft hij zelf op tv gezien.

In de auto heeft Wies me verteld dat er in de periode rond Fonny's dood slecht spul in omloop was in Hasselt; in korte tijd overleden verschillende junks. Maar papa is ervan overtuigd dat Fonny is vermoord. Net had Fonny op afbetaling nog een tv, een videorecorder en een stereo-installatie gekocht; geen van die toestellen zijn in zijn appartement aangetroffen. 'Die had hij natuurlijk verpatst,' zegt Wies. 'Maar dat wil papa niet horen, hij zegt dat ze gestolen zijn.' Hij brengt heel wat uren door aan de telefoon om zijn theorie met vrienden en kennissen te bespreken. Omdat er geen autopsie is gedaan en de officiële doodsoorzaak niet is vastgesteld, kan hij er ongebreideld op voortborduren.

Mama heeft haar jas al aan, maar mijn vader wil niet mee naar het kerkhof. Hij komt daar liever niet. 'Want het is schandalig,' zegt hij.

Volgens Wies vraagt mama soms: 'Waar is onze Fonny?' Als ze geen antwoord krijgt, slaat ze haar hand voor de mond. 'Is hij dood? 't Is toch nie waar zeker. Ooo...'

In Herk-de-Stad parkeert Wies de auto en wandelen we naar Fonny's graf. In afwachting van het plaatsen van de steen heeft Wies fuchsia bloemetjes in het perkje geplant. Vlijtige liesjes, een idee van mama en papa. 'Niet zo toepasselijk als je het mij vraagt, maar ik heb niets gezegd.'

Ze is de bloemen samen met een vriendin komen planten. De aarde stonk toen ze die omwoelde – dat vond haar vriendin ook. 'Gelukkig was ik niet alleen, want ik was bang.'

'Bang, waarom?'

Wies lacht zenuwachtig. 'Dat Fonny's hand ineens uit de aarde tevoorschijn zou komen of zo.'

We slaan een kruis en zijn even stil. Mijn gedachten zijn diffuus; de oorlog in Congo raast nog voort in mijn hoofd.

Pas drie jaar later, als de hele familie naar de Belgische presentatie van mijn nieuwe boek komt, krijg ik het te kwaad. Ik heb het boek opgedragen aan Fonny en bedank hen dat ze gekomen zijn, terwijl ikzelf op een cruciaal moment in de recente familiegeschiedenis afwezig was.

Mijn ouders, mijn broers en zussen, hun kinderen, ze zitten in een boog om me heen op de eerste rijen. Ik voel hun aanwezigheid plotseling heel sterk: een collectieve, warme, bijna beklemmende omhelzing. *Niets is nog hetzelfde nu wij niet allen meer samen zijn*, wil ik zeggen, maar ik kan niet verder praten. In de wazige verte zie ik mijn vader en naast hem mijn moeder, die me wenkt en roept: 'Kom maar op mijn schoot zitten, Lieve!'

Maar nu sta ik, ten prooi aan de wet der traagheid, met Wies en mama bij het graf van Fonny en gaat er niets bijzonders door me heen. Wies geeft de vlijtige liesjes water, mama wordt ongedurig. Haar blik dwaalt af naar het nieuwe graf naast dat van Fonny. 'Kijk hier toch eens.' In de rulle aarde is een kruis geplant; ze buigt voorover, ontcijfert de naam en de data. 'Hij is maar twintig jaar geworden, ocharme. Wat zou er gebeurd zijn?' Op haar hurken leest ze de berichtjes voor die zijn ouders, geliefde en vrienden voor hem achterlieten. *Je was als een zon die nimmer doven kon*. 'Zo jong nog,' mijmert ze, 'zeker een ongeluk.'

Dan komt ze overeind. 'Triestig, hè,' zegt ze. Ze draait zich naar me toe en pakt mijn arm. 'Laten we maar gauw naar huis gaan. Papa is zeker ongerust.'